Sarah Blau

Liliths Töchter

Sarah Blau

Liliths Töchter

Roman

Aus dem Hebräischen
von Ulrike Harnisch

DIANA

FSC www.fsc.org
MIX
Papier | Fördert gute Waldnutzung
FSC® C014889

Penguin Random House Verlagsgruppe FSC® N001967

Die Originalausgabe erschien 2018
unter dem Titel האחרות by Kinneret, Israel.

Redaktion: Antje Steinhäuser
Umschlaggestaltung: SERIFA nach einer Originalvorlage
von Kinneret, Israel
Umschlagmotiv: The Lady of the Ibis
© Daria Petrelli – Lizenzinhaber Chiara Roilo
Satz: Leingärtner, Nabburg
Druck und Bindung: Pustet, Regensburg
Printed in Germany

ISBN 978-3-453-27308-5

www.diana-verlag.de

Zum liebevollen Andenken an
Uri Orbach

Eins

Als dieser Anruf von der Polizei kam, war ich bereit.

Die samtene Stimme eines Mannes erkundigte sich, ob er vorbeikommen könne. Seine Männlichkeit brachte mich kurz aus der Fassung. In den unzähligen imaginären Probedurchläufen, die ich veranstaltet hatte, war es immer eine Frau gewesen, eine mit rauchiger, sachlicher Stimme. Stets klang sie ein wenig müde, hatte vielleicht eine lange Schicht hinter sich und garantiert Kinder. Schließlich haben alle Kinder.

Tief erschüttert war sie von dem entsetzlichen Mord, *diesem rituellen, furchtbaren Mord, ein Unding, Gott behüte!* Und dann fasste sie sich aber und besann sich auf den Grund ihres Anrufes.

»Alter?«, fragte sie, während sie tippte. »Verheiratet? Haben Sie Kinder?« Ich gab auf die letzten beiden Fragen das übliche »Nein« zur Antwort, doch zum ersten Mal spürte ich Erleichterung, die meinen Körper hinabrieselte.

Nein, keine Kinder.

Laut Polizeibericht war Dina um ein Uhr nachts ermordet worden.

In der Presse stand »mitten in der Nacht« nebst Schilderung sämtlicher Übelkeit erregender Einzelheiten, aber der Polizeibericht war wesentlich schlimmer, glaubt mir.

In den Zeitungen stand auch, dass die Ermordete in Genderforschung promoviert hatte. Die Mordtat weise »außergewöhnliche Merkmale« auf. Damit war offenbar gemeint, dass man sie in ihrem Wohnzimmer an einen Stuhl gefesselt hatte, ihr auf der Stirn das Wort »Mutter« einkerbte und die leblosen Hände eine Babypuppe festhielten.

Sie schrieben nicht, dass es eine Puppe war, wie man sie in britischen Fernsehsendungen sieht, wo Leute mit absonderlichen Eigenarten ihre Puppe wie ein echtes Baby behandeln. Diese Programme laufen meist in der Nacht, *mitten in der Nacht.* Und Leute wie ich schauen sie sich mit einer Mischung aus Neugierde und Entsetzen an. *So eine wird nicht aus mir. Stimmt's?* Ich werde keine Puppe in ihrer Kinderwiege besänftigen und zu meinen Gästen sagen: »Still! Mein Kindchen kann so schwer einschlafen.«

Die Puppe am Tatort hatte ein rundes Gesicht mit zusammengekniffenen rosa Lippen und klare hellblaue Augen mit Wimpern, die beinahe echt aussahen.

Was sie hingegen schrieben, war, dass es eine missliche Angelegenheit gewesen war, der Ermordeten die Puppe aus den Händen zu nehmen. Wegen der Totenstarre, hatte man zunächst gedacht. Dann stellte sich heraus, dass ihr die Puppe an den Körper geklebt worden war. Eine sentimentale Journalistin fasste es in lyrische Worte. Sie sähe aus wie »eine Mutter, die sich an ihr kleines Kind klammert und sich weigert, es im Stich zu lassen«. Sosehr ich mich auch bemühte, fiel mir die Vorstellung, dass Dina sich an irgendetwas klammerte, schwer, erst recht nicht an ein Kind. *Keine Frage, es musste an ihr festgeklebt werden.*

Dina hätte es zufrieden gestimmt, dass die Liste ihrer Leistungen mehrere Zeilen einnahm. Beschrieben wurde die Promotion in jungen Jahren, die glänzenden Vorträge, die Hunderte Zuhörer anzogen, ihre brillanten Artikel. Sie hoben, selbstverständlich, jenen Artikel über die freiwillig kinderlosen Frauen der Bibel hervor, der sie als »eine der wichtigsten und umstrittensten feministischen Denkerinnen unserer Zeit« positionierte. Zudem habe sie weder heiraten noch Kinder haben wollen, wurde dort aufgeführt. Sie sei die Hauptvertreterin dieser »kontroversen Auffassung« geworden und habe sich in dem Kontext öffentlich geäußert.

Unerwähnt ließen sie, dass bei den jämmerlichen Versuchen, die Babypuppe von ihren Händen zu lösen, eher einige Hautfetzen abgerissen worden wären, sodass man nicht umhinkam, sie der Erde samt der anschmiegsamen Puppe zu übergeben.

Da drängte sich mir der Gedanke auf: *Da hast du's, Dina, nun bist du schließlich und endlich Mutter.*

Zwei

Mein mir ausgehendes Haar sammelt sich in den Zimmerecken.

Die komplette Wohnung ist voller Kisten und Haarknäuel, die mir beim Laufen in die Quere kommen. Zum einen gibt es den normalen Haarausfall, der, so schreiben behutsam die Frauenmagazine, »ab einem gewissen Alter ganz natürlich« ist. Zum anderen gibt es den Haarausfall, der daher rührt, dass ich mir Haare herausreiße, daran drehe und ziehe. Wenigstens reiße ich sie nicht heraus, um es anschließend zu verschlucken. Hin und wieder liest man Reportagen über riesige Haarballen, die per Notoperation aus dem Magen irgendeiner jungen neurotischen Frau entfernt werden. Auf dem Foto sieht es stets aus wie ein Monsterbaby mit Fell.

Mir geht die letzte Bemerkung durch den Kopf, die mir Maor, bevor er damals ging, an den Kopf warf: »Deine Haare liegen in der ganzen Wohnung herum. Unternimm was. Das ist widerlich!« Bumm-krach! Die zufallende Tür wehte einen kleinen Haarballen direkt in mein Gesicht.

Zum ersten Mal im Leben hatte ich erwogen, ihn hinunterzuwürgen.

Ich kehre die Wohnung mit einem nagelneuen Silikonbesen. Gestern habe ich das gute Stück angeschafft und bin damit die ganze Straße entlanggelaufen. Die Leute sahen mich schräg an, als wollten sie mich darauf reiten sehen. Sie hätten dankbar sein sollen, dass es ein glänzender und steriler Silikonbesen ist und nicht der ellenlange Strohbesen, den ich damals zu Purim bekam. Es kann aber auch sein, dass gar keiner zu mir schielte und ich mir die prüfenden Blicke nur einbildete. Womöglich ist es nur dieses verdammte Schuldgefühl, das als düsterer Begleiter neben mir herschlurft.

Die Wohnung ist eingestaubt, ich muss husten, und mir tränen die Augen. Im Spiegelbild habe ich ein gerötetes Gesicht und sehe wild aus. Gar nicht gut. Auf den angekündigten Besucher sollte ich entspannt und unterkühlt wirken. Der Ermittler mochte sich jung angehört haben, aber keineswegs dumm.

Vor allem muss ich mir diese Bemerkungen verkneifen, mit denen ich herausplatze, wenn ich unter Druck gerate. Manchmal kommt es mir so vor, als plage mich zeitweilig das Tourette-Syndrom. Wieso habe ich mich sonst mit ihm angelegt?

»Ob ich seit dem Mord Angst verspüre?«, hatte der Ermittler sich behutsam erkundigt, denn die ganze Geschichte um kinderlose Frauen war neu aufgeflammt. Statt ihm kleinlaut zuzustimmen, konterte ich: »Was mir am meisten Angst einjagt, ist, dass man sie am Ende zur Mutter machte.«

Nein, das Schweigen, das am anderen Ende der Leitung entstand, kündete von nichts Gutem.

Ein ungehaltenes Klopfen an der Tür, und da tritt er auch schon ein, stolpert beinahe über eine der Kisten, die ich nicht rechtzeitig weggeräumt habe, lächelt betreten und streckt mir die Hand entgegen.

Er ist jung. Polizeiwidrig jung. Sein Lächeln bringt auf der linken Seite ein Grübchen hervor, genau wie Maors Grübchen, und es versinkt in zarten Bartstoppeln. Auch die hellen Augen sind wie die von Maor, sie scannen dich und gelangen zu einer Vielzahl individueller Schlussfolgerungen, die sie nicht mit dir teilen wollen.

O ja, die Ähnlichkeit mit Maor war in der Tat vorhanden. Insbesondere dieser Grünton der Augen, die unendlich langen Wimpern, das schiefe Lächeln, das Bewusstsein, Einfluss auf dich auszuüben.

Diesmal handelt es sich um tatsächliche Ähnlichkeit, nicht wie in der Phase nach der Trennung. Damals wirkte jeder Mensch (einschließlich des alten Besenverkäufers) wie ein Duplikat des Geliebten. *Fang bloß nicht damit an, Sheila, sei klug.*

»Sehr angenehm, Micha«, sagt er, die Hand noch in der Luft. An der weichen Stelle des Handgelenks nehme ich das Tattoo in filigraner Raschi-Schrift wahr. Entziffern kann ich den Satz nicht, doch es genügt mir als Hinweis. Garantiert war er bei der religiösen Jugendbewegung der

King, bildlich sehe ich es vor mir. Auch die Kippa, die auf seinem Kopf fehlt, die übertriebene Selbstsicherheit, die die spät erblühte Männlichkeit überspielt.

»Ah, Sie ziehen um?« Er nimmt auf dem freien Teil der Couch Platz, lässt den Blick schweifen, nimmt das Inventar der offenen Kisten unter die Lupe.

»Ich bin gerade umgezogen, und wir können uns duzen«, antworte ich, während unser beider Blicke auf der kleinen Babypuppe landen, die aus der Kiste hinter der Tür lugt. *Du dummes Ding!*

»Alles klar. Spielst du immer noch mit Puppen?« Von dem unbeschwerten Ton lasse ich mich nicht beirren. Er verschlingt die Puppe mit den Augen, sie hat ein Auge geschlossen, und das andere schaut mit erstarrtem hellblauen Blick geradeaus, als hätte ihr jemand einen Faustschlag verpasst.

»Ein Geschenk vom Ex«, erwidere ich, »es war witzig gemeint.«

»Und was soll es ausdrücken? Den Wunsch nach einem gemeinsamen Kind?«

Du träumst wohl von einem Kind, Mister Sherlock.

»Nicht exakt.« Ich ziehe die Worte in die Länge. »Er hat eher darüber gewitzelt, dass er selbst noch ein kleines Kind ist.«

»Na ja, in den Augen der meisten Frauen sind alle Männer noch kleine Kinder.«

Da zeigt es sich wieder, das Lächeln des früheren Kings. Prompt verfalle ich in die Rolle der Bewundernden, der Lerneifrigen, denn manche Muster sind tief in uns angelegt, und wie in einem ewigen Rollenspiel passen wir uns sofort an. Deine Rolle bleibt die gleiche, egal, wer du bist, egal, wie alt du bist, denn es ist eine Rolle, die dir vor Ewigkeiten auf den Leib geschneidert wurde.

»Er war wirklich noch ein Kind«, erkläre ich, »erst sechsundzwanzig.«

»Ah, fast so alt wie ich.«

Er bereut diese Information sogleich, sein Gehirn beginnt nun in rasendem Tempo Berechnungen über mein Alter anzustellen, denn haben Dina und ich zusammen an der Uni studiert, bedeutet das, dass ich … dass ich mindestens … Sein Gehirn rechnet, und seine Augen scannen mich, und dieser Mund bringt einen höflichen Halbsatz hervor, den er zu leise von sich gibt … Dieser wandernde Blick fiel mir von der ersten Sekunde an auf, und ich weiß sehr wohl, was ihm durch den Kopf geht. Wäre er nicht im Dienst, würde er mich auf den neuesten Stand bringen, er habe etwas mit einer »älteren Frau« gehabt, denn sie haben alle irgendwann etwas mit einer »älteren Frau« gehabt, vor allem solche süße Ex-Religiöse, und immer war es »nicht so gut ausgegangen, aber wir sind Freunde geblieben«. Pah! Aber aussprechen wird er es nicht. Stimmt's? Er ist hier, weil er von der – früheren – guten Freundin der Ermordeten Einzelheiten erfahren will. Ist es nicht so? Und er scheint mir einer, der darauf achtet, was er von sich gibt.

»Ich hatte auch eine Beziehung mit einer älteren Frau.«

Wow! Du bist wirklich erstaunlich, du kleiner Junge, auch wenn es nicht sicher ist, dass du etwas mit einer »älteren Frau« hattest. Hätte es sie wirklich gegeben, hätte sie dir nämlich anerzogen, dass sie keinesfalls so bezeichnet werden will. Sie hätte dich rundgemacht, so attraktiv du auch sein magst, wäre ihr zu Ohren gekommen, dass du dich auf diese Weise über sie äußerst. Du hättest vorgeben müssen, dass ihr beide gleichen Alters gewesen seid. Und wäre dir aus Versehen irgendetwas anderes herausgerutscht, hättest du es sofort lachend abtun müssen, *nein, das habe ich doch nicht ernst gemeint.*

»Das heißt, nicht wirklich älter«, korrigiert er sich rasch, »nur älter als ich. Sie war etwa in deinem Alter, dreißig plus?«

Okay, auf den Kopf gefallen ist er nicht.

»Ich bin einundvierzig.« Im nächsten Monat werde ich zweiundvierzig, und das weißt du, jedes Jahr hat seine eigene Bedeutung, auch das weißt du.

»Meine Freundin war in deinem Alter.«

Hmmm … er rudert nicht zurück, ziemlich interessant. Will er mich manipulieren? Will er mich weich stimmen, damit ich Informationen herausrücke? Da sind immer noch der interessierte Blick und die wunderschöne Haartolle, sie zu berühren muss ein schönes Gefühl sein. Über den Mord war bisher kein Wort gefallen. Das Grübchen tanzt, wenn er redet, und sein Lächeln macht mich schwach. Gleich sehe ich Sterne. Mein Blick schweift zu seinem Tattoo an dem wohlgeformten Handgelenk, und ich frage: »Hat es wehgetan?«

Und er antwortet: »Ziemlich heftig.«

»Magst du was trinken?« Ab mit dir in die Küche, bevor du einen schwerwiegenden Fehler begehst, los, vorwärts, zieh Leine.

»Gerne einen Kaffee«, sagt er, als mir einfällt, dass ich

hier nichts habe, außer Leitungswasser, an dessen metallischen Geschmack ich mich nicht gewöhnen kann. Ich reiche ihm das Wasser in einem klebrigen Glas, das er länger betrachtet.

»Keine Sorge, hier ist alles koscher.« Ich kann es mir nicht verkneifen.

»Das ist kein Thema.« Er wirft mir einen fragenden Blick zu. »Schon seit einigen Jahren ist das kein Thema mehr.«

»Ich habe einen hochentwickelten Radar für Ex-Religiöse«, erkläre ich. Diese Reaktion beruhigt sie meist.

»Du bist die Erste, die mich so schnell durchschaut«, gibt er zu.

»Wirklich?«, frage ich nach, obwohl es mich nicht überrascht. »Das ist so klar, als würdest du die Kippa immer noch tragen.«

Er streckt die Hand aus, aber nicht nach seinem Schädel, um zu prüfen, ob dort eine Kippa gewachsen ist, sondern zu der Kiste hinter der Tür, aus der er die kleine Babypuppe zieht. Kommt es mir nur so vor, oder hat sich das eine Auge leicht geöffnet?

»Weißt du, diese Puppe ähnelt enorm der Puppe, die Dina Kaminer an die Hände geklebt wurde.« Er sieht mir nicht ins Gesicht.

»Ich habe ihr nichts angeklebt, wenn du darauf hinauswillst.«

Schlecht. Grottenschlecht, denn nun betrachtet er mich mit diesem forschenden Blick. Vor dem hatte ich mich schon gefürchtet, als er die Wohnung betrat.

Du dummes Ding.

»Falls es dir nicht aufgefallen ist: Ich habe dich nicht gefragt, ob du ihr etwas angeklebt hast«, sagt er. »Ich habe nicht einmal gefragt, wo du vor zwei Wochen am Mittwochabend um zehn Uhr warst.« Seine Stimme ist sehr leise.

»Am Mittwoch um zehn Uhr abends?« *Um zehn Uhr abends!*

»Eine Nachbarin hat genau um diese Zeit die Wohnung verlassen und gehört, wie Dina ihre Wohnungstür geöffnet und zu jemandem gesagt hat: ›Schön, dass du da bist.‹ Sie war sich allerdings nicht sicher, ob es an einen Mann oder eine Frau gerichtet war. Eher an eine Frau, meinte sie, aber …«

»Aber das passt nicht zum Profil, das die Polizei vom Mörder erstellt hat, der kinderlose Feministinnen hasst«, sage ich.

»Guter Instinkt.« Er bemüht sich, an dem Wasser zu nippen, tut so, als würde es ihm schmecken. »Also was hältst du davon, wenn ich jetzt nachhake, wo du am Mittwochabend um zehn Uhr warst? Kann ich dir diese Frage stellen?«

Wieder lächelt er auf diese Art. Ihm ist bewusst, dass er Einfluss auf mich ausübt. Mit naiver hochmütiger Miene lehnt er sich auf der Couch zurück, da ertönt hinter ihm ein ohrenbetäubendes Quietschen, mit einem Satz springt er auf und verschüttet das Wasser auf seiner Hose.

Diese verfluchte Puppe! Ihr Gesicht, das nun eingedrückt wirkt, grinst mich verächtlich an.

Bevor er gehen wird, erfährt er, dass ich den Mittwochabend zu Hause verbracht und ferngesehen habe. »Keine Spur eines Alibis, doch es ist ja bekannt, dass die größten Verbrecher immer das beste Alibi haben.« Er wird zustimmend nicken, sich knapp erkundigen, wie der Kontakt zwischen mir und Dina während des Studiums war, und von mir hören: »In den letzten Jahren hatten wir gar keinen Kontakt, du weißt ja, wie das ist, das Leben hat uns an verschiedene Orte gespült.« Es wird derart überzeugend klingen, dass ich es beinahe selbst glaube. Dann wird er noch einige Male mit Grübchen lächeln, ich werde mit eiserner Selbstdisziplin versuchen, nicht auf den nassen Fleck auf seiner Hose zu schielen, darauf folgen einige Blicke, von denen du nie im Leben geglaubt hättest, dass ein angehender Polizist dieses Typs sie dir zuwirft, und das war's, da seid ihr auch schon an der Tür.

Er bleibt in meiner Nähe stehen, beugt sich beinahe zu mir. Ich spüre dieses Magnetfeld, das bei zwei Leuten entsteht, zwischen denen jegliche Verbindung ins Unglück führt, und bekomme eine Gänsehaut.

»Und was jetzt?«, frage ich.

»Nun kommt die nächste Phase. Solltest du dich an etwas erinnern, das hilfreich sein könnte, dann ruf mich an.« Er ist hautnah.

»Ah, das ist die Phase, in der du mir sagst, dass ich die Stadt nicht verlassen darf?« Sein Blick lädt dazu ein, schlaue Sprüche zu klopfen.

»Diese Krimiserien habe ich auch gesehen«, sagt er. »Du hast die Stadt ja schon verlassen. Stimmt's?«

Er lächelt noch einmal, seine Nasenflügel weiten sich.

Er fährt sich erneut über die dichte und weich aussehende Haartolle, dann macht er auf dem Absatz kehrt und geht. Die Tür, die hinter ihm zuschlägt, weht mir einen Haarballen direkt in den Mund, ich spucke ihn aus und vernehme das vertraute Kichern: »Du dummes kleines Mädchen.« Es ist Dinas Stimme.

Drei

Natürlich hatte er mit seiner Wahrnehmung ins Schwarze getroffen, der junge Herr, der Polizeiarbeit leistet. Ich hatte Tel Aviv rechtzeitig verlassen.

Zu viele Frauen meines Schlags waren dort durch die Straßen geschlendert. Wir sind alle attraktiv, wir sind alle Designerstücke, wir sind alle scharfsinnig, flattern Schmetterlingen gleich und stechen zu wie eine Nadel bei der Fruchtbarkeitsuntersuchung, und wir sind allesamt tickende Zeitbomben, tick-tock, tick-tock, auf ein Baby keinen Bock.

In der vergangenen Woche fand in einer Bar ein Vortrag statt: »Gewollte Familienlosigkeit: Frauen ohne Kinder.« Mittendrin wurde eine Babypuppe in den brechend vollen Raum geschleudert. Die Puppe war von der billigen, hässlichen Sorte, ohne Wimpern. Sie war nackt, und in roter Tinte stand auf ihrer Stirn: »Liebste Mama.« Nachdem die Hysterie sich gelegt hatte, fotografierte jede anwesende Frau die kleine Puppe von allen Seiten und stellte sie auf ihre Facebook-Seite und versah das Ganze mit traurigen Status-Updates zur Hilflosigkeit der Polizei.

Zwei Tage später wurden die Kriminellen gefasst, zwei Jugendliche, die derart aufgewühlt waren von dem rituellen Mord, der ansteigenden Hysterie und insbesondere, so gaben sie zu, »von der Chance, dass wir in Israel nun endlich einen ernst zu nehmenden kreativen Mörder haben«. Daher hatten sie beschlossen, ihm bei dem Unternehmen zur Hand zu gehen. Auf dem Pressefoto sahen sie aus wie zwei Mumins, sanft und schwammig, die sich bestens verstanden. Wer von den beiden hatte die Puppe geworfen? Ich wette, es war der, der durch Hässlichkeit auffiel.

*

Dina war gegenwärtig, die ganze Zeit über Dina, korrekter wäre Dr. Dina Kaminer. Sie war gegenwärtig in den Artikeln zu ihrem Profil, die vor Lob strotzten, in den Hinweisen auf ihr Privatleben (unter dem Deckmantel von investigativem Journalismus), in den Nachrufen der Kolleginnen und den bekannten Fotos in den Zeitungen. Hauptsächlich veröffentlichten sie immer wieder ein Foto, auf dem sie beim Lächeln ertappt worden war, ihr Teint war gerötet, sie wirkte ausgelassen, das Lächeln wirkte ein wenig dümmlich, gab den Blick auf einen Spalt zwischen den Zähnen frei und war für sie nicht charakteristisch.

Wäre sie am Leben, daran hatte ich keinen Zweifel, hätte sie sich den Redakteur am Telefon vorgeknöpft und verlangt, es durch ein geeignetes Foto auszutauschen, und sie hätte das Gewünschte durchgesetzt. Mit ihrer ausgesuchten Überzeugungskraft und der Verknüpfung von Streitlust und Charisma blieben ihr nur äußerst wenige Dinge vorenthalten. *Aber geholfen hat's ihr auch nicht. Stimmt's?*

Auch dieser eine Artikel wurde wieder hervorgekramt. Ein Journalist hatte ihn vollständig, Wort für Wort, gebracht, ich machte davon einen Screenshot und richtete ihn als Bildschirmschoner ein.

Keiner, der daraus zitierte, hatte ihn gelesen, fiel mir auf, sie wiederholten lediglich die albernen Einschätzungen, die eine Zeitung von der nächsten übernahm. »Verhielt es sich so, dass die biblischen Frauenfiguren sich dafür entschieden, keine Kinder zu bekommen? Verhielt es sich so, dass Frau Dr. Dina Kaminer Frauen dazu ermutigte, keine Kinder zu gebären? Verhält es sich so, dass volljährige Frauen ohne Kinder sich von nun an auf unseren Straßen fürchten müssen? Verhält es sich so, dass unsere Frauen in Gefahr sind? Verhält es sich so? V e r h ä l t e s s i c h s o ?« Eine einzige Litanei, stets lausig formuliert, und sie ließ erkennen, wie man sich an der Sache weidete.

Tick-tock, tick-tock, auf ein Baby keinen Bock.

Ein Radiosprecher versuchte seine Zuhörer mit einer Umfrage zu begeistern: »Wen würdet ihr zur Mutter machen?« Er wurde natürlich umgehend suspendiert, doch nicht bevor er einige interessante Optionen aufwarf, darunter war eine bekannte Schauspielerin, die öffentlich erklärt hatte, sie sei an Kindern nicht interessiert, eine Regisseurin, die sich dagegen aussprach, Kinder zu bekommen, und eine junge Sängerin am Anfang ihrer Karriere, die bereits in ihrem ersten Interview publik machte, sie habe nicht die geringste Absicht, Mutter zu werden.

Schon beim Lesen dieser Interviews war mir eins klar: Binnen drei Jahren werden uns die drei von den Titelseiten der Magazinblätter anlächeln und in den Armen ein frisch gebadetes Baby halten. Die Story wird gekrönt von der immer gleichlautenden Überschrift: »Mutter zu sein, hat mich verändert.«

Denn heute weiß ich: Bist du an Kindern nicht interessiert, machst du das nicht öffentlich, schon gar nicht auf diese Weise. Es geht um etwas Privates und Vertracktes, das einige Zeit in Anspruch nimmt, bis es aus den Tiefen des Bewusstseins auftaucht, und selbst dann lässt es dir keine Ruhe, ringt mit dir bis zur letzten Eizelle, wer weiß das besser als du.

Kleine Hexe, wie siehst du denn aus?
Unterm kurzen Rock guckt der Schlüpper raus!

Flink stehe ich auf, gehe rasch zum Fenster, werfe einen Blick hinaus, kann es nicht glauben, dass diese Lieder immer noch gesungen werden. Mehrere Kinder haben ein kleines Mädchen umzingelt, das einen Minirock trägt. X-mal singen sie diese penetrante Leier. Das Mädchen in der Mitte wirkt verwirrt, weiß nicht, ob sie heulen oder lachen soll. Ich würde ihr diesen einen Rat geben: Heule drauflos.

Hörbar knalle ich das Fenster zu, Putz rieselt von der bröckelnden Wand. Dieses Fenster grenzt an Ramat Gan, die andere Seite bietet einen komplett anderen Anblick.

Diese Wohnung, in die ich zurückgekehrt bin, befindet sich auf einem eigenartigen Punkt der Landkarte: Bnei Brak an der Grenze zu Ramat Gan, genau an der Linie. Für die Mehrheit ist es ein Codename, den jene Einwohner von Bnei Brak benutzen, die ihre Herkunft gern verschleiern wollen. Darum sagen sie: »Ich wohne in Bnei Brak, an der Grenze zu Ramat Gan«, auch wenn sie in der Mitte der Rabbi Akiva Street wohnen.

Aber meine Wohnung befindet sich tatsächlich zwischen beiden Bezirken. Fragt mich einer: »Woher kommst du?«, gebe ich die Antwort, die mir gerade dienlich ist. Efraim, der Direktor des Bibel-Museums, in dessen Augen meine dürftige Religiosität ein reizvoller Faktor ist, bekäme die Antwort: »Bnei Brak.« Ein zufälliger Taxifahrer hingegen, der mir seine Gedanken zu Religion und Staat auftischen will, erhielte die gleichgültige Antwort »Ramat Gan.« Jedem das Passende. Wie gut, dass eine junge Dame die Option hat, ihre Vergangenheit ein wenig zu verschleiern. Wer weiß das besser als ich.

Es gibt einen weiteren Vorteil, und der ist geheim.

Jedes Mal, wenn ich spüre, dass meine Jugend in meinem Körper versiegt – die trocken werdende Haut, die Regel, die sich um einen weiteren Tag verkürzt, das zarte-aber-spürbare Nachlassen der Gesichtsmuskeln, die Härchen an der Kinnpartie –, kurzum: plagen mich Zweifel an meiner weiblichen Anziehungskraft, zieht es mich in die Straßen Bnei Braks. Huh, bei all den schrägen Blicken und dem Zungeschnalzen und den abfälligen Grimassen wirst du dich immer begehrt fühlen. Jeder Ansatz von einem Dekolleté oder ein Rock, der sich einige Millimeter übers Knie hebt, verschafft dir das Gefühl, die verführerischste

Lilith der Welt zu sein. Es ist ein Elixier, das dir Jugend einflößt, o Wunder wirkt.

Maor hasste die Tatsache, dass ich aus Bnei Brak stammte; die Stadt kam ihm minderwertig und verwahrlost vor. Als er hörte, dass ich zurückziehen wollte, verzog er angewidert die Miene, konnte partout nicht nachvollziehen, wie ich meine Wohnung in Tel Aviv aufgeben konnte. Auch als ich erklärte, dass ich die Möglichkeit hatte, in der Wohnung einer Verwandten fast umsonst zu wohnen, zuckte er die Schultern: »Dich dort zu besuchen, wird mich deprimieren«, sagte er.

Offenbar deprimierte es ihn wirklich. Tatsache ist, dass wir uns noch vor dem geplanten Umzug trennten.

Ich betrachte die Babypuppe mit dem platt gedrückten Gesicht, die er mir damals gab, in der Zeit, als die Sonne strahlte und unsere Affäre begann, alles vielversprechend glitzerte. Es war eine Warnung vor der Zukunft, die ich in den Wind schlug. Lacht dein Freund über die vielen Jahre, die euch trennen, bist du es, die am Ende weint.

Es stimmt, dass ich ihn gleich zu Anfang wissen ließ, dass ich an Kindern nicht interessiert sei, zum einen war es die Wahrheit, und zum anderen wollte ich diese beängstigende Wolke vertreiben, die jede Frau Ende dreißig umgibt und zur Bedrohung macht.

Er erwiderte, er sei ebenfalls nicht interessiert – *Und das war gelogen! Sie werden immer daran interessiert sein, insbesondere die geltungsbedürftigen.* Er hielt lange Zeit an dieser Haltung fest, bis er einmal fragte: »Theoretisch, wenn du ein Kind wölltest, mit wem würdest du's machen?« Ich, deren reine Absicht es war, ihm zu schmeicheln, gab prompt zur Antwort: »Nur mit dir, Maori.« Natürlich ging die Sache nach hinten los. Seine Augen verkehrten sich in dunkle Tümpel der Angst. Von da an war unsere Beziehung im freien Fall. Tick-tock.

Nun sitze ich im Schaukelstuhl einer Geisterwohnung, halte diese hässliche Babypuppe in den Händen und warte auf einen Anruf von Maors Doppelgänger, der nur Zerstörung bringen wird. Und von der Polizei ist.

Jeder Gegenstand in der Wohnung schreit dich an, auf der Hut zu sein, aber du hörst nicht hin. Die Wände verfolgen, wie du auf den Anruf wartest, mit hungrigem Ausdruck um das Telefon kreist und in den Räumen allmählich ein vertrautes Gefühl Einzug hält. Es nennt sich Erwartung, und es ist ekelhaft.

Lieber sollte ich mich freuen, dass ich ihn spielend leicht losgeworden bin. Dumm ist er nicht, dieser Micha. Dass er so ungezwungen drauf war, mich nicht mit schwerwiegenden Fragen malträtierte, sollte mich entzücken. Ich hätte hinter ihm die Tür schließen und tanzen sollen. Warum zum Teufel starre ich aufs Handy und schaue nach, ob der Akku funktioniert? Warum kann ich mich auf nichts konzentrieren, höre nur dieses ausgehungerte Summen im Kopf? Warum? *Weil du ein kleines Mädchen ohne einen Funken Verstand bist. Darum.*

Wenigstens Google erwartet mich mit offenen Armen, üppig bepackt mit allem Guten.

Erneut gebe ich »Dina Kaminer« ein und warte darauf, mit Ergebnissen überschwemmt zu werden. Nichts Neues, seit ich das letzte Mal (vor einer Stunde) online war. Keine neuen Verdächtigen, keine interessanten Theorien. Statt der angeblichen Sorge (mit einer Prise Schadenfreude) um das Wohlergehen der Singlefrauen dieser Stadt finde ich nun mehrere Artikel, die predigen. Frauen, die die Kinderfrage endlos hinausschieben, würden sich selbst Schaden zufügen, bla-bla-bla. Unterm Strich: nichts Nützliches an Informationen. Ich scrolle weiter runter, und vor mir entfaltet sich die dunkle Welt der Hasskommentatoren.

Unglaublich, wie sehr sie Dina hassen. Selbst in diesem Zustand. Als Ermordete. Entweihte. Ihres Titels und ihrer Ehre beraubt. Selbst jetzt hassen sie Dina. *Hatten sie immer gehasst.*

Da taucht ein neuer Artikel auf. Die Überschrift ist sentimental: »Dr. Dina Kaminer – die Mutter jener, die keine Mütter werden wollten.« Keine schlechte Überschrift, mit lyrischem Anklang, nicht eindeutig, was Dina davon gehalten hätte, für mich liegt darin Schönheit. Der Artikel stammt von einer Kollegin aus der Forschung, und die Kommentatoren legen offen, dass sie ebenfalls keine Kinder hat. Sie lassen ihren Zorn und ihre Verachtung an ihr aus. Die Bandbreite reicht von: »Wer so hässlich ist wie du, braucht keine Kinder in die Welt zu setzen«, das ist *der Klassiker.* Munter geht es weiter: »Wer will von dir schon Kinder, du ekelhafte egoistische fettarschige Trulla« – *etwas banal, diese unspezifischen Beleidigungen.* Und ein empfindsamer Vorschlag: »Finde endlich einen, der dich befruchtet und dir mit seinem Samen Verstand in deinen unfruchtbaren Schädel rammt.«

Nun, manche Dinge werden sich nicht ändern.

Keiner dieser stammelnden Kommentatoren kann mir beim Texten das Wasser reichen.

Zur aktuellen Stunde werde ich davon die Finger lassen, schlafende Hunde will ich nicht wecken. Am Ende stellt so ein ganz Schlauer bei der Polizei Zusammenhänge her, die mich in große Schwierigkeiten verstricken, aber in der Vergangenheit, o ja in der Vergangenheit habe ich in der Tat den ein oder anderen Kommentar verfasst.

Im Gegensatz zu diesen Neandertalern mit ihren kalkulierbaren inhaltlichen Welten hatte ich Dina gekannt und wusste genau, wo ich sie angreifen konnte, wo ihre wunden Stellen waren. *Kleine Hexe.*

In einem Interview äußerte sie sich über »die Gewalt der Hasskommentatoren, die durch ihre Anonymität ermöglicht wird«. Sie war mir auf die Schliche gekommen. Sie feuerte gleich mehrere dünne Pfeile ab, extra für mich angespitzte. Doch was kümmerte es mich? Zu der Zeit entzog sich mein Hass auf Dina bereits jeglicher Logik.

Versteht ihr? Ich empfand gegenüber allem Hass, was mit ihr im Zusammenhang stand. Die sich naiv gebende Angriffslust, das dunkle glänzende Haar, stets sorgfältig zusammengebunden, die schwarzen hervorstehenden Kuhaugen, die riesigen Brüste, die sie dreist vor sich herschob wie den Bug eines Kriegsschiffs, ihre Rechthaberei, hauptsächlich aber hasste ich ihre tiefe, schnurrende

Stimme, eine samtene Stimme, in deren Unterton die Faust lauerte.

Exakt so hörte sie sich an jenem Mittwochabend an, als sie mir die Tür öffnete und sagte: »Schön, dass du da bist.«

Vier

Aber umgebracht hast du sie nicht? Stimmt's?« Nur Eli kann einen solchen Satz hervorbringen und dabei sachlich klingen.

»Sag nicht, das würde nach einem schlechten Krimi klingen.« Wie immer liest er meine Gedanken.

Ich sitze ihm im Büro gegenüber, trinke, ohne mit der Wimper zu zucken, aus *seiner* Cola-Dose. Elis Büro ist der Hort der Sicherheit, Eli selbst ist der Hort der Sicherheit, der loyale Freund mit der Treue eines Hundes (de facto ähnelt er eher einem Hamster. Aber er ist ein hochgewachsener, ein gut aussehender Hamster, manche würden sagen, ein Hamster mit enormer Anziehungskraft, dennoch reden wir von einem Hamster). Würde es mir doch nur gelingen, mich in ihn zu verlieben – ich wäre die glücklichste Frau der Welt. Nein, das ist ungenau, ich wäre wahrscheinlich ein anderer Mensch, der Mensch, der imstande wäre, sich in Eli zu verlieben. Bedauerlicherweise bin ich's nicht.

Eli ist angenehm, und er ist klug, seine bloße Gegenwart vermag mich zu beruhigen. Noch dazu ist er tolerant und liest seit Jahren mit verblüffender Präzision meine Gedanken, doch wie ihr schon ahnt, ist dies nicht der Cocktail an Eigenschaften, der einen Mann für mich anziehend macht. Tick-tock, tick-tock.

Eli half mir, in stundenlangen Gesprächen etwas zu ergründen. Junge Männer ziehen mich leider vor allem deswegen an, weil vor ihnen noch alles offen liegt, alles frisch ist und glänzt. Auch wenn sie von all diesen Möglichkeiten nichts verwirklichen werden – die immanente Kraft der bloßen Verheißung ist gigantisch.

Eli kann ich beispielsweise anschauen und genauestens voraussagen, wie sein Leben (oder unser gemeinsames) in zwanzig Jahren aussehen wird, einschließlich der Ebene der Steuererklärungen, die er selbstverständlich selbst anfertigen wird, denn zusätzlich zur Summe seiner Tugenden ist Eli auch der Buchhalter des Museums, in dem ich arbeite, *aber selbst eine Affäre am Arbeitsplatz ist für dich nicht aufregend genug. Ist es nicht so?*

Vor etwa drei Jahren erwachte ich nach einer Horrornacht, in der sich sämtliche Geister der Vergangenheit gezeigt hatten. Verängstigt und völlig erschlagen sah ich in den Spiegel und sah ein schwarzes Barthaar sprießen, durch mein Gehirn schoss der wohl überflüssigste Satz der hebräischen Sprache: »Warum es nicht versuchen?«

Warum solltest du es nicht versuchen, Sheila? Warum bist du so drauf? Er ist schon geraume Zeit ein hingebungsvoller Freund, und es kann sein, dass auch in dir, tief im Inneren, ein Körnchen verborgen ist, das sich zu ihm hingezogen fühlt. Verkündet er dir, dass er ein Date hat, spürst du jedes Mal, wie eine eiserne Faust sich um dein Herz schließt. Von da an kannst du es kaum erwarten, dass ihr Kontakt abflaut und dann vollends abstirbt. Stimmt's?

Beim nächsten Treffen – so schwor ich mir – würde ich den Versuch unternehmen, Eli als Objekt meiner Begierde zu betrachten, es war mein voller Ernst. Irgendwie schaffte ich es, mir romantische Gedanken einzureden, sodass ich ein Wiedersehen kaum erwarten konnte. Eli hatte keinen blassen Schimmer, das Objekt meiner Zukunft zu sein, und kam mir – jammerschade war's – in speckigen braunen Cord-Hauslatschen entgegen. Als ich auf ihn zutrat, muffelten diese Dinger, es war abstoßend. An Ort und Stelle schrieb ich jegliche Gedanken der Sorte »vielleicht versuchen wir's« für alle Zeit ab.

Erst einige Tage später fiel mir ein, dass Eli diese Latschen häufig trug, nie hatte ich einen Gedanken an ihr Aroma verschwendet. Offenbar hatte ich meinem Unterbewusstsein befohlen, ihn in jedem Fall abstoßend zu finden, und er, gehorsam wie er war, vor allem hinsichtlich meiner Befehle zur Selbstzerstörung, hatte sich fix was aus der Mottenkiste geschnappt.

Eli nimmt einen Schluck aus der Dose, verliert kein Wort darüber, dass ich sie fast geleert habe und sie ihm gegen die Zähne knallt.

»Ich will das verstehen«, sagt er. »Hat dich jemand gesehen, als du in der Mordnacht zu Dina gegangen bist?«

»Wie kommst du darauf?«, entgegne ich. »Wäre das so, hätten sie mich auf der Stelle verhaftet, aber eine Frau hat offenbar gehört, wie sie mir die Tür geöffnet hat.«

»Um sieben Uhr abends? Dieser Ermittler hat zu dir gesagt, dass es zehn Uhr abends war.«

Nur mir fällt die leichte Veränderung in seiner Tonlage auf, als er »dieser Ermittler« sagt.

»Das stimmt, aber es kann sein, dass diese Schnüffeltante sich in der Uhrzeit geirrt hat.«

»Sheila, herumschnüffelnde Nachbarinnen irren sich nie. Das weißt du sehr gut.«

Natürlich hat er recht, jeder Krimileser weiß: Nichts ist genauer als eine Nachbarin auf der Lauer. *Und keiner ist heimtückischer.*

Dann erzähle ich ein wenig mehr von Michas Besuch, ohne zu sehr ins Detail zu gehen, mir ist klar, dass der geschulte Eli bereits alles erfasst hat, bevor ich überhaupt dazu angesetzt hatte. Er stellt mir keine Frage, weiß, dass er bald mehr von mir erfahren wird, als ihm recht sein wird.

Nur ein Detail macht ihm Sorge: »Hat Dina angerufen und das Treffen initiiert?«, will er wissen. »Nach all den Jahren? Nach allem, was geschehen ist?«

»Ja.«

»Wie kam es, dass sie dich aus heiterem Himmel treffen wollte?«

Ich versinke im Stuhl, kann es nicht über mich bringen, ihm zu schildern, wie alles schiefging, dass dort unheilvolle Worte fielen. Allein der Gedanke daran tut mir weh. Sie hatte sich trotz der Jahre die Fähigkeit bewahrt, mich zu verletzen. *Und du hast deine Fähigkeit vervollkommnet, sie zu verletzen. Hör also auf zu jammern, du bist ja am Leben.*

»Na, wie geht's? So viele Jahre!«

Fast zwei Jahrzehnte, meine Liebe, aber wer zählt schon mit. Ich mustere sie, bin geknickt, denn die Fotos in der Zeitung waren doch nicht retuschiert, und sie sieht mit ihrer schwarzen Haarmähne, der majestätischen Stirn und den großen dunklen Augen wirklich blendend aus. An der Uni hieß es damals, wir seien uns ähnlich, daran war auch ein Funken Wahrheit, aber das Leben, das in uns angelegt war, hatte unsere Ähnlichkeit schwinden lassen. Sie wirkt satt und überheblich, während ich permanenten Heißhunger ausstrahle. Ihr ist anzusehen, dass sie ein wenig zugelegt hat, aus der »Pummeligen« ist die »Korpulente« geworden. Ein kleiner Trost.

Wir sehen uns, erstarrt wie zwei Schützen, an. Mein Blick weicht als erster zur Seite aus, direkt an die Wand, die mit Hochglanz-Diplomen und Anerkennungen gespickt ist. Es gibt auch ein Bild, das ich ziemlich gut kenne, von einer Person, die ich ziemlich gut kenne, *zu gut.* Ich kann mich nicht beherrschen und lese langsam und sorgsam die Bildunterschrift: »Die Prophetin Mirjam.«

»Es ist nicht das gleiche Bild«, sagt sie pfeilgeschwind.

»Sicher nicht«, antworte ich. Was mit dem ursprünglichen Bild geschehen ist, wissen wir beide, und keine von uns erinnert sich gerne daran. Irgendwo in meinem Gedächtnis taucht eine Erinnerung an die junge Dina auf mit dem wilden Haar, den großen, weit aufgerissenen Augen, dem glühenden Gesicht; das kraftvolle Trommeln ihrer weißen Hände auf Mirjams Instrument hört sich wie ein gewaltiger zorniger Herzschlag an: ta-tam, ta-tam!

»Trommelst du noch?« Ich kann nicht glauben, dass mir

diese Frage über die Lippen kommt und auch noch, bevor ich mich in einem ihrer schlohweißen Sessel niederlasse, offenbar hasse ich sie mehr, als ich vermutete.

»Ich habe damit aufgehört«, antwortet sie. Ihrem Ton nach zu urteilen, kann ich einordnen, wann genau das war. Ich sinke in einen der Sessel, die auf einem flauschigen, ebenfalls schlohweißen Teppich stehen. *Und hier ist kein Kind, das daran etwas ändern wird.*

»Kaffee?« Ihre Stimme schlägt um, wird wieder angenehm. Für Menschen, die Gäste bewirten, las ich einmal, ist es eine Erleichterung, wenn du ihre Angebote, dich zu tränken und zu füttern, erhörst. Es hat mit Mechanismen der Kontrolle und Besänftigung zu tun.

»Ja, sicher«, antworte ich und bereue es sogleich. *Warum sollte ich dieses Miststück besänftigen?*

»Ich habe nur Sojamilch.«

»Das ist okay«, gebe ich zur Antwort.

»Du weißt, dass es heißt, sie würden eine ordentliche Portion Hormone enthalten«, sagt sie, während sie uns beiden eingießt. Mein Blick fällt auf ihre mandelförmigen rosa Fingernägel. Ihre Hände an den Tassen wirken so zierlich, ich hatte vergessen, wie klein sie im Verhältnis zu ihrem Körper sind. Die Hände sind die einzigen Körperteile, an denen sie verletzlich wirkt. Alle Mitglieder der Familie Kaminer haben derart kleine Hände. Ich erinnere mich an jenes Mal, als ihr Bruder mir seine kleine Hand auf die Schulter legte, es war zu einer Purim-Party und dadurch gerechtfertigt, dass wir alle angetrunken waren. Es war eine leichte Berührung, auf eigenartige Weise wohltuend, und sie ließ Gänsehaut aufkommen. Es war das erste Mal, dass ein Mann mich berührte, das sagte ich ihm auch. Er ließ seine Hand dort ruhen, und so verharrten wir länger. Allerdings sah ich ihn nach der Party nicht wieder. Dina schien darüber zu wachen. Abertausende Gründe mochte es dafür geben, dass sie eine Affäre ihres Bruders mit mir verhindern wollte, doch mich interessierte der wahre Grund.

Wir nippen schweigend.

»Zumindest schmeckt sie inzwischen besser«, sagt sie. »Weißt du noch, wie widerlich die Sojamilch an der Uni war?«

Ich erinnerte mich, und zwar sehr gut, vor allem an Ronith und ihre Laktose-Allergie. Sie war immer gezwungen gewesen, für ihren Kaffee konservierte Sojamilch aus Kanistern zu nehmen. Einmal hatte ich aus Versehen einen Schluck von ihrem Kaffee getrunken, und diesen üblen Beigeschmack kann ich bis heute auf der Zunge spüren, wie der Bodensatz einer Dose Pilze.

»Bist du mit Ronith in Kontakt?«, erkundigt sie sich wie beiläufig. Sie war ihr wohl auch gerade in den Sinn gekommen.

»Nein«, antworte ich ebenfalls beiläufig. »Und du?«

Sie wirft einen flüchtigen Blick auf das Mirjam-Bild, und mir kommt unsere letzte Begegnung in den Sinn, ich habe den Klang der Trommel, den Rhythmus im Ohr. Uns entging damals, dass es ein anderer Rhythmus war, düster und unzugänglich.

Ta-tam, ta-tam!

Blut und Zerstörung

Unmut und Empörung!
Diese kleinen Hände
sprechen Bände.
Großes Ta-tam
als Abgesang!

»Wir laufen uns manchmal über den Weg, auf Podiumsdiskussionen hier und da«, sagt Dina. Prompt habe ich Dosenpilze auf der Zunge. Sie schmecken gallebitter.

Ronith ist in unserer besonderen Dreiecksfreundschaft die Dritte, *und wie besonders sie ist!* Ronith ist Schauspielerin geworden. Sie mag in Israel nicht zur ersten Liga gehören, aber ihr Erfolg reicht aus, um ein Gummiband um mein neidisches Herz zu schnüren. Ihre kleinen Erfolge sind mir ein Dorn im Auge, auch daran gebe ich selbstverständlich Dina die Schuld.

»Hältst du etwa immer noch Vorträge im Bibel-Museum?« Sie fällt mit der Tür ins Haus.

»Woher weißt du, dass ich dort arbeite?«

»Vor einigen Jahren wurde ich gebeten, einen Vortrag zu halten, der Direktor sprach davon, dass du dich auch mit meinem Gebiet befasst.«

Mit ihrem Gebiet! Ich erwäge kurz, ihr die Tasse ins Gesicht zu schleudern, ich will nichts weiter, als dieser hohen Stirn eine kleine Schramme zufügen, sehen, wie der unbekümmerte Ausdruck wechselt. Wagen werde ich es nicht, das ist klar. *Nie hast du's gewagt!* Wir sind doch beide ach so kultiviert und umgänglich, sitzen hier nett beieinander mit übereinandergeschlagenen Beinen, ihre Zehennägel waren bei der Pediküre, meine Hufe waren auf der Weide, und wir plaudern wie die guten wohlerzogenen Freundinnen, die wir einst waren. Wir waren doch einst Freundinnen. Stimmt's? Sie hatte sich also geweigert, im Museum einen Vortrag zu halten. Das hat sie doch? Zumindest hatte sie die Empfindsamkeit besessen, mir ihre Erfolge nicht vor Augen zu halten.

»Dein Direktor hatte sich herabgelassen, mir ein Viertel meines regulären Honorars zu zahlen«, sagt sie. *Von wegen Empfindsamkeit, die kann ich mir in den Hintern schieben.*

»Noch dazu klang er stinkkonservativ«, legt sie nach.

Wie immer traf sie mit ihrer Analyse ins Schwarze.

Efraim, der Direktor des Museums, war ein orthodoxer und äußerst konservativer Typ. Einen beträchtlichen Teil seines Lebens schien er seinen Auseinandersetzungen mit feministischen Forscherinnen zu widmen, die versuchten, die Heiligkeit des Museums zu entweihen, das er zu leiten versuchte. Da ein beträchtlicher Teil des Museumsetats auf Spenden aus den USA beruhte und im Verwaltungsrat einige wohlhabende Damen saßen, die energisch waren und auf Pluralismus pochten, blieb ihm keine andere Wahl, als guten Willen und Offenheit »für alle Strömungen« zu demonstrieren. Kamen die Stifter auf Besuch, bat er mich, sie durch die Räume zu führen und meine ganzen subversiven Ideen in die Freiheit zu entlassen, von denen er an Tagen, an denen alles ordnungsgemäß lief, Juckreiz bekam. Dina hatte offenbar das Maß seiner Toleranzfähigkeit überschritten. Fakt war, aus ihrem Vortrag wurde nichts.

»Ich dachte damals sogar, dass es interessant werden könnte, wenn wir uns träfen«, sagt sie.

Ganz recht. Und nicht zu knapp.

»Ich konnte nie nachvollziehen, warum du dich in diesem drittklassigen Museum vergräbst.« Sie nimmt einen weiteren Schluck von ihrem Sojakaffee, füllt Hormone auf, sitzt mir gegenüber, aufgeblasen und strahlend, hochmütig und selbstzufrieden, sieht aus wie eine Kuh kurz vorm Kalben.

»Du kannst es nicht nachvollziehen?« Ich bringe gerade noch die Kraft zum Flüstern auf.

»Ja«, fährt sie fort. »Schließlich warst du genial, hattest was auf dem Kasten, originelle Ideen. Ich hätte gedacht, du würdest nach vorn preschen, so wie ich.«

Sie lehnt sich zurück, bohrt ihren Hintern tiefer in den *weißen* Sessel, die kleinen Hände ruhen an der Tasse. Meine Hände, hingegen, schnellen an den Körperseiten rauf und runter. Wollen verletzen, aber wieder einmal fehlt ihnen die Courage. Denn was genau sollte ich ihr sagen? Dass mein größter Geistesblitz mir geraubt wurde? Ich erinnere mich noch sehr gut an den Schock, als ich den brisanten Artikel in der Zeitschrift sah. »Freiwillig kinderlose Frauen in der Bibel«, hieß es in der Überschrift – eine Welle lodernder Wut schlug in mir hoch, entlud sich in ein Feuermeer. Bedrohliche Angst, Panik, Verblüffung, und ja, da war sogar Stolz, ich war bescheuert genug, um angesichts des jämmerlichen Dankes, den sie mir dort, am Ende des Artikels, vor die Füße schleuderte, Stolz zu empfinden. »Für die Inspiration.« Inspiration – dir werd' ich's zeigen!

Nicht einen Mucks gebe ich von mir, noch nicht, sie ebenfalls nicht, mit höhnischer Behutsamkeit verfolgt sie mein Mienenspiel, sucht dort etwas, das sie nicht finden wird, weiß offenbar, dass ich es nicht wagen werde, ein Wort zu sagen, so wie damals und in all den vergangenen Jahren.

Dabei hatte man mich dazu gedrängt, etwas zu unternehmen, den Mund aufzumachen, Herrgott noch mal! Mehrere wollten mich davon überzeugen, an vorderster Front Eli. »Du musst sie anrufen und um eine Erklärung bitten, oder sie soll zumindest für eine ordnungsgemäße Würdigung sorgen.« Er ließ nicht locker, und ich strich die Segel. Eine fremde Person könnte sich nicht in mich hineinversetzen, aber ich war für ein derartiges Telefonat nicht gerüstet, ich hatte nicht einmal die Kraft, es mir auch nur vorzustellen (das heißt, damals hatte ich sie nicht. Mit den Jahren verblasste die Szene, wo ich sie mir am Telefon vorknöpfte, sie lauthals heruntermachte und Gerechtigkeit einforderte, durch übermäßige Inanspruchnahme).

Mag sein, dass an diesem Punkt alles seinen Anfang nahm, ja, genau da. Meine Unfähigkeit, ihr entgegenzutreten, nahm zu und verkehrte sich in die Unfähigkeit, der Welt entgegenzutreten. Lieber zurückzustecken, tropfenweise ins »Komme, was da wolle« zu versickern, war mir nicht mehr gegeben. Doch wird dir in diesem Leben etwas verwehrt, kommt dafür etwas anderes (zumeist Abscheuliches) und nimmt dessen Platz ein.

Dieses abscheuliche Ding sitzt nun vor mir. Diese garstige Gans, die auf jedem Gastvortrag gackert. Sie will etwas sagen, was ihr nicht gelingt, denn sie leckt sich keck die kleinen Finger, an denen die weiße Creme von den Oreo-Doppelkeksen klebt, die mir irgendwie entkommen sind. Nun lutscht sie an ihren Fingern, diese promovierte Gans.

»Vielleicht bin ich nicht nach vorn geprescht«, erhebe ich meine Stimme, »weil irgendein Miststück mir meine beste Idee geklaut und darüber einen Artikel geschrieben hat.«

Bei dem Wort »Miststück« muss sie gleich mehrmals blinzeln.

»Nun. ›Geklaut‹ würde ich das nicht nennen«, sagt sie nach kurzer Überlegung.

»Ach, nein? Wie würdest du es dann nennen?«

»Nun komm schon, Sheila, also wirklich. Wir waren als Clique unterwegs, die ganze Zeit über zusammen. Du weißt ja, wie das ist, Gedanken springen von einem auf den anderen über. Irgendeine kam auf die Idee, dass es möglich sei, dass es auch in der Bibel Frauen gab, die keine Mütter werden wollten. Und daraus ist das Ganze entstanden.«

»I r g e n d e i n e kam auf die Idee?«

»Nun gut, das warst du.« Sie trinkt wieder von ihrem Kaffee, nimmt einen Riesenschluck, der sich wie ein Rülpser anhört. »Aber ich habe dich damals gewürdigt. Nicht wahr? Ich habe dir gedankt, überall habe ich erwähnt, dass es eine Idee von mir und einer Freundin aus der Studienzeit war.«

»Wer hat von diesem Dank denn irgendetwas mitbekommen?« Ich springe auf, meine Füße versinken in dem flauschigen schlohweißen Teppich, und weiß wird er sein *für die Ewigkeit.* »Du hast dir das unter den Nagel gerissen,

Dina, und das weißt du genau! Und das ist nicht einmal das Schlimmste, das du angerichtet hast, das ist uns beiden klar.«

Nun war es raus.

»Ah, jetzt gibst du mir an allem die Schuld?« Ihre Stimme bleibt gefasst, umso tiefer brennen sich die Worte bei mir ein. »Du gibst mir die Schuld, dass du in einem Museum versauerst, von dem keiner je gehört hat? Wo du zweihundert Schekel für einen abgedroschenen Vortrag über die biblische Sarah bekommst? Daran soll ich jetzt auch schuld sein?«

Sie hat ihr Hinterteil immer noch tief in den Sessel gegraben, ich stehe ihr gegenüber. An der Wand gegenüber hängt das Bild Mirjams, im Ohr vernehme ich das Trommeln, ta-tam, ta-tam! Ta-tam! Diesmal sind es Kriegstrommeln, zu lange haben sie geschwiegen.

»Du hast meine Idee geklaut, immerzu hast du von mir geklaut, du hast mich um wesentlich mehr gebracht als den Artikel. Hast uns alle um etwas gebracht, mich, Ronith, Na'ama!«

Die Erwähnung von Na'amas Namen wird ihr mit Sicherheit das Mundwerk stopfen. Sie muss erneut blinzeln, wagt es nicht, an ihrem Kaffee zu nippen, wie erstarrt sitzt sie da, mit ihren klebrigen Fingern und einem Blick, der auf der Flucht nach vorn ist. Glotzt. Ich weiß genau, woran sie denkt, an wen sie denkt, irgendeine Leiche wurde soeben aus dem Grab gezerrt und liegt hier auf dem schlohweißen Teppich.

Bedauerlicherweise ließ sich Dina niemals für längere Zeit zum Schweigen bringen. In Zeitlupe erhebt sie sich in der gewohnten Ehrfurcht gebietenden Art aus ihrem Sessel, wiegt ihr Becken, während sie auf mich zusteuert.

»Hör mir mal gut zu«, meint sie teils bedrohlich, teils beschwichtigend. »Ich habe dir einen Gefallen erwiesen, Sheila, wir wissen beide, dass du aus deiner unausgegorenen Idee nichts gemacht hättest, während ich mich hingesetzt, geforscht und geschrieben und es realisiert habe. Auf halber Strecke habe ich dir den größten Gefallen deines Lebens erwiesen, denn nun hast du jemanden, dem du die Schuld zuschieben kannst, du hast für dein mehrfaches Scheitern eine Adresse! Nun hast du deinen Spaß, du erbärmliche Null!«

Ich starre sie an, kann es nicht fassen, dass sie diese Worte ausgesprochen hat. *Wie ist es dazu gekommen, dass du eine erbärmliche Null bist?*

Ich kann nicht glauben, dass wir uns in sprachliche Niederungen verstiegen haben. *Wie ist es dazu gekommen, dass du eine erbärmliche Null bist?* Wenn die Maske der Höflichkeit und guten Erziehung so rasch Risse bekommt, wozu dann der Aufwand, eine höfliche Erscheinung zu wahren? *Eine erbärmliche Null!*

Die gleichen Gedanken scheinen Dina durch den Kopf zu gehen, denn sie fasst sich, ballt die Fäuste, will etwas sagen, lässt es aber sein. Bedächtig nimmt sie im Sessel Platz, streckt die Hand nach der Tasse aus, würde gern einen Schluck nehmen oder die Tasse zumindest an die Lippen führen, doch sie ist aus durchsichtigem Glas und leer.

Sie klemmt sich eine Haarsträhne hinters Ohr. *Sie hat* bewundernswert *volles Haar! Wie ist es möglich, dass eine Frau in ihrem Alter solch glänzendes Haar hat?* Ihre Hand zittert.

»Sieh mal«, sagt sie. »Das hat mir nicht vorgeschwebt, als ich die Initiative zu unserem Treffen ergriffen habe. Es ist einfach …« Sie sucht nach Worten. »Benehmen wir uns wie Erwachsene, für solche Schuldzuweisungen sind wir zu alt. Das erinnert mich an einen Artikel, den ich gelesen habe. Kinderlose Frauen würden einen infantilen Zug bewahren, wurde darin behauptet. Mir scheint, den Beweis haben wir beide gerade erbracht. Wie zwei kleine Mädchen.« Sie lächelt, es ist wieder ihr normales, ihr selbstsicheres Lächeln.

Dieses Lächeln, dieses vertraute Lächeln der zwanzigjährigen Studentin bricht in Stücke, und Dina, der nicht bewusst ist, was in mir vorgeht, legt mir in ihrer entspannten intellektuellen Art dar: »Was hier gerade vorgefallen ist, weist ziemlich viel Ähnlichkeit mit der Bibel auf, es ist etwas Urzeitliches. Für einen kurzen Moment haben wir uns verhalten wie zwei biblische Figuren, die miteinander um das Erstgeburtsrecht ringen … Das erinnert mich an einen Artikel, den ich über Wesensarten schreiben will, die sich erhalten haben, die in der DNA verankert sind.«

Sie fährt damit fort, mir die biblische Parallele, die ihr in den Sinn gekommen ist, aufzuzeigen, als wären die furchtbaren Worte, die sie erst vor einigen Minuten fallen ließ, aus ihrem Sinn, denn sie ist bereits weiter, bei ihrer Idee, und ich werde mir darüber klar, dass der Zwischenfall sie kaum berührt hat, das heißt, nicht wirklich berührt hat, *denn es kümmert sie nicht, begreifst du? Es hat sie nie gekümmert.* Du bist es, der jeder Artikel von ihr die Seele verätzt hat, du hast diese uralte Auseinandersetzung innerlich weitergeführt und dir immer gesagt, der Tag wird kommen, der

Tag wird kommen … Der Tag ist gekommen, sieh nur, du hast sie vor dir, sie stopft einen Keks nach dem anderen in sich hinein, leckt sich die Finger, klebt mit dem Hintern im Sessel, und du bist wie gewöhnlich die Null aller Nullen, so eine, die keinen Ton von sich gibt und es mit sich machen lässt, dass die Dina Kaminer dieser Welt ihr auf den Kopf pissen.

»Du willst mir also eine Lektion in Bibelkunde erteilen, Dina?« Meine Stimme klingt feucht und hässlich. »Vielleicht ist es an der Zeit, dass ich dir mal eine Lektion erteile? Vielleicht nimmst du auch diesen Aspekt in deinen neuen Artikel auf? Ich verzichte auf Erwähnung in der Danksagung, von vornherein, nur zu gern, hörst du?« Hey, ja, sie hört tatsächlich zu. »Zu den Wesensarten, die in der DNA verankert sind, fällt mir Folgendes ein: So wie sie die Dina in der Bibel geschädigt und in den Arsch gefickt haben, so hast du mich geschädigt und in den Arsch gefickt, tief und heftig. Was hältst du von dieser Parallele?«

»Gefickt« über die Lippen zu bringen, war mir nicht leicht gefallen, aber jede einzelne Sekunde war die Sache wert. Fassungslosigkeit ließ ihren Mund offen stehen. Ich hatte gewusst, dass meine Vulgarität sie zum Schweigen bringen würde. Vulgarität hatte sie stets zum Schweigen gebracht. So war das. Hören kleine religiöse Mädchen das Wort »ficken«, verschlägt es ihnen die Sprache. Auch ich brauche einen Moment, um Luft zu holen.

Dina bleibt stumm, steht auf, geht zum Kühlschrank, gießt sich ein Glas Wasser ein und trinkt, greift sich einen weiteren Doppelkeks, leckt sich die Lippen und beißt in aller Ruhe von dem Keks ab. Ihr Blick wandert zu dem Bild an der Wand, und in ihren Mundwinkeln zeichnet sich der Ansatz eines Lächelns ab. *Dieses Lächeln!*

»Weißt du was, Dina? Fall doch tot um!«

Meine Stimme ist sehr ruhig, aber mehr braucht es nicht. Die alte Furcht schlüpft in ihre Augen.

Fünf

Zügig gehe ich am Wachsfigurenkabinett vorbei, entziehe mich den forschenden Augen der Puppen, für sie habe ich keine Geduld. Schon gar nicht heute.

Auch diese Nacht habe ich mich im Bett gewälzt, habe wieder und wieder dieses Treffen mit Dina rekonstruiert. Weiß, dass mir dort etwas entgangen ist, etwas Bedeutendes. Irgendein Wort, das fiel, ein Hinweis, der im Raum stand, etwas Tiefgehendes und Finsteres, ohne klar umrissene Wirklichkeit, wie Körpergeruch.

Eine Minute, bevor ich einschlummerte, als mein Körper bereits abgekühlt und gelöst war, spürte ich, wie die richtige Antwort sich in die äußerste Ecke meines Bewusstseins stahl, wie kurz vorm Niesen, doch dieser flüchtige Augenblick ging vorbei. *Gleich stößt du mit der Nase drauf, dumme Nuss!*

Die Puppen blicken mich mit ihren wächsernen Augen an, keine lächelt.

Die Sammlung ist eine Widmung unseres größten ausländischen Stifters. Wegen des Gebots »Du sollst dir kein

Gottesbild machen« hatten zunächst einige Stellen versucht, gegen die Puppen Protest einzulegen. Es folgten ein reißerisch aufgemachter Artikel in der Lokalzeitung und der Versuch, eine Demonstration gegen die Abbilder der Schändlichkeit »im Bibel-Museum, Gott bewahre!« auf die Beine zu stellen. Doch wie es sich in solchen Angelegenheiten stets verhält, wenn es sich um einen bedeutenden Stifter handelt, bewegte die Sammlung sich nicht einen Millimeter von der Stelle. An normalen Tagen mag ich es sogar, das Wachsfigurenkabinett in seiner ganzen Länge zu durchschreiten, nur sind die Tage momentan nicht normal, und die Puppen wirken besonders grimmig.

Am grimmigsten guckt die Puppe unserer sogenannten Erzmutter Leah mit ihren leblosen Augen, sie steht da, neben der Puppe von Ja'akov, und das Knäuel Kinder hängt an ihr wie Kirschen auf einem schmelzenden Eis. Der Künstler hat mit seiner Auslegung des Begriffes »sanfte Augen« übertrieben, ihr Ausdruck ist singulär, sie sieht aus wie eine Blinde, die schielt. Oder wie ein Schüler einmal sagte: »Sie scheint geistig zurückgeblieben.« Der Lehrer schnitt ihm selbstverständlich das Wort ab, aber ich schenkte ihm ein aufmunterndes Lächeln.

Auch Sarah, eine unserer Erzmütter, verzieht bei meinem Anblick das Gesicht, steht neben ihrem Avraham und wirkt greiser und faltiger als sonst, vor allem, da sie die kleine wächserne Hand von Jizchak hält, der noch Säugling ist. Hagar ist selbstverständlich jung und schön dargestellt, »zu schön«, bemerkte einmal eine Besucherin säuerlich. Ich stimmte ihr zu, auch mir waren die ausladenden und keck aufgerichteten Wachsbrüste ein Dorn im Auge.

Gehe ich an der Puppe der Prophetin Mirjam vorüber, lege ich wie immer einen Schritt zu. Ich spüre ihren alten Zorn, er ist der Tatsache geschuldet, dass die altbekannte Szene ausgewählt wurde. Als kleines Mädchen schaut sie zwischen dem Schilfrohr hindurch, passt auf Moses auf, der aus irgendeinem Grund aussieht, als wäre er in Wurstpapier gewickelt. Ihm war es wenigstens vergönnt, ein zweites Mal und als erwachsene Figur modelliert zu werden, während Mirjam als kleines ängstliches Mädchen belassen wurde. Wieso gibt es hier keine Darstellung von ihr als mächtige Prophetin, die sie später wurde? *Na, wieso?*

Heute gehe ich zügiger als sonst an ihr vorüber, noch einige Puppen und ich bin außerhalb des Kabinetts. Nun streife ich David mit seinen Frauen. Er gibt den arroganten Rotschopf ab, umringt von einem Haufen schöner Frauen, an deren Seite, ein wenig auf Abstand, eine stolze und traurige Frau sitzt, auf deren Haupt schräg eine kleine Krone ruht. Jede der Frauen hält einen strammen Wachssäugling in den Armen, sie hingegen begnügt sich mit der Krone und diesem hungrigen Ausdruck. Es ist Michal, die Tochter Sauls, und die einzige von Davids Frauen, die ich je zu mögen gelernt habe. Doch ein Vortrag über sie ist absolut unerwünscht. »Wer will schon etwas über diese verbitterte unfruchtbare Frau hören?«, ließ mir gegenüber einmal eine Koordinatorin für Fortbildungen aus dem Süden fallen. Sie wollte sich für den Vortrag »Vier Mütter – Stolz über Generationen« anmelden.

Adam und Eva, von Kopf bis Fuß in Feigenblätter gehüllt, erwarteten mich am Ausgang.

Dafür hatte Efraim gesorgt. Für einen besonderen *Tag der Kunst* hatte er Kinder eingeladen, damit sie Dutzende kreative Feigenblätter gestalteten, die er eigenhändig aufklebte. Ich weiß noch, wie ich ihn dabei beobachtete. Blatt für Blatt brachte er mit großem Widerwillen an. Als er sein Werk beendet hatte, wirkten Adam und Eva, als trügen sie dunkelgrüne Taucheranzüge.

Wenigstens Liliths Skulptur hatte er verschont. Vor einigen Jahren hatte die Gattin eines Stifters aus freien Stücken beschlossen, für die Ausstellung die Skulptur der Lilith zu modellieren. Zu Efraims großem Bedauern war die verehrte Künstlerin eine bekannte New Yorkerin und führte das Argument ins Feld, es sei ein Unding, dass die erste im Garten Eden erschaffene Frau in der Ausstellung nicht vorkomme. Efraim versuchte dagegen anzukommen, wollte darlegen, dass es sich nur um eine Figur aus dem *Midrasch,* der Auslegung der Bibel, handele, nicht aus der Bibel selbst, doch, wie stets, befand darüber das große Geld.

Ich stand neben Eli, als der Lkw vorfuhr und Lilith, die New Yorkerin, ablud. Gemeinsam beobachteten wir Efraim, der dabei war, die Contenance zu verlieren. Lilith kam splitterfasernackt, war riesig, war behaart (im Nachtrag erklärte die Bildhauerin, sie habe sehr wohl versucht, Rücksicht zu nehmen und Liliths langes dunkles Haar so angeklebt, dass es sämtliche strategische Orte bedecke, allerdings hatte der Klebstoff dem Geruckel des Transports nicht standgehalten und die Tatsache gelüftet, dass die Künstlerin der realistischen Abbildung treu war und daher sämtliche Geschlechtsteile nachgebildet hatte). Als hätte dies nicht genügt, steckte in Liliths Schlund ein kleines Kind. Sie bot den Anblick eines Raubtiers.

Mich überraschte es nicht, ich kannte die Bibel-Auslegungen, wonach sie als Feindin der Mütter galt und ihren Appetit mit kleinen Kindern stillte. Nachdem der Aufruhr sich gelegt hatte, erklärte die Künstlerin, sie habe lediglich versucht, Kritik an der Art und Weise anzubringen, in der Liliths Figur verunglimpft worden sei. Nicht einmal im Traum habe sie daran gedacht, ihre Kinder zu vertilgen. Das Verbrechen habe darin bestanden, einem herrschsüchtigen Menschen keine Kinder schenken zu wollen, was für Efraim ein Rettungsring war.

Bei Auseinandersetzungen, die sich um entblößte Körperteile drehten, käme er gegen die liberal gesinnte, eingeschworene Gemeinschaft der Stifterinnen nicht an. Doch ging es um eine Frau, die Kinder bei lebendigem Leib verschlang? Da hörte es auf!

Briefe wurden versandt, Telefonate geführt, und Lilith, die Kannibalin, wurde unter Wahrung des Respekts übers Meer geschickt, um Teil der Ausstellung »Die erste Frau – die letzte Mutter« zu sein. Von da an verlor sich ihre Spur.

Sieht man sich die Wachspuppe von Eva genauer an, nimmt man den feinen Riss an ihrer Schulter wahr – ein Überbleibsel ihrer Ortsveränderung, um Lilith Platz zu machen, wobei sie gegen die Wand gedrückt wurde. Auch wenn der Schulterbereich ausgebessert und restauriert wurde, bleibt der beschädigte Teil erkennbar.

So verhält es sich mit Lilith, sie hinterlässt immer Spuren.

Das Handy klingelt. Auf dem Display erscheint der Name, und mir bleibt das Herz stehen. *Dummes Ding!*

Ich kämpfe mit mir. Soll ich sofort rangehen oder die Erwartung noch etwas hinauszögern? Nein, das hier ist nicht das übliche Spiel, fällt mir ein.

»Hi, Micha.« Ich gebe mir Mühe, den richtigen Ton zu treffen.

»Nenne mir einen Grund, warum ich dich nicht an Ort und Stelle festnehmen soll.«

Ich erstarre. Aus dem Augenwinkel nehme ich die kleine Mirjam wahr, die durchs Schilfrohr späht.

»Wovon … wovon redest du?«

»Ich rede von diesem Unsinn, den du mir weismachen wolltest. Du und Dina hättet angeblich keinen Kontakt mehr gehabt. Du warst am Abend, kurz bevor sie ermordet wurde, bei ihr. Davon rede ich.«

Eisige Kälte breitet sich in meinem Körper aus. *Wie kann er das wissen?* Seine Stimmlage verrät die unterdrückte Wut, den Anflug von Gewaltbereitschaft. Mit der Zuweisung direkter Schuld konnte ich noch nie umgehen, lieber schlängle ich mich durch, gehe den Weg des geringsten Widerstands.

»Ich wollte es dir erzählen«, sage ich leise, »hatte aber Angst, das käme nicht so gut an.«

»Das kommt scheiße an.«

Okay, mit Sicherheit ist er nicht der Typ, der sich durchlaviert. Besorgt schaut die kleine Mirjam mich an, während ich nach den richtigen Worten suche, und starrt mich weiterhin an, als sie einfach nicht kommen. Ich schweige ins Telefon. Grauenhafte, nicht enden wollende

Stille, die sehr vieles ausstrahlt. *Los, komm schon, lass dir was einfallen!*

»Hör mal, Sheila.« Indem er meinen Namen in den Mund nimmt, hört er sich etwas freundlicher an. »Was soll ich davon halten? Du hast mir nicht die Wahrheit gesagt.«

»Weil ich nicht dazu in der Lage war.«

»Okay, dann sag mir jetzt die Wahrheit, langsam und behutsam. Warum bist du zu Dina Kaminer gegangen?«

»Es war ihre Initiative.«

»Tatsächlich?« Er weicht zurück. »Einfach so? Nach zwanzig Jahren?« Er stellt die gleichen Fragen, die Eli mir gestellt hat, aber er ist nicht Eli. *Er ist das Gegenteil von Eli, merk dir das.* »Oder habt ihr beide den Kontakt aufrechterhalten? Hast du an der Stelle ebenfalls gelogen?«

»Hör mal, ich habe hier gleich eine Führung, könnten wir später reden?« Ich atme tief durch. »Du kannst auch zu mir nach Hause kommen, wenn du willst.« Ha! Ich hatte es ausgesprochen. Angst und Dummheit vermengen sich in meinem Bauch, wie jedes Mal, wenn ich einen destruktiven Schritt mache. Michals Wachspuppe wirft mir einen frostigen Blick zu, die Krone auf ihrem Haupt funkelt.

»Ich komme vorbei, aber diesmal lügst du mich nicht an, Sheila, da ich nicht weiß, wohin das führen würde.« Abrupt legt er auf und lässt mich mit dem Telefon in der Hand und den Wachspuppen zurück, deren Blick eins sagt: irreparabel.

Ich gehe in den Seminarraum, wo Efraim auf mich zueilt: »Oh, guten Morgen! Seht mal, wer da kommt! Wir hatten schon Angst, dass der Killer auch bei dir einen Hausbesuch macht.«

Dir auch einen guten Morgen, Efraim, ich weiß, dass du gute Absichten hegst oder es dir zumindest so vorkommt, aber schon sehr bald werde ich dich zwingen, damit aufzuhören.

Am anderen Ende des Raums steht Shirley, wir wechseln Blicke. Ihr teilnahmsvoller Blick spricht Bände. Sie hat bereits eine Portion an Witzen über die hoch gefährdeten Singlefrauen über sich ergehen lassen.

Armer Efraim! Wüsste er, dass Shirley Maßnahmen ergreift, um sich mithilfe einer Samenbank ihren Kinderwunsch zu erfüllen, würde es ihn ordentlich verwirren. Am Ende käme er aber zu dem Schluss, dass es sich um eine Angelegenheit handelt, auf welcher der Segen liegt. Auf Geburten liegt stets der Segen. Hätte besagtes Kindchen noch dazu einen Vater, vielleicht sogar einen, der die *Mitzwot*, die religiösen Pflichten, einhielte, läge gleich dutzendfacher Segen darauf, so viel ist klar. Efraim hatte jedoch gelernt, in dieser Hinsicht von den beiden unverheirateten Frauen nicht allzu viel zu erwarten, der Zufall wollte es, dass sie innerhalb des Teams die besten Guides waren. Deshalb hielt er sich im Allgemeinen mit seinen Witzen zurück, es lag an diesem spezifischen Mord, dass er unbedacht daherredete.

»Hier sind die Steuersachen, die Eli geschickt hat.« Ich drücke sie ihm in die Hände.

Als Eli damals anfing, hier zu arbeiten, legte sich, wenn ich seinen Namen erwähnte, ein verträumter Ausdruck auf Efraims Gesicht. Mit einer Palette überflüssiger Aufgaben schickte er mich zu ihm und scharwenzelte wie Amor im biblischen Alter um mich herum. Erneut diese guten Absichten.

»Es war die Hölle!« Yif'at stürmt herein und lässt sich auf einen Stuhl fallen. »Diese Gruppe war so was von ätzend, das ganze Seminar über hat es Beschwerden gehagelt.«

»Was kann man von Lehrerinnen schon erwarten?«, sagt der erfahrene Efraim. »Mach dir keine Sorgen, das geht seinen Gang, sie wollen nur eine kleine Veränderung.« Er setzt mich ins Bild. Die Lehrerinnen aus der israelischen Siedlung Elkana im Westjordanland wollen infolge des Vorfalls gern eine kurze Zusammenfassung. Es geht um diesen berühmten Artikel von, nun, du weißt schon, deiner Freundin. Aber behutsam, Sheila, mildere den Inhalt ab. Fang mit deinen aggressiven Ansichten gar nicht erst an.

Deine Freundin. Nimmt einer diesen Ausdruck in den Mund, habe ich mal gelesen, ist meist die Rede von einer, die gar nicht deine Freundin ist. Ich schnappe mir die Unterlagen für die Führung und gehe in die Halle, höre von Weitem, wie die Wachspuppen anfangen zu kichern.

Sie warten bereits auf mich, sitzen da und kauen, dabei ist es in der Halle strikt untersagt zu essen.

In dem geschlossenen Raum, der gut gefüllt ist mit religiösen Frauen im fruchtbaren Alter, herrscht ein eigentümlicher Geruch, eine Mischung aus Süßem und Saurem, ein Bouquet aus Milch, Blut und Hormonen. Ich kann die unsichtbaren kleinen Kinder spüren, die sich an einige von ihnen schmiegen.

»Hallo und herzlich willkommen«, beginne ich. »Infolge

der jüngsten Ereignisse kann ich nachvollziehen, dass Sie an einer kurzen Zusammenfassung des Artikels von Dina Kaminer interessiert sind.« Ich bringe die Worte nur mit Mühe hervor, doch es gilt: Demonstriere niemals Schwäche, erst recht nicht in einem Raum mit lauter Lehrerinnen.

»Entschuldigen Sie«, meldet sich eine von ihnen zu Wort. Ihr unsichtbares Kind klammert sich an ihren Hals. »Das ist ja völliger Unsinn. Was soll das heißen, dass biblische Frauenfiguren keine Mütter sein wollten? Welche Frau will denn nicht Mutter sein?«

Ich lasse meinen Blick auf ihr ruhen, ohne mit der Wimper zu zucken, sauge den Geruch von Schweiß und Milch ein.

»In der Tat stößt diese Theorie nicht auf wenig Widerspruch, doch in der Bibel gibt es einige Frauen, die hervorstechen und keine Kinder hatten. Offenbar aus freier Entscheidung. Dies kann vielleicht auch die Tatsache erklären, dass viele biblische Frauenfiguren, einschließlich der Erzmütter, unfruchtbar waren, wie man es nannte.« Ich rezitiere den ersten Satz des Artikels, spüre, wie meine Stimme tiefer wird, wie sie schnurrt.

»Wovon reden Sie da?«, ereifern sich einige gleichzeitig. »Die Frauen flehten um Kinder, Rachel wäre beinahe kinderlos gestorben!« Insgeheim kommentiere ich, dass Rachel auch mit Kindern gestorben wäre, doch ich will den Saal, in dem bereits die Funken stieben, nicht in Brand stecken.

»Das ist die Meinung des biblischen Erzählers«, entgegne ich seelenruhig. »Eines Mannes, natürlich, doch er enthält uns nicht vor, dass die Frauen in der Bibel, die am meisten realisiert haben und aktiv tätig waren, wie die Prophetin Mirjam oder die Prophetin Hulda, keine Kinder hatten.«

»Ein Leben ohne Kinder ist der Tod!«, ruft eine von weiter hinten. »Sehen Sie sich Michal, die Tochter Sauls, an, ihre Strafe besteht in einem Leben ohne Kinder.«

»Strafe?«, hake ich nach. »Vielleicht war sie nicht an Kindern von einem Mann interessiert, der ihren Vater und Bruder ermordet hatte?« Vor meinem geistigen Auge sehe ich Michals Wachspuppe, möglicherweise ist sie gar nicht traurig, möglicherweise ist ihr Gesichtsausdruck sorglos. *Ich bin davongekommen.*

»Woher nehmen Sie diesen Unsinn?« Noch so eine, rote Pausbacken, wie eine Kampfmaschine baut sie sich vor mir auf. *Mach mir bloß nicht meine Mutterschaft streitig, das ist alles, was ich habe.*

»Das steht in dem Artikel geschrieben, meine Liebe«, entgegne ich stoisch.

»In welchem Artikel? Ist das diese berühmte Theorie von Kaminer? Dieser Unfug?«

»Sie können es nennen, wie Sie wollen, doch diese Theorie wurde auf der ganzen Welt publiziert, und sie ist tief verankert, beruht auf seriöser Quellenlage.«

»Woher wollen Sie das wissen?« Erneut meldet sich die Rotbäckige, sie kommt mir so nah, dass ihre Augen zu schielen beginnen, zunehmend wird sie der Wachsfigur unserer Erzmutter Leah ähnlicher, *samt dieser vielen kleinen Kinder, die schmelzen können.*

»Zufällig bin ich es, die Dina Kaminer dabei geholfen hat, diese Idee zu entwickeln.«

Efraim, der den Saal auf seinem Weg nach draußen durchquert, bleibt stehen. Guckt mich verdutzt an.

»Sind Sie sicher?« *Wie kommt es, dass aus dir eine solche erbärmliche Null geworden ist?*

»Ja, da bin ich mir sicher. Googeln Sie mal und Sie werden sehen«, schicke ich hinterher, kann hören, wie die Wachspuppen mir Applaus spenden. Außer Mirjams Puppe, natürlich. Ihre bösen Augen kann ich mir vorstellen. Ein kleines Mädchen zwischen dem Schilfrohr, in ihrer Zeit erstarrt, nie wird sie heranwachsen, um eine Leitfigur zu werden, nie wird sie eine Trommel in der Hand halten.

Am Ende der Führung bin ich wieder die mir vertraute, entspannte Person, die mit Empathie auf die Bedürfnisse jeder Einzelnen eingeht. Wir kommen zur versöhnlichen Abschlussrunde, bei der jede Lehrerin eine biblische Figur, die sie inspiriert, sein darf. Die Rotbäckige, wie zu erwarten, suchte sich Leah aus. *Na wunderbar, Schwester.* Die Dosis an mit Hormonen und Milch versetztem Schweiß, die ich aufgesogen habe, machte mich benommen, ich war dabei, mich aufzulösen, in Kürze eine von ihnen zu werden. Wie damals beim Zivildienst. Im Badezimmer unserer Wohnung füllte sich nach kurzer Zeit der kleine Mülleimer mit blutdurchtränkten Damenbinden, exakt immer am gleichen Wochentag und bald sogar zur gleichen Uhrzeit. Diese untergründige Verbindung zwischen Frauen wird nie abbrechen, wird immer am Werke sein. *Tick-tock.*

Auf meinem Weg heimwärts mache ich meine Hausaufgaben. Um mich für die Begegnung mit Micha zu wappnen, gehe ich die Liste mit den Leuten durch. Wer hatte ihm wohl gesteckt, dass ich mich an dem Abend mit Dina getroffen hatte? Keine Option löst bei mir helle Freude aus.

Allein der Gedanke an eine bestimmte Möglichkeit lähmt mich.

Sechs

Gleich steht er vor der Tür. *Bring deine Wohnung in Schuss, versteck, was versteckt werden muss.*

Rasch laufe ich zwischen den Zimmern umher, inspiziere sämtliche Kisten, sorge dafür, dass das Missgeschick sich nicht wiederholt.

Kurze Schnüffelprobe, und ich werde mir über den leichten Schimmelgeruch klar, der aus der Installation dringt, es ist *der immer gleiche Geruch.* »Erfüllt dein Zuhause mit dem belebenden Duft blühender Frühlingswiesen« – energisch drücke ich auf den Sprühknopf dieses ausgesuchten Sprays. Schade. Nun stinkt die gesamte Wohnung nach Toilettenreiniger. Den durchgeschwitzten Klamotten, die seit über einer Woche auf der Couch liegen, damit sie hoffentlich auslüften und den »belebenden Duft blühender Frühlingswiesen« annehmen, verpasse ich einen kräftigen Tritt Richtung Schlafzimmer.

In der Führung eines Haushalts war ich noch nie gut. Ich entsinne die schmerzlich kurze Zeit, in der Maor und ich zusammenwohnten. Mich befielen in der Hinsicht gleich mehrere mentale Blockaden, mehrere Ängste. Offenbar richteten sie sich auf die falschen Dinge, denn als größte Bedrohung für mein seelisches Gleichgewicht entpuppte sich (außer einem sehr jungen und launischen Partner) das permanente Bedürfnis, bei sämtlichen Missionen im Haushalt vorzugeben, ich hätte ihn im Griff, und eine gute Miene zum bösen Heim-Spiel zu machen. Wie oft ist es sinnvoll, die Bettwäsche zu wechseln? Wann muss der Boden gewischt werden? Womit wischt man die Arbeitsplatten in der Küche ab, damit sie nicht klebrig werden und vollends verkrusten? *Was wirst du für eine Mutter abgeben?* Wofür sind diese Lappen gedacht, die in jedem Haushalt ganz selbstverständlich neben dem Waschbecken liegen? *Was wirst du für eine Mutter abgeben?* »Einen Haushalt zu führen« war ein einziges Mysterium.

Ein Haushalt hat es nicht nötig, geführt zu werden. O nein. Er führt dich, nimmt dich in den Zangengriff, bindet dich mit einer Fülle an Aufgaben an sich, die im Verborgenen lauern. »Dabei seid ihr nur zu zweit«, sagte Shirley damals zu mir. »Was soll das erst werden, wenn einmal Kinder da sind.«

Vor Augen geführt habe ich es mir, das könnt ihr mir glauben.

Kurzer Besuch im Badezimmer: *Wen willst du da austricksen? Mach dir nichts vor, Sheila. Du wartest nicht auf einen Polizisten. Du wartest auf einen Mann.* Ich versuche mein Haar so zu ordnen, dass es voller wirkt, mustere streng mein Gesicht. *Der Typ ist siebenundzwanzig, und du hast diese neuen Fältchen zwischen den Augenbrauen.* Auch wenn's nur kleine, fast unsichtbare, sind. Es stimmt, was man über uns Frauen sagt, die keine

Kinder bekommen. Wir bewahren ein junges Aussehen. Die Natur ist auf unserer Seite, steht uns beim Täuschungsmanöver bei, zumindest so lange, bis wir das passende Männchen angezogen haben, erst dann gestatten wir unserem Körper die Bruchlandung in einer Schwangerschaft.

Die Natur will jedoch, dass wir das Männchen im passenden Alter anziehen, das ist auch der Grund, weshalb das Gesicht Falten bekommt, hat mir mal einer gesagt. Es spiegelt den biologischen Zustand der Gebärmutter wider, sodass die jungen Männchen wissen können, was in dir vorgeht und du sie nicht hinters Licht führen kannst. Ich glaube, es war Maor. Nur zu gern brachte er mich bei solchen Belanglosigkeiten auf den neuesten Stand und sparte keine Einzelheit aus, anfangs belustigte es ihn sogar.

Ich setze die Untersuchung meines Gesichts fort, bis es an der Tür heftig klopft und ich zusammenzucke. Schlagartig wird mir klar, dass ich das Wichtigste zu verstecken versäumt habe.

Er bricht in meine Welt ein und bleibt mitten im Wohnzimmer stehen, ist größer, als ich ihn in Erinnerung habe. Die Augen wirken dunkler, bergen in sich einen schmutzig-grünen Ton, von ihrem Ausdruck ganz zu schweigen.

Er baut sich vor mir auf, zugeknöpft und feindselig, ich trete einen Schritt zurück und bete darum, sein Blick möge nicht in die falsche Richtung schweifen. Ich versuche die höflichen Gewohnheiten abzurufen, die Jahrhunderte der Zivilisation in uns hinterlassen haben: »Möchtest du einen Kaffee?«

Meine Stimme klingt angenehm und kultiviert. »Ich hab

sogar Milch im Haus.« Für einen Moment habe ich Dina vor Augen, wie ihre kleinen Hände die leere Tasse halten.

»Sag mir, was du dort zu suchen hattest!«, sagt er schroff. »Was hast du in der Mordnacht bei ihr gemacht?«

Mordnacht, die Worte arbeiten in mir.

»Ich hab dir doch gesagt, dass sie sich bei mir gemeldet hat. Wir haben ein bisschen geredet, das war alles.«

»Ah, es war also ein freundliches Gespräch?« Sein Ton missfällt mir.

»Ja, ziemlich freundlich, denke ich.«

»Weißt du, was ich glaube? Dass du schlecht lügen kannst.«

Du irrst, ich kann ausgezeichnet lügen.

»Ziemlich freundlich«, ahmt er mich höhnisch nach. Die Nachahmung, so muss angemerkt werden, war in ihrer Präzision erstaunlich. »Leg dich nicht mit mir an! Sie hatte vor dir Todesangst, sie hatte Angst, dass du sie umbringst!«

»Was?« Ich gebe mir Mühe, mein Erstaunen authentisch klingen zu lassen. »Wer hat dir das weisgemacht?«

»Was denkst du?«

Niemals wirst du erfahren, an wen ich dabei denke.

»Raus damit, Sheila.« Dass er meinen Namen ausspricht, lässt ihn selbst jetzt entspannter klingen, aber er steht unverändert aufrecht mit zusammengekniffenen grünen Augen mitten im Wohnzimmer und gleicht einer Boa constrictor in Kampfbereitschaft.

»Wer hat dir überhaupt gesagt, dass ich bei ihr gewesen sei?«

»Sag du's mir.«

O nein, nicht schon wieder diese dummen Spielchen aus den Polizeiserien. »Ist es im Laufe deiner Karriere jemals vorgekommen, dass jemand auf ›Sag du's mir‹ eine sachliche Antwort gegeben hat? Funktioniert das?«

Widerwillig muss er lächeln, auch wenn es nicht das Lächeln ist, das ich gern gesehen hätte.

Füllen sich die Giftdrüsen, scheint die Schlange zu lächeln.

»Ronith Akiva«, sagt er, »sie hat's mir erzählt.«

Ta-tam! Ta-tam! Das war mir klar, und dennoch ertrage ich es kaum, als er ihren vollen Namen ausspricht. Ich sehe Ronith bildlich vor mir, dunkel und schön, sie hat dieses purpurne glitzernde Lächeln, *mit dem sie Jagd auf Männer macht und sie verschlingt.* Dieses Lächeln vermag es, sämtliche andere Erinnerungen auszulöschen, bis auf die eine. *Die letzte Erinnerung.*

»Wie sieht sie aus?« Ich kann nicht glauben, dass mir dies als Erstes über die Lippen kommt.

»Ich habe keine Ahnung, wir haben telefoniert«, sagt er. »Aber sie ist etwa in deinem Alter. Oder nicht?«

Okay, ich hab's verdient, auf dämliche Fragen bekommt man dämliche Antworten, und Ronith hat mich stets dazu verleitet, mich dämlich zu verhalten.

»Wie sich herausstellt, hat dein …«, er zögert kurz, »… freundliches Gespräch Dina solche Angst eingejagt, dass sie, kaum, dass du weg warst, Ronith angerufen hat.«

Die beiden standen also in engerer Verbindung, als Dina hatte zugeben wollen. Ich schäume vor Zorn, sodass mir beinahe entgeht, was dieser Fakt aussagt.

»Das bestätigt, dass sie am Leben war, als ich ging!« Ich triumphiere. Micha heftet den Blick auf mich.

»Das bestätigt gar nichts. Vielleicht bist du ja zu einer späteren Zeit zurückgekommen?«

Ich schaue ihm in die Augen, sie haben wieder ihren hellen und beruhigenden Ton angenommen. Was ich darin lese, macht mir Mut fortzufahren. »Sieh mich an. Glaubst du wirklich, dass ich Dina umgebracht habe? Dass ich sie an einen Stuhl gefesselt und ihr eine Puppe an die Hände geklebt habe? Wie haben die das Kunststück bei diesen kleinen Fingern überhaupt hingekriegt? Zwergenfinger hatte sie.« *Halt den Mund, du bist ja durchgeknallt.*

Er verschließt seinen Blick. Die grünen Augen hinter dem Wimperndickicht wenden sich von mir ab. Sein Blick streift durch die Wohnung und verweilt auf der Couch. Glasklare Sache, er sucht den Raum nach meiner Puppe ab, aber die wird er nicht mehr finden, und die übrigen Kisten sind gut verschlossen.

»Das weiß ich wirklich nicht«, sagt er schließlich. Momentan muss ich mich damit begnügen.

Als ich den Kaffee bringe, sitzt er bereits, ein Bein untergeschlagen, entspannt auf der Couch, sein knackiger Körper wirkt blutjung und scheint mit einer Menge Gelenken versehen. Ich reiche ihm die Tasse, und für eine Sekunde berühren sich unsere Finger.

»Hast du mir was reingetan?«

»Außer Zucker?« Ich schaue ihn an.

»Du weißt genau, was ich meine.«

Stimmt. Ich hatte es in dem Moment gespürt, als er hereinkam, an der Art, wie er mich prüfend ansah, dieser Blick ging unter die Haut. In der Sache irre ich mich nie. Ich habe keinen Zweifel daran, dass die Schuld auf Ronith lastet und ihren zugekleisterten Mund zum Reden gebracht hat. »Sag du's mir.« Ich kann mich nicht zurückhalten, aber er kooperiert nicht.

»Ronith hat ausgesagt, dass Dina vor dir eine Heidenangst hatte, Angst hatte, dass du sie mit einem Fluch oder etwas in der Art belegt hättest.«

Sehr gut.

»Dann kannst du ihr in meinem Namen ausrichten, sie soll diesen Schwachsinn sein lassen.«

»Es war ihr damit ernst. An der Uni hätte man dich *die Hexe* genannt.«

»Was für ein Quatsch«, gebe ich zurück. Es ist Teufels- oder Hexenwerk, dass just in dem Moment unten auf der Straße das bekannte Kinderlied gesungen wird:

»Kleine Hexe, wie siehst du denn aus?
Unterm kurzen Rock guckt der Schlüpper raus!«

Die Stimmen der kleinen Kinder klingen bedrohlicher als sonst. Was gäbe ich drum, ihnen vor der Nase das Fenster zuzuknallen, doch die grünen, mich verdächtigenden Luchsaugen halten mich davon ab.

»Singen die Kinder das für dich?« Er will amüsant klingen, doch nun hört der Spaß auf.

»Wie kommst du darauf? Hast du sie noch alle?«

»Wenn du an der Uni diesen Ruf weghattest, behältst du ihn vielleicht bei.«

»Nun hör mir mal gut zu, das war ein Witz, etwas Persönliches zwischen uns Freundinnen, nicht ernst gemeint, ich hatte einfach … Meine Sinne, meine Intuition sind gut ausgeprägt, das ist alles. Mir ist ja auch gleich aufgefallen, dass du früher religiös warst.«

»Dafür braucht es keine Intuition, die meisten religiösen Leute kämen augenblicklich dahinter.«

»Und ich wusste auch sofort, dass du an älteren Frauen Interesse hast.«

Vorsichtig beäugt er mich. »Auch das ist kein Hexenkunststück.«

Stimmt, vor allem wegen deinem Repertoire an Blicken und Andeutungen, die wie verflogen sind. Aber ich mache mir keine Sorgen, kleine Jungs, die früher mal religiös waren und so süß sind wie du, sind meistens launisch, treiben mit dir ihre Spielchen: »Ich will – ich will nicht.« Sie erwarten, dass du die Erwachsene, die Empathische bist, bis diese Konstellation beiden um die Ohren fliegt, denn du willst das kleine Kind sein.

Ich reiche ihm die Tasse, die inzwischen abgekühlt ist. Unsere Finger streifen sich diesmal nicht. Er kneift die Augen zusammen, als er die Aufschrift liest: »Für die beste Mutter der Welt.«

Er spielt mit dem Löffel, sieht ihn konzentriert an, als würde er ihm alles anvertrauen, was er in Erfahrung bringen will. Er nippt nicht mal an seinem Kaffee, rührt nur kontemplativ darin.

»Gab's überhaupt jüdische Hexen?« Er rührt bedächtig, sieht selbst aus wie eine Hexe am brodelnden Kessel.

»Es gab einige«, sage ich. »Doch ich versichere dir: ich bin keine.«

»Mal theoretisch«, er rührt und rührt und rührt, »rein theoretisch, was würdest du mir in den Kaffee mixen?«

Nun wär's an mir zu wispern: »einen Liebestrank«. Würde ich es verführerisch, sanft aussprechen, könnte ich das Ruder herumreißen, womöglich sogar mehr. Doch mich fuchst diese bedächtige Rührerei, sein ausweichender Blick, von dem Zwiegespräch mit der lieben Ronith ganz zu schweigen, die nach allem, bei a l l e m was passiert ist, mit Dina Kontakt hatte! In der Summe führt es dazu, dass mir nur »Gift« über die Lippen kommt. »Ich hätte dir Gift reingetan.«

Er hält inne, lässt den Löffel Löffel sein, hebt den Blick und führt, ohne mit der Wimper zu zucken, die Tasse an die Lippen, trinkt den Kaffee auf ex. Ich beobachte ihn. Bravo – schlucken kann er.

»Weißt du was? Wir hatten als Kinder ein anderes Lied«, sagt er. »Nicht das von der kleinen Hexe. Wir haben gesungen:

›Hilfe! Hilfe! Die alte Jungfer kommt,
kommt aus der Mottenkiste.
Alte Schachtel geht spazieren,
wird doch nicht ein Bein verlieren.‹«

Er grinst mich an, nimmt einen weiteren Schluck, und ich bereue aus tiefstem Herzen, ihm nicht den Giftbecher gereicht zu haben.

Sieben

Mein erstes Treffen mit Dina ähnelte auf merkwürdige Weise dem letzten.

Beide fanden in hellen Räumen statt, an beiden hatten Frauen aus der Bibel einen Anteil, und beide enthielten einige »in der DNA verankerte Wesensarten«.

Das erste ereignete sich im ersten Studienjahr im Fach Bibelkunde. Mir ist noch gut im Gedächtnis, wie ich damals durch die Gänge rannte, weil ich an der Bar-Ilan nicht den richtigen Hörsaal fand, es gab davon zu viele. Und ich hatte Scheu, mich an die Studenten der höheren Semester zu wenden, die extra auf den Gängen postiert worden waren, um Auskunft zu geben. *Wage es bloß nicht, Schwäche zu zeigen.*

Letzten Endes glückte es mir, den richtigen Raum zu erwischen, und ich betrat ihn mit demjenigen, der sich in Kürze als der Dozent herausstellen sollte, ein hagerer grauhaariger Herr (grau wie aus einem Guss: vom Scheitel über das Gesicht bis zu Oberhemd und hellgrauer Anzughose). Während ich an ihm vorüberging, streifte ich ihn leicht. Demonstrativ wich er zur Seite und schnaubte verdrossen.

Heute bilde ich mir ein, dass es möglicherweise ein angewidertes Schnauben war, um es mit Bestimmtheit zu sagen, hätte ich sein Gesicht sehen müssen.

Na'ama erwartete mich in der letzten Reihe, und auf der anderen Gangseite saß Dina. Sie kaute sehr langsam (Zimt!-) Kaugummi und nahm den Dozenten auf beängstigende Weise in den Fokus.

Es ging um die rabbinische Literatur in der Ära des Talmud. Nahm er den Begriff »unsere Weisen, seligen Angedenkens« in den Mund – was er nicht gerade selten tat –, rollte sie jedes Mal mit den Augen (sie hatte dunkle hervorstehende Augen, Kuhaugen, war aber die klügste Färse in der Herde). Die graue Eminenz ging dazu über, die Frauenfiguren zusammenzufassen, auf die er sich im Laufe des Studienjahres konzentrieren wollte. Nachdem er über Mirjam (»die älteste Schwester«), Michal (»die Königstochter«) und Leah (»die treue Gemahlin«) gesprochen hatte, beugte Dina sich zu uns (ein Hauch Zimt wehte herüber) und flüsterte: »Der sieht in Mirjam nur ›die Schwester von‹. Tolle Vorlesung.«

Das Flüstern hallte durch den Raum, und die graue Eminenz verstummte. Dina blieb kerzengerade sitzen, ohne mit der Wimper zu zucken, und ich begriff, dass in meiner unmittelbaren Nähe eine furchtlose junge Frau saß. Da mir angst und bange wurde, machte ich mich auf meinem Platz klein und mir scheint, Na'ama ebenso. Der Dozent räusperte sich (ich stellte mir vor, dass er voller grauem zementartigen Schleim war) und meinte: »Zu Ihrer Information werden wir uns auch mit der Figur von Lilith beschäftigen, unsere Weisen, seligen Angedenkens nannten sie …«

Exakt da kam Ronith in Rage in den Saal geprescht, ihr schwarzes Haar wirbelte um sie herum, und auf ihren Lippen lag knallroter Lippenstift, energisch steuerte sie auf unsere Reihe zu und ließ sich krachend auf den letzten Stuhl fallen, genau, als der Dozent sagte: »… eine Unbekannte, Verruchte, Bösartige, eine Prostituierte.«

»Vielen Dank auch«, antwortete Ronith beleidigt. Na'ama und ich prusteten drauflos, während Dina ihr laut flüsternd erklärte, es ginge gerade um Lilith und die sei eine respektierte Figur. Was sich da abspielte, strapazierte offenbar die Toleranz der grauen Eminenz, sodass wir letztendlich alle vier hinausflogen.

Es war ein besonders warmer und sonniger Tag, und wir zwinkerten uns gegenseitig zu, schmunzelten leicht verlegen, als wir gemeinsam auf die grünenden Rasenhügel an der Cafeteria stiegen. In dieser Phase der Geschichte waren wir alle am Leben.

»Wie war das an der Uni? Wart ihr gute Freundinnen?« Erneut legt er diesen naiven Ton an den Tag, der weitere Fragen in sich birgt, keine davon wird angenehm sein.

»Die besten«, sage ich.

»Inwieweit?«

»Eben die besten.«

»Lesbische?« Nicht eine Regung geben seine Gesichtsmuskeln preis, während es mich fast vom Stuhl haut. *Lass mal lieber, dein Fußboden ist klebrig und voller Haarknäuel.* Selbstverständlich gab es keinen realen Grund, verdutzt zu sein. Es hatte Dina immer wie ein feines, aber hartnäckiges Aroma umweht, das die Gerüchte und das Getuschel verströmten.

Am Ende jedes sie betreffenden Artikels, im Dickicht der üblichen Kommentare, fanden sich stets einige mit dem Wortlaut: »Du widerliche vereinsamte Scheiß-Lesbe, willst du etwa, dass alle ohne Kinder sind wie du?« Einmal hätte ich beinahe einen von ihnen ins Bild gesetzt, dass die meisten Lesben letztendlich Mütter würden, aber für eine Debatte schien es mir nicht das passende Forum.

»Sag mal, wieso wird jede starke Frau sofort verdächtigt, lesbisch zu sein?«

»Vielleicht ist das unsere Art, damit klarzukommen.«

In gespielter Demut senkt er den Blick, weiß sehr genau, dass er soeben den größten psychologischen Schwachsinn aller Zeiten von sich gegeben hat. *Damit klarzukommen, dass ich nicht lache!* Die Stimmung schlägt um. Mir ist nur nicht klar, in welche Richtung.

»Wir waren die besten Freundinnen in der simpelsten Bedeutung des Wortes«, sage ich, versuche so aufrichtig wie möglich zu klingen. »Und du kommst mir hier mit Fantasien aus amerikanischen College-Filmen.«

»Die religiösen Highschools der Mädchen nehmen sich in der Hinsicht nichts«, überrascht er mich.

Da hat er mal recht. Mädchen sind Mädchen, überall. Der Unterschied besteht hauptsächlich in der abrupten Veränderung, mit der du nach Jahren konfrontiert wirst, während derer du auf deiner behüteten Highschool ausschließlich von Mädchen umgeben warst. Und dann wirst du in die freie Wildbahn entlassen, kommst an die Uni und findest dich umgeben von Männern. Ich weiß noch, was für große Schwierigkeiten ich anfangs hatte, ich konnte mich in den Kursen partout nicht konzentrieren, saß zufällig neben mir ein Mann, und jeder, der unschuldig fragte, wo der Kopierer sei, wurde sofort als potenzieller Bräutigam gecastet. Was für ein Glück, dass Dina und Ronith auftauchten und mich da rausholten. Zumindest glaubte ich das zunächst.

»Und wieso zerbrach die idyllische Freundschaft?«

Ich frage mich, wie viel er wohl weiß, rufe mir ins Gedächtnis, dass ich hier nicht scheitern darf, wie eine Schülerin in einer Prüfung, bei der jeder Punkt zählt.

»Mir scheint, das weißt du auch allein«, sage ich.

»Stimmt«, erwidert er, »die berühmte Intuition ist am Werk.«

Er trinkt seinen Kaffee aus, stellt die Tasse auf den Tisch und erkundigt sich in zu freundlichem Ton, ob ich eine Kleinigkeit zu essen hätte.

Erwischt. Ich habe nichts zu Hause. *Was wirst du für eine Mutter abgeben?* Ich reiße sämtliche Schränke auf, obwohl ich weiß, was mich dort erwartet: die Berge an grässlichen Süßigkeiten aus dem Supermarkt am Ende der Straße, halb volle Packungen mit mehligen Keksen und der Rest einer Tafel Schokolade, kaum besser als Blockschokolade. Unwillkürlich denke ich an den Film *Meerjungfrauen küssen besser*, als Winona Ryder dem Mann, den sie liebt, große Sandwiches machen will, in die »ein Mann ordentlich hineinbeißen kann«. Dann kommt ihre Mutter (keine Geringere als Cher) und stanzt im Handumdrehen kleine sternförmige Sandwiches aus. Tschak!

Wieder im Wohnzimmer sehe ich, dass er einige Dinge auf dem Tisch beiseitegeschoben hat, als rechne er mit einer richtigen Mahlzeit. Ich senke den Blick und schaue auf die Schüssel mit den beiden Keksen und sechs Stücken Schokolade, wobei mir auffällt, dass das Geschirr am Rand schmutzig ist.

»Ihr wart also vier.« Herzhaft beißt er von der Schokolade ab. »Dann ist eine von ihnen gestorben, und die schöne Freundschaft ging in die Brüche.« Bei dem Wort »gestorben« leckt er sich die Lippen, und mir wird bewusst, was für ein anmutiges Wort es ist, zurückhaltend, vornehm, »Na'ama ist gestorben«.

Er nimmt ein weiteres Stück, die Schokolade ist so dermaßen alt und weißlich verfärbt, dass das eingeprägte Logo kaum noch zu erkennen ist, er steckt es in den Mund und lässt es genüsslich auf der Zunge zergehen, als hätte er alle Zeit der Welt. Wir wissen beide, worauf er wartet.

»Na'ama hat sich umgebracht«, sage ich. »Sie hat sich erhängt.«

»Eine traurige Geschichte«, sagt er, ohne auch nur ansatzweise traurig zu klingen. Ehrlich gesagt hört er sich fast zufrieden an.

Ein gewaltiger Knall im Schlafzimmer, und wir sind in Nullkommanichts auf den Beinen. Es klang wie ein Schuss. Mit einem Satz ist Micha vor Ort, nicht ohne mir zuvor einen bezichtigenden Blick zuzuwerfen. Ich eile ihm nach, habe nur einen Gedanken: In dem Zimmer herrscht hoffnungsloses irreparables Chaos, das einem die Luft nimmt.

Ohne Worte betrachten wir beide das Regalbrett, das sich von der Wand gelöst hat, und das in Tausende Splitter zerbrochene Wasserglas. *Lauf nicht barfuß, Sheila.* Entsetzt starre ich auf die Bettwäsche, die in sich verdreht auf dem

Fußboden herumliegt, auf den ausgeleierten ich-war-mal-gelben BH, dessen Cups sich dennoch lustvoll darbieten. Durch die Glassplitter wirkt der BH, als wäre er mit Edelsteinen besetzt. *Mit Edelsteinen und stinkend.*

»Wie konnte das passieren?«, fragt er.

»Das wüsste ich auch gern«, antworte ich. In der vorherigen Wohnung war etwas Ähnliches geschehen, als ich gerade mit Maor zusammengezogen war. Mitten in der Nacht war das Regal umgestürzt, und ich hatte munter drauflosgeschrien. Mag sein, dass solche Regale mit Sensoren gesegnet sind, die einen vor gewissen jungen Männern warnen.

»Ich glaube, die Aufhängung ist hinüber«, sagt er, während er das Regalbrett sorgfältig untersucht. Seine Worte hängen in der Luft, keiner von uns erwähnt Na'ama, doch es fühlt sich so an, als baumele sie hier zwischen uns an der Decke, den Strick um den Hals gelegt, *einen schwarzen Strick, hatten sie gesagt.*

Ich betrachte ihn, während er das Brett an die Wand lehnt. Ein Mann, der Handarbeit für dich leistet, sich dabei inständig bemüht, hat etwas an sich, das einem Sicherheit verleiht. In seinem konkreten Fall handelt es sich um große quadratische Hände, delikate, beinahe feminine Bewegungen, dabei ist an einem Mann, der Regale repariert, nichts Feminines. Er sammelt die Splitter ein, ich stehe an der Türschwelle, untätig und schaue ihm wie ein Golem zu.

»Sag mal, wie hat Dina ausgesehen?« Ich kann mich nicht beherrschen.

»Du warst ihre Freundin«, entgegnet er, ohne mich anzuschauen.

»Du weißt, was ich meine.«

»Ja, aber ich hatte gehofft, mich zu irren«, gibt er trocken zurück. Das kann mich nicht abhalten.

»Ich muss es wissen. Ist viel Blut geflossen, als sie ihr ›Mutter‹ in die Stirn geritzt haben?«

Ich stelle mir Dina, ihre großen dunklen Augen vor, die geradeaus starren und nichts sehen, umgeben von Blut, das aus der Stirnwunde strömt. Mutter zu werden, geht nie ohne Verletzungen ab.

»Du bist ja irre.«

»Ist bei ihr viel Blut geflossen?«

»Ehrlich gesagt war da gar kein Blut.« Er schaut mich immer noch nicht an.

»Das bedeutet, sie haben es ihr nach dem Tod in die Haut geritzt.« Ich greife auf die Krankenhausserien zurück, die ich im Laufe meines Lebens gesehen habe. »Meine Güte.«

Aber wieso auf der Stirn, an der Stelle des Kainsmales? Seit wann ist Mutterschaft ein Kainsmal? Mutterschaft ist schließlich bedeutungsgleich mit dem Heldenabzeichen *und* der Medaille für außerordentliche Verdienste in einem. Ist es nicht so? Zumindest hier bei uns. Währenddessen nähere ich mich ihm unbemerkt, von hinten, bis ich nah genug bin, um den ich-war-mal-gelben stinkenden BH mit einem geschickten Fußtritt unters Bett zu befördern.

Just in dem Moment dreht er sich um – wirklich bedauerlich.

»Was machst du da?«

»Nichts weiter.«

»Was versuchst du zu verstecken?« Er streckt die Hand aus und zieht mit einem Ruck den BH hervor, der wird wie ein Flitzebogen gespannt, und als er loslässt, schneidet er sich an den Glassplittern in die Finger. Entgeistert starren wir beide auf die Blutstropfen, er nimmt den schmutzigen BH, schüttelt ihn aus und verbindet damit seine Hand, Gott stehe mir bei.

»Bei Dina ist kein Blut geflossen, weil sie ihr ›Mutter‹ nicht in die Stirn geritzt haben, sie haben es geschrieben«, sagt er ruhig.

»Geschrieben?«, frage ich, ohne meinen BH aus den Augen zu lassen, den er sich wie bei Krautwickeln um die Hand gebunden hat. »Meinst du mit einem Stift?«

»Nein.«

»Mit Tinte?«

»Nein.«

»Mit ihren Exkrementen oder denen von jemand anderem?«

»Nun werde bloß nicht pervers.«

Das bin ich noch nicht mal ansatzweise, mein Lieber. Ich überlege und sage laut: »Ich bin die Perverse? Und was ist mit dem, der ihr das angetan hat?«

Er lässt mich schmoren.

»Mit einem Pinsel?«

»Nein.«

»Kreide? Eyeliner?«

»Schon wärmer«, antwortet er.

»Also Schminke?«

»Warm, warm, brennend heiß«, sagt er in einem Ton, der den kleinen Jungen erahnen lässt, der er vielleicht einmal war. So lange ist das ja nicht her, fällt mir dabei ein.

»Vielleicht ein Lippenstift?«, frage ich.

»Alle Achtung, du wärst eine gute Privatdetektivin«, sagt er. »Sie haben tatsächlich Lippenstift verwendet.«

Ich bin noch damit befasst, die »Privatdetektivin« zu verdauen, als bei mir der Groschen fällt, dass nur eine Farbe infrage kommt. »Knallroter Lippenstift?«

»Du wirst besser«, sagt er und wedelt mit der verbundenen Hand. »Blutroter.«

Ich schließe die Augen. »Interessant«, sage ich, »Dina hatte was gegen Lippenstifte, generell gegen Schminke.«

Auch das war ein Prinzip gewesen, wie jede Sache bei Dina. Sie hatte kein Problem damit gehabt, sich die schönsten und teuersten Klamotten anzuschaffen oder exklusive Pflegemittel für ihr seidenglattes schwarzes Haar zu nehmen, doch gegen Schminke sprach sie sich energisch und in jeglicher Form aus. *Malt euch nicht an, meine Schwestern,* aber sie musste junge Männer nie hinters Licht führen, ihre Gebärmutter war in einem Topzustand. War es nicht so? Sie musste die schwindende Jugend nie mit Schichten von Schminke überdecken. *Was du siehst, ist, was du kriegst.*

»Das wissen wir alles«, sagt er. »Und wir sind bei den Ermittlungen auf einige interessante Richtungen gestoßen.« Fast gegen seinen Willen schweift sein Blick zu meinem Schminkzeug, vor allem zu meiner Kollektion an Lippenstiften, die wie Soldaten in einer Reihe stehen. Ich erspare ihm die Nachfrage.

»Blutrot ist nicht meine Farbe, Herr Kommissar.« Ich lächele ihn an, und beinahe, nur beinahe, vollende ich den Satz: Doch ich weiß sehr wohl, wessen Farbton es ist.

Acht

Wie damals in der Studienzeit heften die Leute auch heute ihre Blicke auf Ronith.

Ein Teil trödelt in der Nähe unseres Tisches herum, ein Teil grübelt, woher Ronith ihnen bekannt vorkommt, und es gibt einen merkwürdigen Typen, der aus der Ferne seine Fotos schießt. Wenigstens kommt er nicht zu uns, um ein Selfie zu machen, sonst würde ich aussteigen.

Ronith kostet jeden Augenblick aus, auch wenn sie zaghafte Versuche unternimmt, so zu tun, als sei es ihr nicht recht. Sie konnte sich noch nie gut verstellen, *sie hatte sich auch nicht übermäßig angestrengt, deshalb hast du sie gehasst.* Ich bekomme Sodbrennen und verberge mein Gesicht rasch hinter der Speisekarte, wie dumm, dass ich die für Kinder erwischt habe. SpongeBob will mir einen Schmatz geben.

Ronith lächelt mir gegenüber mit ihren Lippen, die aufgegangen sind wie Hefe. Sie sind mit dem gleichen signalroten Lippenstift zugekleistert, er hat sich nicht eine Nuance verändert. Mit diesen voluminösen Lippen kann sie sich Blutrot erlauben. Mit meinen schmalen Lippen halte ich mich von Lippenstiften dieses Farbtons lieber fern, sonst gleicht mein Mund einer schrumpeligen Rosine.

»Er ist echt süß, dieser Micha. Hab ich recht?« Sie lächelt mich an.

Ich erwidere das Lächeln nicht.

Dieses verlogene Stück hatte sich am selben Abend entlarvt.

Er ging aus meinem Schlafzimmer, hielt sich die Hand wie ein Kriegsversehrter. Auf dem Weg ins Wohnzimmer blieb er mitten auf dem Korridor stehen und starrte geradeaus. Mein Herz war im Tiefsturz. Das Bild würde ihm nicht entgehen. In geistiger Umnachtung hatte ich es hängen lassen.

»Die Totenbeschwörerin.« Er las die verschnörkelte Bildunterschrift, sein Gesicht verfinsterte sich. Ich denke nicht, dass irgendein Mann auf der Welt über den Anblick dieses Bildes erfreut wäre. In dieser Darstellung ist die Totenbeschwörerin von Endor auf dem Höhepunkt ihrer Kräfte, sie reitet auf einem Besen, ihr langes gewelltes Haar weht im Wind, und zwischen ihren Beinen, auf eine beinahe beschützende Art, schaut dieser mordsmäßig große Besen hervor, der wie ein Spieß aussieht.

»Es ähnelt sehr dem Bild, das bei Dina hing«, meinte er, den Blick immer noch auf den Besen geheftet. »Der gleiche Maler?«

»Wie kommst du darauf? Die sind sich überhaupt nicht ähnlich«, entgegnete ich. Wir wussten beide, dass ich log.

»Erinnert sie nicht ein wenig an eure Freundin Ronith?«

»An Ronith? Vielleicht sah sie früher mal so aus.« Jede Erwähnung von Roniths Namen reizte mich, auch der Vergleich missfiel mir.

»Ich spreche mit dir darüber, wie sie vor zwei Tagen aussah, als ich sie gesehen habe.«

»Aber du hast gesagt, dass du dich nicht mit ihr getroffen hast. Du hast mich angelogen!«

Er stand nur da und trug dieses selbstzufriedene Lächeln zur Schau, doch mich zu verblüffen, gelang ihm nicht. Nicht wirklich. Im tiefen Inneren hatte ich vorher gewusst, dass er sich mit ihr getroffen hatte. Die Art, wie er über sie geredet hatte, zeugte davon, die Art, wie seine Augen glitzerten.

Wie zuvor Lilith hinterließ auch Ronith Spuren.

Nun blättert sie vor mir betulich in einer Wochenzeitschrift, wendet Blatt für Blatt, während das Lächeln auf ihren Lippen zunehmend breiter wird. Sie hat riesige, aufblitzende Zähne wie gerade mit Laser poliert. Sie ist natürlich ganz fett auf der Titelseite gelandet mit der reißerischen Überschrift: »Ich war die beste Freundin von Dina Kaminer.«

Der durchgeknallte Fotograf hatte beschlossen, sie mit einer Puppe in der Hand abzulichten, und der Redakteur, nicht weniger bekloppt, hatte dieses Foto als Titelfoto auserkoren. Sie hatten Ronith, wie eine Madonna gekleidet, auf einen Stuhl gesetzt, ihr strahlendes Gesicht war auf die kleine Puppe in ihren Händen gerichtet, *wenigstens hatten sie ihr die nicht angeklebt.* Ihr verführerisches Wesen hatte sich verflüchtigt, sie hatte einen weichen flehenden Gesichtsausdruck, die Augen fingierten mütterliche Sanftheit. Sie hat große Ähnlichkeit mit jemandem, aber es fällt mir gerade nicht ein.

Wenn ich mich gefragt hatte, inwiefern Dina und sie seit dem Studium Kontakt hatten, liefert der Artikel mir die erfreuliche Antwort: sie hatten sporadischen Kontakt, wenn überhaupt. Sämtliche Anekdoten und Storys, mit denen Ronith auf die schmeichelnden Fragen der Reporterin einging, stammten aus der Zeit auf dem Campus, inklusive der Abschlussparty am Ende des Studiums. *Nur diese eine bestimmte Party ließ sie außen vor.* Zudem schwatzte sie von den »Seelenschwestern« und »Wegbegleiterinnen«, was immer auf offene Ohren stieß. Fasziniert betrachtet Ronith die Fotos, hält die Zeitschrift mal weiter weg, mal näher, als würde sie sie gleich vor Verzückung verschlingen.

Es war Roniths sprunghafter Schauspielkarriere geschuldet, dass es bisher für einen Aufmacher nicht gereicht hatte und sie ausharren musste, bis »die beste Freundin« um die Ecke gebracht worden war. Mich überkommt unbändige Lust, es ihr zu sagen, wären hinter dem dunklen Lippenstift nicht diese riesigen Zähne, die jeden Moment kraftvoll zubeißen können.

Genau wie Dina konnte ihr die Zeit nichts anhaben, ein weiterer Beweis, dass Frauen ohne Kinder ihr junges Aussehen bewahren. *Hör auf, Beweise zu sammeln, es ist eine Tatsache und fertig.* Sie hatte immer noch die wilde schwarze Haarmähne von damals, die dicken Augenbrauen und das tiefe Grübchen am Kinn. Sie wirkte glatter denn je, als hätte sie sich am ganzen Körper die Haare rupfen lassen.

Ansonsten war ihr Körper unverändert: schmale Glieder, locker, entspannt; wer ihr gegenübersitzt, nimmt sich als unförmig wahr.

Stets hatte ich angenommen, dass es in dieser übertriebenen Sexualität etwas gäbe, das einen Mangel überdeckt, vielleicht sogar komplette Frigidität, aber bedauerlicherweise lag ich falsch. Na'ama war es, die mich davon in Kenntnis setzte, dass es auf diesem Gebiet keine Überraschungen gibt. »Unser grauer Dozent wird sich nicht plötzlich im Bett als Raubtier erweisen, ebenso wenig wirst du Me'ira, die Bibliothekarin, im Swingerclub erwischen. Was du siehst, ist, was du kriegst, und wer vor Sexualität trieft, ist offenbar auch so drauf.« Als sie meinen enttäuschten Blick bemerkte, setzte sie hinzu: »Das ist in Ordnung, ich stehe auch nicht besonders darauf, dass Ronith sich derart zur Schau stellt. Wenn sie etwas älter wird, gibt es sich vielleicht.«

Wie schade, dass ich sie nicht auf den neuesten Stand bringen kann. Obwohl Ronith älter geworden ist, hat es sich nicht gegeben. Soeben taucht sie einen Finger in das Honigschälchen und leckt ihn lasziv ab, auch ihre Zunge ist blutrot.

Sie beugt sich nach vorn, und ich nehme ihren eigenartigen und süßlichen Geruch wahr. Verflüchtigt hat sich der zarte Zitronenduft von Blue Lagoon, dem Parfüm, das keine von uns sich anschaffen durfte, weil es »ihr Parfüm« war. Der neue Duft ist exotisch und angriffslustig. Vielleicht hat jedes Alter seinen eigenen individuellen Geruch, den die Drüsen verströmen, und was wir damals für den Duft

Blue Lagoon hielten, war schlichtweg der betörende Duft der Jugend.

Vor einigen Jahren war Samantha Fox, die Göttin des Pop der Achtzigerjahre, bei einer Late-Night-Show zu Gast. Samantha sah super aus (ohne Kinder, noch Fragen?), und der aufgekratzte Moderator teilte dem nächsten Gast mit, er müsse mit verbundenen Augen erraten, um wen es sich handele. Ich habe den Mann, der zu der Couch geführt wurde, auf der Samantha saß, noch deutlich vor Augen. Ein kurzes Schnuppern genügte ihm, um festzustellen: »Nun, jung ist sie nicht.«

Samantha, um die vierzig, setzte ihr kultiviertes englisches Lächeln auf, und der peinlich berührte israelische Moderator weigerte sich, die Äußerung des Gastes für sie zu übersetzen. Ich fragte mich damals, was dem Geruch anhaftete, dass er so rasch zu diesem Schluss kam. Während ich Roniths neuen Geruch in mich aufnehme, wird mir klar, dass er etwas freigibt, das tiefer, das im Blutkreislauf ist. Der Körper beherrscht bekanntermaßen nicht wenige Tricks, um sein Alter zu verraten, wie sehr man sich auch bemühen mag.

»Sind Sie das? In der Zeitung?« Eine junge, mit Tüten beladene Frau steuert unseren Tisch an. Sie wirkt erstaunt, ist ergriffen, und Ronith setzt wieder diese arrogante Miene auf, unternimmt nicht einmal den Versuch, ihre Arroganz zu unterdrücken.

»Meine Anerkennung, gut gemacht«, sagt sie zu Ronith. »Nicht jede Frau ist dazu verpflichtet, Kinder auf die Welt zu bringen, ich unterstütze Sie in der Auseinandersetzung, die Sie führen. Eine tolle Leistung sind auch die ganzen Artikel, die sind enorm wichtig.«

Ronith lächelt weiterhin. Was ihren Ausdruck anbelangt, wird sie besonnen. »Danke, Schwester, wir dürfen nur nicht vergessen, dass Dina Kaminer in dieser Richtung führend war … hmmmmm … und die Artikel geschrieben hat.«

Ich werfe ihr einen skeptischen Blick zu, Bescheidenheit war nie ihre Stärke gewesen.

»Und falls es Sie interessiert, können Sie sich mit Sheila darüber unterhalten.« Dann setzt sie hinzu: »Sie hatte die Idee für Dinas Artikel.«

Hier ist was im Busch, so viel ist klar. Ronith tritt respektvoll zur Seite? Ronith macht mir in der Öffentlichkeit ein Kompliment?

»Ah, Sie sind auch in dem Club?« Die junge Frau wirft mir einen freundlichen Blick zu. »Sie wollen alle keine Kinder? Ah, die freiwillig Kinderlosen rotten sich zusammen.« Sie lacht ansteckend, herzerwärmend und geht davon, lässt es sich nicht nehmen, sich umzudrehen und das V-Zeichen zu machen. *Eines Tages werden wir die Welt regieren. Dann lassen wir sie aussterben.*

Ronith und ich wagen es nicht, einander anzuschauen.

»Sag mal, wieso hast du diesem Ermittler gesagt, dass ich verdächtig bin?« Das Schweigen dehnt sich in die Länge, wird zäh. Der richtige Moment, um zur Sache zu kommen. »Hast du wirklich geglaubt, dass ich Dina umgebracht habe?« *Wenn ich dieses Miststück nicht vor zwanzig Jahren umgebracht habe, wieso sollte ich es jetzt tun?*

Sie antwortet nicht sofort, fischt weiterhin Pinienkerne

aus ihrem riesigen Salat. Nimmt einen Schluck von dem Kaffee, ohne an der Tasse eine Spur zu hinterlassen, genau wie an der Uni, wo sie an den Styroporbechern keine Spur hinterließ. *Ihre Spuren sind Spuren anderer Art.*

»Dieser Ermittler«, äfft sie mich nach. »Wem willst du etwas vormachen? Er heißt Micha, und es ist glasklar, dass du auf ihn abfährst.«

Ronith mag Schauspielerin sein, aber imitieren kann er weitaus besser. Nicht, dass ich vorhätte, diese Information mit ihr zu teilen.

»Wie gewöhnlich suchst du dir die falschen Männer«, sagt sie. »Auf dem Gebiet stagnierst du.«

Das Bild einer großen Person mit sehr aufrechtem Gang fährt wie ein Blitz durch meine Gedanken – Neria. Mein erster Irrtum, *und nicht der letzte,* mit zwanzig darf man sich irren. Nur habe ich die zwanzig längst überschritten, und meine Fehler bleiben die einer Sechsundzwanzigjährigen.

»Hast du zu ihm gesagt, dass ich verdächtig sei, oder hast du es nicht? Dass Dina Angst vor mir gehabt habe?«

»Sieh mal, mir fiel ein, wie gern du im Mittelpunkt stehst. Daher habe ich dir eigentlich einen Gefallen getan.« Sie lacht. »Hat doch funktioniert, oder nicht?« Der riesige Mund, dieses Blutrot, öffnet sich lachend wie ein Schleusentor.

Nein, auch sie empfindet keine Trauer, dabei müsste sie welche empfinden. Ich schaue sie an, diese lachende, leichtsinnige Ronith, *die Verruchte, Bösartige, die Prostituierte* mit dem aufgerissenen blutroten Mund, wie damals, in jener Nacht. *Wir machen doch nur Spaß mit dir, was hast du denn.* Mit dem gleichen Lippenstift, der blutrot glitzerte, blutrot! Und das

Messer, das geschwungen wurde, und dieser *von Leid durchdrungene* Schrei, während Ronith immerzu lacht und lacht. Ta-tam! Ta-tam! Ta-tam!

»Ich mache doch nur Spaß mit dir, Sheila, das ist ein Witz, na, komm schon«, sagt sie. »Wo ist dein Humor geblieben?«

»Deine debilen Witze habe ich nie ausstehen können«, sage ich. »Da verwechselst du was, Na'ama war die Einzige, die darüber lachen konnte.«

Das bringt sie zum Schweigen. Um Leuten den Mund zu stopfen, gibt es nichts Besseres als eine Leiche.

Ronith fischt weiterhin Pinienkerne, und ich frage mich, ob sie im Laufe der Jahre überhaupt von Na'ama gesprochen hatte. Hatte sie es sich bei den Treffen mit »ihrer besten Freundin« Dina erlaubt, gewisse Erinnerungen zu teilen? Oder hatten die beiden sie, der Vergessenheit übergeben, dort am Strickende baumeln lassen?

»Hat Dina je über sie gesprochen?« Ich halte mich nicht länger zurück.

»Was denkst du?« Der kurze Schock, den die Erwähnung des Namens ausgelöst hatte, weicht einer leichten, mir vertrauten Aggression. »Auch mit Dina habe ich mich kaum getroffen, das scheinst du überhört zu haben!«

»Was dich nicht von einem Interview abhalten konnte«, sage ich.

»Ich habe nichts dagegen, Stroh zu Gold zu spinnen«, sagt sie seelenruhig. Ich kann es nicht glauben, dass sie mir mit diesem Klischee kommt, sie hatte wohl nur Stroh im Kopf.

»Außerdem spiele ich demnächst in einer Serie, da geht es um vier Freundinnen, und das passt gerade gut. Ich glaube nicht, dass es Dina gestört hätte.«

Immerhin erspart sie mir: »Das hätte Dina gern gewollt.« Wir wissen beide nur zu gut, dass es das Letzte gewesen wäre, was Dina gewollt hätte. *Du wirst dir nicht auf meine Kosten Ruhm erschleichen.*

»Im Drehbuch kommt ein Lied vor, das mich sehr an uns erinnert.« Sie zögert kurz. »Das heißt, an die, die wir waren.« Das geht so:

»Vier kleine Mädchen spielten mit Puppen,
Eine zerbrach – blieben drei.
Drei kleine Mädchen spielten mit Puppen
Eine zerbrach – der Kopf ward zu Brei.
Von den zwei Püppchen ging eine verschollen
Musste die letzte alleine rumtollen.«

Ihre tiefe Stimme geht mir auf die Nerven.

»Klingt wie ein Kinderlied«, sage ich, trotz des Impulses, die Beine in die Hand zu nehmen und das Weite zu suchen.

»Ich mag keine Kinderlieder«, sagt sie.

»Keiner mag Kinderlieder«, erwidere ich.

»Und keiner mag Kinder«, sagt sie, und synchron fahren wir fort: »Und keiner braucht Kinder, und keine von uns wird welche in die Welt setzen, nie, nie, n i e m a l s.«

Der Ton ist der zwanzigjähriger Studentinnen.

Ich will nach Hause. Jetzt. Von hier weg. Nicht weiter wichtig, dass ich Ronith nicht entlocken konnte, worauf ich aus bin, ich will abhauen, und zwar zügig.

Ich beginne zu murmeln: »Vielleicht lassen wir die Rechnung kommen.« Statt die Gelegenheit zu nutzen, um Leine zu ziehen, dafür zu sorgen, dass sie mir nie wieder über den Weg läuft, sagt sie: »Lass uns noch einen Kaffee bestellen.«

Sind aus unseren Tassen die Styroporbecher von damals geworden? Die von der Kaffeemaschine auf dem Campus? Oder kommt es mir nur so vor? *Es kommt dir nur so vor. Reiß dich zusammen und hol aus ihr heraus, was du brauchst.*

»Also was ist Sache mit diesem Micha?«, erkundigt sie sich gelassen, als würde sie unsere Unterhaltung von damals auf dem Rasen fortsetzen. »Er ist ein Volltreffer, dein Typ.«

Die Tatsache, dass sie mich zwanzig Jahre nicht gesehen hat und, was meinen Männergeschmack betrifft, nach wie vor ins Schwarze trifft, hat etwas Beunruhigendes.

»Vielleicht habe ich dir einen Gefallen erwiesen.« Sie lächelt selbstzufrieden. »Bestimmt stand er mit neuen Fragen zu Dina vor deiner Tür. Vielleicht habt ihr euch danach noch einmal getroffen? Du weißt ja, dass ich immer gern verkuppelt habe.«

Sie streckt und rekelt sich auf ihrem Stuhl wie eine Katze. Der oberste Knopf ihrer Bluse öffnet sich und gibt den Blick auf den Ansatz ihrer Brüste frei, die, wie die übrige Ronith, in Topform sind. Sie sind rundlich, wirken wie Äpfel. *Nicht wie deine verschrumpelten Birnen, die aussehen, als hätten sie Drillinge gestillt.*

»Tu doch nicht so«, sage ich. »Mir zu helfen, ist das Letzte, worauf du aus bist.«

»Du warst immer undankbar«, gibt sie zur Antwort, ordnet ihre Bluse, lässt den Knopf jedoch offen. »Du solltest mir dankbar sein.«

»Wofür genau?«

»Vielleicht dafür, dass ich ihm nicht alles erzählt habe, was ich weiß?«

Mach bloß diesen verdammten Knopf zu. »Was hättest du ihm denn erzählen können?«

»Was du mir damals angetan hast.«

»Damals?« Es kommt nur ein »damals« infrage. »Was soll das gewesen sein? Habe ich dir etwa was getan?«

»Und ob.« Sie verstummt. »Nun verstell dich nicht, du hast mir den Arm gebrochen.«

Ich betrachte ihre Hände. Ta-tam! Ta-tam! Es war Dina, die trommelte, Ronith lachte ohne Unterlass, selbst als sie den von Leid durchdrungenen Schrei vernahm, selbst, als … Ich schaue auf ihre Hände, sie sind groß und kräftig, *Hände, die einen Lippenstift korrekt auftragen und die Konturlinie perfekt ziehen.*

»Sheila, komm mir nicht mit dieser Unschuldsmiene, du hast mich nach hinten geworfen und mir den Arm gebrochen.«

»Ich habe dich nur geschubst.«

»Das war mit Gewalt, mit Kraft, du hast mir den Unterarm gebrochen. Sag bloß nicht, das weißt du nicht mehr.«

»Daran kann ich mich nicht entsinnen.«

Mit zusammengekniffenen Augen beäugt sie mich, dieser Blick ist unangenehm, ihre Stimme ist unangenehm, zumal sie aus einem Mund tönt, dessen Lippen unter der Schicht Lippenstift mit einem Male blutleer sind. »Ich bin gespannt, was bei dir noch bereitwillig durchs Sieb fällt.«

Neun

Ich habe ein verdammt gutes Gedächtnis, liebe Ronith. Es ist mindestens so gut wie der kussechte Lippenstift auf deinem kauenden Mund.

Jetzt mümmelst du an dem Gebäck, das mit dem koffeinarmen Americano kam. Sag mir, wohin das Ganze führt? Ich lasse eine Hand auf dem kleinen Schwimmring um meine Hüften ruhen – eine kleine Aufmerksamkeit zum Vierzigsten, mit der die meisten Frauen beschenkt werden, ob nun mit oder ohne Kind. Maor mochte ihn sogar, er sagte es zumindest, wenn er hineinkniff. Doch Maor hatte viele Dinge gesagt. *Ich sage dir, ich habe null Interesse daran, Vater zu werden.*

Mein Gedächtnis ist also recht gut, liebe Ronith, vielleicht nicht saugut wie vor zwanzig Jahren (übrigens braucht es keine Schwangerschaftsdemenz, das Erinnerungsvermögen lässt mit dem Alter in jedem Fall nach, es gibt zu viele Erinnerungen, denen man besser den Rücken kehrt), doch du wirst mich nicht anzweifeln lassen, was in jener Nacht geschehen oder nicht geschehen, was gebrochen oder nicht gebrochen ist. Ich bin nicht so eine Romanheldin, die auf Seite zweihundertzwanzig realisiert, dass sie mit der Axt die komplette Familie umgelegt hat und das Ganze aus Gründen der Behaglichkeit verdrängt hat. O nein, liebe Ronith, diese Geschichte dichtest du mir nicht an.

»Warum haben die Dina deiner Meinung nach nicht vergewaltigt?«, fragt sie mit samtweicher Stimme, in der Grausamkeit frohlockt. *Die alte Grausamkeit.*

»Das war in dem Fall nicht Kern des Themas, es ging ums Muttersein«, antworte ich bedächtig.

»Ja, aber auf halber Strecke. Getötet hatte er Dina ja schon. Es handelt sich um einen Perversen. Warum hat er das ausgelassen?«

»Vielleicht wollte er die Aufmerksamkeit nicht von der Aussage ablenken, die er damit machen wollte?« Ich senke den Blick auf meinen leeren Teller, während Ronith weiterkaut. Womöglich war es zu mühselig, jemandem eine Puppe an die Hände zu kleben und etwas auf der Stirn zu hinterlassen, sodass keine rechte Lust aufkam? *Vergewaltigung ist kein Ausdruck von Lust, Vergewaltigung ist ein Ausdruck von Dominanz und Gewalt, Vortrag von Dr. Dina Kaminer, für das zweite Semester.*

Allerdings war mir der Gedanke auch gekommen und nicht gleich verflogen: die flehende, die erniedrigte, die gefesselte Dina, *die Dina, der etwas angetan wird*, die Dina, die vergewaltigt wird. Schließlich ist keine wie sie mit den Wesensarten vertraut, die in der DNA verankert sind.

»Oder wurde sie doch vergewaltigt, und sie sagen's uns nicht?« Roniths Zunge schnellt nach vorn, doch es entgeht mir nicht. »Dieser Micha verheimlicht etwas, das sage ich dir.«

»Selbst wenn er etwas verheimlicht« – *und das tut er* –, »denke ich nicht, dass es sich um eine Vergewaltigung handelt. Das passt nicht zusammen, seine Intention war, aus Dina eine Mutter, eine Madonna, eine Heilige zu machen.«

»Was sich auf der anderen Seite der Heiligkeit verbirgt, wissen wir ja beide. Stimmt's?« Diesmal verweilt die Zunge länger auf den Lippen.

»Ronith, darum geht's hier nicht, wir haben es hier nicht mit Eva und Lilith zu tun.« Das bringt sie natürlich zum Schweigen. »Wer das getan hat, weiß sehr gut, was er erreichen will. Ich habe nicht den Eindruck, dass Vergewaltigung sein primäres Ziel war.« *Nicht einmal Dinas Vergewaltigung.*

»Nun gut, mal unter uns, großes Vergnügen hätte es ihm nicht bereitet.« Sie knabbert an ihrem Gebäck, und ein Marmeladenklecks rutscht ihr Kinn hinab.

»Worauf willst du hinaus?«

»Sie war nie ein ausgesprochen sexuelles Wesen.«

»Wovon redest du?«

»Du brauchst kein Blatt vor den Mund nehmen, keine Angst mehr vor ihr haben, sie ist mausetot. An ihr war nicht ein Hauch von Sexualität.«

Sexualität ist Macht, Dina hatte Macht, so viel ist klar, aber woher rührte diese? In Gedanken zähle ich zurück bis zu jenen langen heißen Sommertagen, an denen wir, uns am Strand rekelnd, die Zeit vergaßen. Dina bot den Anblick einer kolossalen Katze, die in der Sonne schlummerte, *aber mit einem Auge Wacht hielt. Wohin blickte es, dieses offene Auge?*

»Kannst du dich noch an das eine Mal auf dieser Party erinnern, als ihr Bruder dich angefasst hat?«

Wie könnte ich diese Party vergessen? Auf der nahm alles seinen Anfang *und ist bis heute nicht ausgestanden.*

»Was soll damit sein?«

»Es ging ihr gegen den Strich. Wieso? Überleg mal.«

Ich schaue Ronith an, mit wölfischem Blick beugt sie sich zu mir. »Überleg mal gut.«

Ich überlege gut, aber nicht in der Richtung, in die Ronith vorstößt. Die junge Dina beobachtete mit Argusaugen jede Frau, die die Aufmerksamkeit ihres schüchternen Bruders auf sich zog. Es kann doch nicht sein, dass Ronith denkt, Dina …

»Nein!« Als würde Ronith meine Gedanken lesen. »Falsche Richtung, du bist ja widerlich.«

»Ich bin widerlich?«

»Sie wollte einfach jede Sache unter Kontrolle haben, und kommt Sex ins Spiel, geraten Dinge oftmals außer Kontrolle.« Endlich hat sie ihr vor Fett triefendes Gebäck aufgegessen und leckt sich die Lippen. »Das hat unsere Dina gestört, und ich frage mich, ob es nicht mit dem zusammenhängt, was auch unseren Mörder gestört hat.«

Sieh mal an, jetzt ist er schon »unser Mörder«, sehr interessant.

»Was denkst du darüber, dass er ihr mit rotem Lippenstift auf die Stirn geschrieben hat?«

Ich betrachte ihre Lippen, sie glänzen von dem Fett, als hätte sie soeben ein kleines Tier verschlungen.

»Ich bitte dich.« Sie lacht und tupft das Fett mit einer Serviette von den Lippen, als wolle sie für einen heimlichen Verehrer einen öligen Kuss zurücklassen. »Du versuchst nicht etwa anzudeuten, dass ich es bin? Hm?«

»Ich hetze dir zumindest keine Ermittler auf den Hals«, sage ich. *Die Ermittler gehören mir.*

»Du kannst so viele auf mich hetzen, wie du willst.« Sie lächelt mich an. »Wenigstens sagt es aus, dass du inzwischen keine Angst mehr hast, ich würde dir deine Männer ausspannen.« Wieder kommt mir Neria in den Sinn: *groß, helle Locken, rehbraune Augen.* Und Ronith, die nicht in seine Nähe kommen durfte. Ronith, die schon im ersten Studienjahr den Ruf weghatte, dass sie *Männer verschlang.*

»An deiner Stelle wäre ich vorsichtig«, sage ich.

»Aber du bist nicht an meiner Stelle.« Sie grinst mich an. »Auch wenn du's gern wärest.«

Ein junges ultraorthodoxes Paar lässt sich am Nachbartisch nieder, rasch streiche ich meinen Rock glatt, um die Knie zu bedecken. Gleich darauf fällt mir ein, dass ich in Ramat Gan bin, und ich spreize die Knie wieder ein wenig mehr. Ihr Kind im Wagen schreit wie am Spieß, aber die beiden studieren, davon unbeeindruckt, die Speisekarte. Was bei dieser ungeteilten Zuwendung wohl für ein Kind gedeihen mag?

Gestern lief ich durch eine Seitenstraße von Bnei Brak und traf auf zwei Jungs, die auf der Bordsteinkante saßen, einer war unglaublich dick. Weit und breit war keine Menschenseele, und der Dicke murmelte in meine Richtung auf Jiddisch: *»Pritzke.«* Das kann je nach Tonfall »Flittchen«

oder »die sieht geil aus« heißen. Als Kompliment war das hier nicht zu verstehen, es kam automatisch und klang nicht im Geringsten nach Anmache. Mit einem Mordsgeschrei ging ich auf ihn los: »Selber ein Flittchen.« Er war geschockt, dass ich überhaupt darauf einstieg. Wären andere Leute auf der Straße gewesen, hätte ich es vielleicht geschluckt und wäre weitergelaufen. Zurechtgewiesen hätte ihn übrigens keiner. Hauptsache am Freitagabend, vor Schabbath-Beginn, ist aus den städtischen Lautsprechern stets zur gleichen Zeit der gleiche Singsang zu hören: »Möge ich mich würdig erweisen, Söhne und Enkelsöhne großzuziehen.« Wer weiß, vielleicht wird ja aus einem von ihnen so ein wunderbares Geschöpf wie der, der mich beschimpfte.

Ich beobachte weiterhin das Paar nebenan. Das Kind hatte sich beruhigt. Sie zählt zu den gepflegten ultraorthodoxen Frauen, denen auch Abertausende Geburten (auf diese Zahl wird sie kommen) nicht die gertenschlanke Figur ruinieren können. Er ist so ein aufgeblasener egoistischer Typ mit Brille. Ronith mustert mich, während ich das Paar mustere.

»Wieso bist du überhaupt nach Bnei Brak zurückgezogen?«, fragt sie.

»Weil ich die Gelegenheit hatte, umsonst zu wohnen«, antworte ich. »Außerdem ist es nicht Bnei Brak, es ist an der Grenze.«

Ronith kichert. Wieder blutrot.

»Verkauf mir bloß nicht diesen Unsinn«, sagt sie. »Meine Wohnung ist an der Grenze zu Ramat Gan, du wohnst in Bnei Brak.«

Das Baby schreit erneut los, und die Eltern lassen es wieder links liegen. Ronith blickt nachdenklich zu dem Kind. »Weißt du, dass das menschliche Ohr Babygeschrei nicht ertragen kann?«, sagt sie. »So hat die Natur uns erschaffen.«

Ich entsinne mich an ein anderes Babygeschrei und die tröstenden Worte, die stets folgten. *Kleines Mädchen … süßes Kindlein … nicht weinen, ach, du kleines, bildhübsches Mäuschen.* Ronith scheint meine Gedanken zu lesen, denn abrupt steht sie auf und geht aus dem Café, lässt die Schreie hinter sich, die das menschliche Ohr nicht ertragen kann, vor allem nicht ihr menschliches Ohr.

Als Ronith zurückkehrt, liegt auf ihrer Miene das Lächeln der zwanzigjährigen Studentin.

»Sieh mal, wen ich draußen getroffen habe«, sagt sie und hält die Tür auf, während eine zierliche Frau eintritt, die einen Zwillingskinderwagen vor sich herschiebt.

Roniths Jubel hört sich durchtrieben an. – Ich werfe einen zweiten Blick auf die Frau. Einen dritten. Tali Unger. Taliunger. Tali. Natürlich. Nur sie kann Ronith dazu bringen, wunschlos glücklich zu klingen.

»Sheila! Wie geht's dir? Jahre ist es her!« Wie gewöhnlich überspielen die vorgetäuschten höflichen Manieren von Taliunger alles. Stünde neben uns ein zufälliger Betrachter, könnte er meinen, sie freue sich tatsächlich, mich zu sehen.

Ich habe sie aus unserer Studienzeit in Erinnerung. Auch damals war sie dünn wie Eisendraht, hatte Haar wie Wolle und unappetitliche Haut, auf die sie schichtweise Make-up mit der Textur von Pflanzenfett auftrug. Sie war die treibende Kraft gewesen, wenn es darum ging, Demonstrationen auf die Beine zu stellen. Wir machten uns über sie lustig, hielten es für ihren einzigen Weg, mit Männern in Interaktion zu treten. Einmal beobachtete ich sie dabei, wie sie ausgestreckt auf dem Boden lag und das riesige Plakat malte, das an der Brücke an der Uni aufgespannt werden sollte: »Gebt ihnen keine Gewehre.« Ihre Hand, die das Gewehr malte, befand sich in unmittelbarer Nähe von Boaz' Hand, der wirklich gut aussehend war. Er war vom Studentenverband und gestaltete den Bildhintergrund. Millimeterweise arbeitete sie sich zu ihm vor, bis ihre Hände sich beinahe berührten. Als sie registrierte, dass ich ihr zusah, lächelte ich, mit einem Ruck zog sie ihre Hand weg. Wie sehr sie mich verabscheute, wie sehr sie uns alle, die ganze Truppe verabscheute.

Dann fand zu Purim eine Party statt, für die sie sich als Baby verkleidet hatte. Sie hatte einen riesigen Schnuller im Mund, und ein Babyhäubchen versuchte die Haarwolle zu bändigen. Dieses Kostüm schien sie in erster Linie gewählt zu haben, um gegen uns Front zu machen, allerdings sah sie so dermaßen bedauernswert aus, dass mich beinahe Mitleid überkam (da war nichts zu machen, Kataloge mit Angeboten von »sexy baby«-Kostümen waren noch nicht auf dem Markt). Wir verblüfften mit einem sorgfältig gewählten Auftritt. *Äußerst sorgfältig!* Dina, groß und eindrucksvoll, in Gewändern, die Wellen schlugen, steuerte auf sie zu, zog ihr den Schnuller aus dem Mund, ignorierte die glänzende Spucke, die daran an einem Faden hing, und küsste sie direkt auf die Lippen.

»Happy Purim, Baby.« Sie zwinkerte ihr zu. »Du bist so

ein süßes Baby, fast würde ich dich adoptieren.« Ein weiterer Kuss, diesmal auf die Wange, dann schritt Dina weiter, während wir ihr mit wehenden Gewändern folgten. Taliunger hingegen blieb wie betäubt mitten im Saal stehen, rollte mit den Augen und hatte einen dünnen Faden Spucke am Mund. Erst später würden uns ihre hasserfüllten Blicke erreichen.

Warum in aller Welt sah Ronith sie nun liebevoll an?

»Du erinnerst dich, dass Tali mit Neria Grossman verheiratet ist. Stimmt's?«

Na und.

In Roniths Stimme schwingt nichts außer hingebungsvoller Sorge, die Augen erzählen anderes. *Los, erinnere Ronith daran, dass du es warst, die sich von Neria getrennt hat, nun, komm schon, erinnere beide daran!* Doch Taliunger hatte ihre Spielchen getrieben, und was unser Seelenleben als Frauen anging, eine sehr bedeutsame Auseinandersetzung gewonnen. Das war sonnenklar.

»Tali und ich sind Nachbarinnen«, fuhr Ronith fort. »Da du nach Bnei Brak zurückgekehrt bist, sind wir nun alle drei Nachbarinnen.«

Taliunger (man wird nicht umhinkommen, sich an Taligrossman gewöhnen zu müssen, die Wahrscheinlichkeit, dass sie den Mädchennamen beibehalten hat, geht gegen null) sieht mich an, will zu etwas ansetzen, verkneift es sich, das Mündchen öffnet sich und schließt sich im Nu wieder. Stattdessen fängt sie an zu husten, zweifelsohne schauspielert sie. *Dieser Husten erstickt eine gemeine Äußerung.*

»Vielleicht tun wir uns zusammen«, bringt sie schließlich unterkühlt hervor. Ronith und ich wechseln Blicke.

»Du hast nicht geheiratet. Stimmt's?« Aus der dicken Make-up-Schicht meldet sich das Mündchen zu Wort. Talis Frage gilt explizit meiner Person.

»Nein«, erwidere ich stoisch.

»Und was ist mit Kindern?« Jetzt fordert sie mich heraus, will mich piesacken wie eine tropische Stechmücke, das wissen wir beide.

»Na, was denkst du?« Ich spiele den Ball zurück. Ticktock, tick-tock.

»Ich denke nicht«, antwortet sie, »nein, keine Kinder, denke ich.«

»Nun gut, dein Schnitt gleicht die Statistik aus.«

»Von Neria und mir«, korrigiert sie mich zuckersüß. Gerade will ich sie loben, dass sie bis jetzt tapfer durchgehalten hat, ohne ihn ins Feld zu führen. Just in dem Moment plärrt ein Zwilling drauflos, es ist ein steinerweichender bitterer Misston, der dynamisch anschwillt. – Wir erstarren. Der ultraorthodoxe Nachwuchs, der sich beruhigt hatte, macht mit seinem vorherigen Gebrüll weiter, was den anderen Zwilling im Wagen nicht gleichgültig lässt. Die Kakofonie der drei Heulbojen mündet in einem einzigen Ton, als hätten sie sich auf den Kammerton eingestimmt.

Tali beugt sich über die Zwillinge, will sie beruhigen. Dieses sanfte mütterliche Streicheln und die tröstenden Worte, die aus ihrem Mund erklingen, überfluten mich mit einer Erinnerung: Kleine Hände strecken sich mir entgegen, durch die Finsternis gellt ein Schrei. *Wer kommt zu mir? Wer ist da? Nein, ich stoße sie weg, tu es nicht, sei nicht dumm. Wer ist da, wer?* Und das Lächeln. *Ich stoße sie weg. Nein, Dina, du stößt sie nicht weg, wie willst du das denn anstellen? Sie haben sie dir fest an die Finger geklebt.*

Zehn

Du willst was?« Elis Hamsteraugen verengen sich, auf seinem Tisch liegt ein riesiger Stapel mit Dokumenten, obendrauf steht die ewige Cola-Dose. Ich strecke die Hand danach aus, aber er hindert mich am Zugriff. *Kein Zutritt für Unbefugte, meine Dame.*

Dass es kein Kinderspiel würde, hatte ich befürchtet, aber seine Intervention auf dem Weg zur Cola lässt mich ahnen, dass er sich gegen mein Vorhaben sträuben wird. Seit wir uns über denjenigen unterhalten haben, den er korrekterweise als den »Ermittler« bezeichnet, ist Eli nicht länger der entspannte Typ, der leicht zu handhaben ist, oder es ist nur seine Reaktion auf meinen Vorschlag.

»Ich möchte, dass du mit mir auf Roniths Geburtstagsparty gehst«, wiederhole ich, langsam und deutlich. Ich füge hinzu: »Heute Abend, Tali Unger kommt auch.«

Es ist besser, immer gleich die gesamte Information aufzutischen. Das heißt, die Information, die man preisgeben kann. Vielleicht hat er von mir schon genug über Miss Taliunger erfahren.

»Erklär mir mal, warum genau du dort aufschlagen willst?«

Nun, warum schon.

»Weil ich denke, dass Ronith damit zu tun hat oder über den Mord mehr weiß, als sie herausrücken will. Diese zufällige Begegnung mit Tali Unger hat mir missfallen.«

Das ist die reine Wahrheit.

Die Art, wie Tali sich gewunden hatte, als Ronith mich zur Party einlud, hatte meinen ersten Impuls, die Einladung auszuschlagen, in begeisterte Zustimmung umschlagen lassen. *Miss Taliunger, du kannst nicht sämtliche Auseinandersetzungen gewinnen.*

»Ach ja, Tali Unger, die Frau, die gesiegt hat, wo du gescheitert bist.« Eli will witzig sein, aber beide vernehmen wir das Klopfen, mit dem der Satz unterlegt ist. Ich greife nach der Cola-Dose und nehme einen Schluck, schütte freie Radikale direkt in den Blutkreislauf, diesmal hindert er mich nicht.

»Warum bist du nicht ehrlich gegenüber dir selbst. Gib es zu. Du willst mit der Vergangenheit ein wenig auf Kuschelkurs gehen, damit du eventuell auch Neria Grossman wiedersiehst.«

Meine Hand schließt sich fester um die Dose, doch so cool wie im Film lässt sie sich nicht zerdrücken.

Autsch, mein kleiner Finger schneidet sich an einer scharfen Kante des Blechs, es ist ein feiner langer Schnitt, wie nach dem letzten Treffen mit Neria, *dem letzten zufälligen Treffen, nicht dem letzten furchtbaren Treffen.* Die Szenen von diesem Treffen schießen mir durch den Kopf. Vor einigen Jahren sah ich ihn an einer Allee auf einer Bank sitzen. Soeben hatte ich die Kusskrankheit überstanden, wie sie bei uns heißt, oder das Pfeiffer'sche Drüsenfieber, inklusive eines Rückfalls. Schlapp wie ein nasses Handtuch schlich ich durch die städtische Landschaft. Er wirkte wie einem Männermagazin entstiegen, nun ja, das Schicksal und sein Sinn für Humor. Wir sagten beide das übliche: »Hallo«, »Jahre sind vergangen!« und »Wie geht's?«, aber er hatte das Bedürfnis hinzuzufügen: »Weißt du was? Ich hätte dich fast nicht erkannt.« Ich nahm, im Gegensatz zu ihm, den beißenden Ton in seiner Stimme wahr. Das war der Bumerang. Ich hatte es verdient, nach dem, was ich ihm angetan hatte. *Was Dina ihm angetan hatte.*

Ich schenkte ihm ein Lächeln und ging in keiner Weise darauf ein. Auf dem Nachhauseweg kaufte ich im Bioladen zehn verschiedene Sorten Vitamine und Mineralien zur Kräftigung von Haut und Haar. Kaum in der Wohnung, riss ich wie wild die Verpackungen auf und kratzte mir den Finger an der Verpackung vom Vitamin-B-Komplex auf. Erst danach ließ ich den Tränen freien Lauf.

Kleine Hexe, wie siehst du denn aus?

Unterm kurzen Rock guckt der Schlüpper raus!

»Du kannst mir glauben, ich hab's nicht eilig, Neria zu sehen«, sage ich.

»Und wieso soll ich dann mitkommen?«

Na darum.

»Weil du ein pedantischer Buchhalter bist. Darum. Weil dir Einzelheiten ins Auge fallen. Dort werden Leute sein, die mit Ronith in Kontakt sind und mit Dina vielleicht waren. Womöglich bringt es uns weiter.«

Er nimmt mir die zerdrückte Dose aus der Hand, prüft, ob sie leer ist, und wirft sie in den Müll. *Ein guter Buchhalter vergeudet niemals irgendwas.* »Sheila, das hat nichts mit dem Mord zu tun. Du willst einfach einen Mann, der dir auf dieser Party nicht von der Seite weicht, das ist alles. Es muss dir nicht peinlich sein.«

Doch es ist mir peinlich. Eli, du kleiner Hamster. Und überhaupt: Seit wann sagen wir uns die komplette Wahrheit? Das einzig Schöne an unserer Freundschaft ist doch gerade, dass man nicht mit allem herausrücken muss, erst recht nicht mit der Wahrheit, die in der Mehrheit der Fälle hässlich und beleidigend wäre. Also gut. Berücksichtigt man den Fakt, dass ich in Kürze auf dieser Party einigen Figuren aus meiner weniger glanzvollen Vergangenheit begegnen werde, hätte ich sehr gern einen Mann an meiner Seite, vor allem, wenn es sich um einen fügsamen und entspannten Mann wie dich handelt, der nichts dagegen hat, wenn ich ihn den ganzen Abend nicht weiter beachte. Wie fühlt sich diese »Wahrheit« an? Na, Eli?

Die Veränderung in meinem Gesichtsausdruck entgeht ihm nicht, prompt sagt er: »Schon gut, überredet.« Und ich antworte: »Du bist der Einzige, auf den ich mich verlassen kann.« Während meine Lippen die Worte formen, wird mir klar, dass es die Wahrheit ist.

Dann hakt er nach. »Hast du von diesem Ermittler etwa nichts gehört?«

Von diesem Ermittler. Ich schließe daraus, dass wir noch nicht reif dafür sind, ihn »Micha« zu nennen. Und nein. Ich habe nichts Neues gehört, und ob es ein gutes oder schlechtes Zeichen ist, weiß ich nicht. *Es ist ein sehr gutes Zeichen, du unverbesserliches kleines dummes Ding.* Automatisch strecke ich die Hand nach dem Telefon aus, nein, kein unbeantworteter Anruf. *Wie auch, wenn dir das Handy angewachsen ist?*

Auch die Presse rudert ein wenig zurück, besser gesagt die Nachrichtenseiten, die Magazine steuern weiterhin eifrig die Schockwellen. An diesem Samstag befasste sich im Frauenmagazin ein Artikel mit »religiösen Paaren, die nicht an Kindern interessiert sind«. Zumindest tönte so die reißerisch aufgemachte Überschrift, allerdings zog die Journalistin alle Register, um jedem einzelnen bemitleidenswerten Paar das schwache Versprechen abzutrotzen, dass »vielleicht in der Zukunft, mag sein, eines Tages …« *Eines Tages wird dir danach sein, Dina, eines Tages wird dir danach sein.* Wie zu erwarten, wenngleich merkwürdig, richtete die Journalistin den beschuldigenden Zeigefinger über die gesamte Artikellänge auf die jeweilige Partnerin. Über die Männer hielt sie die schützende Hand und brachte vollstes Verständnis auf. Einer von ihnen ähnelte auf verblüffende Weise Eli.

»Das geht klar, mach dir keine Sorgen«, sagte er. Ich benötige einige Sekunden, bis mir dämmert, dass er Roniths Party meint. Er hat keinen blassen Schimmer, denn er kennt Ronith nicht, doch er wird sie kennenlernen und wie! In dem Moment, da ich mit ihm über die Schwelle trete, wird sie sich an ihn heranmachen. Eine Tarantel bleibt eine Tarantel, *und Lilith bleibt Lilith.* Ich stecke den kleinen Finger in den Mund und spüre den beruhigenden Geschmack des wohlig warmen Blutes.

Es ist die Nacht derer, die am Leben geblieben sind.

Ich schaue nach oben zu Roniths hell erleuchtetem Balkon, die Stimmen der Partygäste hallen durch die Luft, *ein einziges Kichern und Flüstern.* Neben mir spüre ich Elis Körper samt seinem Muskeltonus. Er sieht exakt so aus, wie ich es mir gewünscht hatte: ein solider Partner, wobei nicht ganz klar ist, in welchem Verhältnis wir zueinander stehen. *Jede Frau erreicht in ihrem Leben eine Phase, in der Verschleierung ihre treueste Begleiterin ist.* Ich gehe schrittweise dazu über, den Bauch einzuziehen, doch da fällt mir ein, dass ich mir das schenken kann. Ich stecke in einer monströsen Latex-Korsage, die sich an meine Haut presst und mich ins Schwitzen bringt, doch wie die Verkäuferin sagte: Das Wichtigste an jedem Gebäude sind die Grundpfeiler, und meine benötigen nun einmal Verstärkung. *Die wichtigsten Grundpfeiler sind die unterirdischen.*

Wir betreten die beleuchtete geräumige Wohnung, und auf der Stelle schlägt mir der Geruch von Alkohol, Schweiß und teuren Parfüms entgegen. *Parfüms vierzigjähriger Frauen.* Ich nehme die Ikea-Möbel und die Bilder an den Wänden wahr, die Einzigartigkeit vermissen lassen. *Wundervoll, Ronith, äußerlich die verführerische Sirene und innerlich die Seele einer Rabattmarkensammlerin.* Sie hat sich sogar zum Kauf dieses Designerstuhls mit den filigranen Beinen verführen lassen, auf dem man so schön unbequem sitzt. Eine Frau hat sich darauf niedergelassen, vage erinnere ich mich an sie aus einer Werbung für ein Frauenhygieneprodukt, *vielleicht waren es sogar Windeln.*

In der Nähe des Balkons steht ein Schauspieler, den ich schon mal gesehen habe, müde deklamiert er Geburtstagsglückwünsche in ein gezogenes Smartphone, mit dem man ihm vor dem Gesicht herumfuchtelt. Einige Pärchen treiben durch den Raum, halten Minicracker und große

Weingläser in den Händen, Neria und Taliunger sind nicht darunter, aber ich bleibe besser an Eli kleben.

»Wie toll, dass du kommen konntest! Dass ihr kommen konntet!«

Ronith springt vom anderen Ende des Raums auf uns zu, das hauchdünne dunkle Kleid umspielt ihren Körper, in der Hand hat sie Rotwein, der im Glas funkelt und heftig hin und her schwappt. Das gibt auf den schneeweißen Ikea-Sesseln ordentlich Flecken. Sie kommt näher heran und drückt mir einen Kuss auf die Wange. Ihr Lippenstift ist kussecht, das weiß ich, dennoch ist mir so, als klebe er mitten auf meiner Wange wie bei einem Clown.

»Gut, dich zu sehen, kleine Hex.« Sie lächelt mich an, und übergangslos wendet sie sich Eli zu. »Und auch dich, Mr. Hex.« Sie streckt ihm auf generöse Art die Hand hin, wie ich es von ihr bestens kenne, und ich höre es in ihrem Kopf rattern. Ich schaue sie müde an, *dieser Nummer bin ich schon zwanzig Jahre müde.*

Eli schaut sie verlegen an. »Sheila und ich sind gute Freunde.«

Das Lächeln auf Roniths Lippen wird breiter.

Auf mir vertraute verführerische Weise führt sie die Hand an ihr Haar, und ich bin – diebische Freude überkommt mich – felsenfest davon überzeugt, dass diese Geste zwanzig Jahre alt sein mag, Ronith aber nicht mehr. Irgendetwas wirkt daran lächerlich, und diese Art, wie sie die Augen zusammenkneift, als sei sie eine Pantherin, die sich auf ihre Beute stürzen will, bringt mich auf den Gedanken, dass diese Pantherin vielleicht eine Lesebrille braucht.

»Sehr sehr gute Freunde?«, hakt sie nach. Dabei fällt mir auf, dass ihr schwarzes Kleid nicht nagelneu ist und schon einige Male in der Wäsche war.

»Ziemlich gute«, erwidert er, mehr denn je der pedantische Buchhalter.

Ronith, hingegen, wirkt wie eine Priesterin, die einem neuen Gläubigen auf den Zahn fühlt. Ich weiß noch, wie in der Zeit, als die Clique dabei behilflich war, mir Neria Grossman zu schnappen, jede von uns eine Aufgabe bekam. Roniths Aufgabe bestand darin, ihm nicht unter die Augen zu kommen. *Das ist alles, troll dich.*

Aus dem Augenwinkel nehme ich am Ende des Zimmers ein rothaariges Mädchen wahr. Sie lächelt mich an und hebt zum Gruß ein halb volles Glas. Sie kommt mir bekannt vor, und ich will mich bei Ronith erkundigen, wer sie ist, da ist sie längst mit Eli verschwunden.

Ausgerechnet jetzt kommen sie auf mich zu.

Es ist Taliunger, die einen Schritt vorausgeht und Neria, der lustlos im Schlepptau treibt, fest im Griff hat. Sie hat offenbar die Minute abgepasst, in der ich auf mich gestellt bin. *Mein Gott, Eli, warum hast du mich verlassen? Ich schreie, aber meine Hilfe ist ferne.* Ich will die Hand ausstrecken und mein Haar ordnen, da befiehlt eine leise, aber energische Stimme, die Hand an Ort und Stelle zu lassen. *Donner dich nicht auf!* Du hattest nicht die Kusskrankheit, du bist eine Frau, die Küsse bekommen sollte, die hier, mitten im Wohnzimmer, mit wachen Sinnen und lächelndem Gesicht steht und Neria entgegensieht, als wären keine zwanzig Jahre vergangen. *Doch sie sind vergangen.*

Nun ist es so weit, er steht vor mir, ich spüre Taliunger, die sich neben ihm streckt, und schaue zu ihm hoch. Er hat sich die große eindrucksvolle Statur bewahrt, das Gesicht mit den breiten Wangenknochen wirkt unverändert attraktiv, die hellen Augen strahlen, doch untrüglich ist er ein Mann in den Vierzigern, *und das Leben war nicht gut zu ihm.* Ich versuche, den Jungen zu sehen, der er früher war, und es will mir nicht gelingen. Er ist irgendein anderer fremder Mann, der mitten im Raum steht. Und woher kommt diese merkwürdige Krümmung an der Nase? War sie schon immer da? Ich schaue diesen fremden großen Menschen an und empfinde nichts. Nur ein Gedanke kommt mir: die Korsage! Bei der erstbesten Gelegenheit werde ich mich ins Badezimmer trollen und von dem Ding befreien.

Die andere Geschichte ist Taliunger, sie ist angespannt und zittert, weicht uns nicht von der Seite, ihre abstoßende Haut unter der Make-up-Schicht versendet Stromstöße wie ein Zitteraal. Ihre Absätze bohren sich in den Boden, sie hat Ähnlichkeit mit einem winzigen Nagel. Ihr Blick wandert von mir zu Neria, ihr Mund will lächeln, tut es aber nicht, hat noch nicht kapiert, dass sie mir, so wie damals, egal ist.

Na, komm schon, Tali, du darfst lächeln.

Damals ließ ich nichts aus, um Neria einzufangen.

Die ganze Truppe machte mit. »Wozu hat man Freundinnen?«, meinte Dina, auch wenn sie dabei diesen kalten Ausdruck in den Augen hatte. Es hielt sie nicht davon ab, die ganze Operation generalstabsmäßig zu überwachen. Sie fand heraus, um welche Uhrzeit er das Haus verließ

(»Hi, Neria, das ist ja ein Ding, dass wir uns über den Weg laufen«), auf welche Demos er ging, und sie ordnete mich seinem Team zu (»Hi, Neria, das ist ja ein Ding, dass wir uns über den Weg laufen«), und sie besorgte seine Festnetznummer. Na'ama bot emotionale Unterstützung. Und Ronith? Sie erhielt, wie bereits erwähnt, die Aufgabe, ihm nicht unter die Augen zu kommen, nicht einmal versehentlich.

Und siehe da, der Plan ging auf. Ich hatte ihn mir geangelt. Ich werde nie vergessen, wie sich aus einer idiotischen Ausrede – eine von vielen, die ich für meine Anrufenutzte – eine Einladung ins Kino ergab. Ins Kino! Ich konnte mein Glück nicht fassen. Nach erstaunlich kurzer Zeit kam dennoch der gewisse Moment.

Wir saßen in seinem Wagen, und Neria Grossman gestand mir seine tiefe Liebe. Dieser Augenblick ist fest in mir verankert, immer wieder drehe und wende ich ihn. Nach atemloser wochenlanger Verfolgungsjagd gab der Gejagte sich geschlagen, flüsterte: »Ich bin verliebt« und »Ich habe noch nie so empfunden.« Die hellen Augen waren von Liebe entflammt. Und ich? Ich spürte, wie in mir etwas erstarb.

Sämtliche Gefühle waren versiegt. Mit einem Schlag. Als hätte einer den Stecker gezogen.

In diesen Augenblicken der Wahrheit dachte ich schon damals: Sheila Heller, du bist ja irre, du bist total verkorkst. Was ist los mit dir? Das ist Neria! Dein Neria! Der Mann deiner Träume, dein innigster Herzenswunsch. Unzählige Stunden hast du vergeudet, um ihn zu ködern, hast für den Bruchteil einer Sekunde sogar an Kinder mit ihm gedacht. Wach auf, er sitzt neben dir und sagt dir, dass er dich liebt! Was hast du, Sheila? Was soll das? Werd wieder normal!

Neria sprach im Aufruhr der Gefühle, ich glaube, er sprach sogar von »Liebe meines Lebens«. Ich hockte da, starrte durch die Fensterscheibe, nichts davon drang zu mir durch. Wie eine Puppe ohne Puls.

Und nun steht er mit seiner Taliunger vor mir, und keiner von ihnen sagt ein Wort.

Taliunger bohrt den Blick in mein Gesicht, hält dort nach etwas Ausschau. Unbändige Lust überkommt mich, ihr zu sagen: Ich habe kein Interesse an deinem Mann, so wie ich vor zwanzig Jahren kein Interesse an ihm hatte. *Der einzige Mensch, an dem ich Interesse habe, bin ich selbst.* Doch sie kommt mir zuvor: »Jahre sind vergangen, und nun treffen wir uns alle!« Als Extra gibt's ihr gezwungenes Hostessen-Lächeln.

»Nein, nicht alle.« Der das ausspricht, ist Neria. Das Weinglas in seiner Hand ist leer, und so bedächtig lallend, wie er es sagt, ist es nicht sein erstes. »Eine fehlt.«

»Wen meinst du?«, frage ich, wohl wissend, wen er meint.

»Die Königin aller Zicken«, sagt er. »Diese verdammte Kaminer, wie gut, dass einer sie leergemacht hat, so wie sie eure Gehirne leergemacht hat.«

»Sie *leergemacht* hat?« Merkwürdige Stille legt sich über den Raum.

»Wen leergemacht hat?« Ronith kommt rasch von irgendwoher, ihre Robe schleift auf dem Boden wie der gebrochene Flügel einer Fledermaus.

»Na die, die Kaminer, dieses verdammte Miststück, die haben sie komplett leergemacht bis auf den letzten Blutstropfen. Die haben sie ausbluten lassen!« Er weidet sich an dem Bild. Der Rausch verzieht sein Gesicht zu einer grinsenden Grimasse, übersät mit roten Flecken. Neria Grosman badet in Blut, und er badet in einem Gefühl. Es ist Hass.

Elf

Im Wohnzimmer herrscht Grabesstille, mit einem Male sind wir alle zu Puppen, zu erstarrten Puppen mutiert, die im Kreis um Neria stehen, der grinst und den Kopf wiegt. »Komplett leergemacht«, sagt er.

»Woher willst du das wissen?«, frage ich.

Dieses Detail hatte nirgendwo gestanden. Ich hatte vermutet, sie sei erwürgt worden, und bin mir fast sicher, dass es in der Presse angedeutet worden war. Als ich Micha darauf angesprochen hatte, bestritt er es nicht. *Bestätigt hatte er es allerdings nicht.*

Ich habe Dina mit einer Babypuppe in den Armen vor Augen. Ein roter Schriftzug besudelt ihre hohe majestätische Stirn, *die aus weißem Marmor scheint*, es ist eine leere ausgeblutete Stirn. Ausgerechnet Dina, in der, wie in keiner zweiten, das Leben pulsiert hatte.

»Ich habe einen Freund bei der Polizei«, sagt Neria.

»Was denn für einen Freund?«, will Taliunger wissen. Sogleich verstummt sie wieder. Ein Tropfen Rotwein rinnt an ihrem Glas herab und tropft auf einen weißen Sessel, der ihn prompt aufsaugt.

»Ein Freund eben, was spielt das für eine Rolle, wer es war. Er hat's mir gesteckt. Er weiß, dass wir uns kannten.« Taliunger, die mit einem Taschentuch versucht, den Sessel zu retten, erstarrt.

»Er hat darum gebeten, es geheim zu halten.«

»Na, da hat er es dem Richtigen erzählt«, entgegne ich.

»Das liegt am Alkohol«, lallt er bedächtig. »Ich vertrage Alkohol nicht gut.« Er sieht mich an, als erwarte er Zustimmung.

Das stimmt. So war es auch auf der Purim-Party. *Adlajada*, bis man nicht mehr weiß, was man tut. Ta-tam! Ta-tam! Dina mit ihrer stattlichen Größe und dem wehenden Gewand. Ronith, Na'ama und ich, die treuen Begleiterinnen bis in die Ewigkeit. Dinas Hände schlagen die Trommel. *Energisch. Mit Kraft. Mit noch mehr Kraft.* Und der betrunkene Neria, der weinende Neria, der wütende. *Kinder weinen nicht.*

»Das hat dieses verdammte Miststück verdient.« Er schreit beinahe, und schließlich löst sich Taliunger aus ihrer Erstarrung, und sie zerrt ihn weg, so wie jede gute kleine Frau mit einem Funken Verstand im Kopf schon in dem Moment gehandelt hätte, als er den Mund aufmachte.

»Hast du Dina Kaminer auch gekannt?«, fragt die Schauspielerin aus der Werbung und hört sich hochdramatisch an, als sie hinzufügt: »Was ihr widerfahren ist, ist wirklich entsetzlich.«

»Ja, ja, entsetzlich.« Andere stimmen ihr zu, klingen wie ein verhaltener Sprechchor. »Und das Kind, das sie ihr angeklebt haben?« »Widerlich!« »Der blanke Horror!« »Eine Schande!« »Gott behüte!« »Und was unternimmt die Polizei?«

»Wozu das Ganze und warum?« Die Schauspielerin meldet sich erneut zu Wort. »Es wollen eben nicht alle Kinder machen, was ist daran so schrecklich?« Sie blickt in die Runde auf der Suche nach Gleichgesinnten. Abrupt verstummt das Gemurmel.

»Seht mal. Ich möchte um Himmels willen keinen Mord rechtfertigen.« Ein Typ mit rundem Gesicht mischt sich ins Gespräch. *Gleich wird er den Mord rechtfertigen.* »Bei allem Respekt. Ich finde, dass an der Entscheidung gegen Kinder etwas Egoistisches ist. Und die Kaminer hat diese Strömung auf äußerst aggressive Art vorangetrieben.«

»Welche ›Strömung‹ meinst du damit?« Die Schauspielerin tritt näher zu ihm. »Die ›Strömung‹, die sagt, dass es völlig in Ordnung ist, wenn du die bist, die du sein willst?«

Die beiden öden mich an. *Sieh an, jetzt geht's zur Sache.*

»Die Strömung, die nur an sich denkt und sagt: zum Teufel mit dem Staat!« Das runde Gesicht wird laut, die Gattin stellt sich an seine Seite und legt ihm mit mütterlicher Geste die Hand auf die Schulter. »Wenn jeder so denkt, wo landen wir dann?«, lamentiert er. »Sieh dir doch an, wer sich hier vermehrt, nur die Araber und die Ultraorthodoxen. Also übernimm ein wenig Verantwortung. Was gibt es daran auszusetzen?«

Die Miene der Schauspielerin verdüstert sich. »Dem Staat zuliebe werde ich kein Kind in die Welt setzen.«

»Das ist nicht dem Staat zuliebe! Du tust es für dich. Trenn dich von deiner Ichsucht!«

»Ich weiß, was gut für mich ist!«

»Gut für dich. Und mehr nicht. Deine Haltung ist unangebracht!«

»Du bist hier bei jemandem zu Gast, die genau wie ich denkt!«

Das bringt ihn zum Schweigen, allerdings nicht für lange. Ich schaue gleichgültig vor mich hin. Greife in die Schale mit den Pistazien und knacke eine. Die Behauptungen werden die immer gleichen bleiben, egal, ob das Setting eine Party der Bohème ist, oder du bei religiösen Verwandten in einem wohlhabenden Vorort am Schabbath zum Essen bist. Der Konservatismus wird immer siegen. Mittlerweile schreit der Typ mit dem runden Gesicht (sie steigern sich immer hinein). Er könnte genauso gut Efraim oder der Verkäufer vom Kiosk in der Nähe meines Hauses oder deine Hausärztin sein. Sie wollen alle eins: dass du ihnen gleichst, dass du sesshaft wirst, Kinder zur Welt bringst, dich, sie, deinen Staat rettest. Was gibt es daran auszusetzen?

Es geht nicht darum, was es gibt, sondern was es nicht gibt.

Jemand dreht den Verstärker auf.

»All that she wants is another baby« von Ace of Base dröhnt in unseren Ohren. Ronith und ihr Sinn für Humor. Wo treibt sie sich eigentlich herum? Meine Augen schweifen durchs Wohnzimmer – keine Spur von ihr. Wann ist sie mit Eli verschwunden?

Der Zangengriff der Korsage macht mir zu schaffen, und ich gehe ins Badezimmer, um das Ding loszuwerden. Sie abzustreifen, ist eine harte Nuss, vor allem an den Oberschenkeln. Doch dann bekomme ich zumindest ein wenig Luft. Ich pfeif auf die Schwimmreifen.

Ich begebe mich also ins Bad. – Was für eine Überraschung! Im Kontrast zu dem Ikea-Wohnzimmer, wo beim Einrichten die Vernunft regiert hat, sind hier die Wände knallrot. Der Klodeckel strahlt in kaltem Silbergrau. Ein großformatiges Schwarz-Weiß-Poster hängt an der rechten Wand. Und wer lächelt mich von links an, wer ist hier eingerahmt in seiner ganzen teuflischen Pracht präsent? Wer wenn nicht Lilith, die mich auf vertraute Weise anlächelt. *Hi, meine Freundin, ich hatte Sehnsucht nach dir. Du hast doch nicht etwa gedacht, dass du mich so leicht loswirst. Stimmt's?*

In aller Ruhe lasse ich mich auf dem Klodeckel nieder. Ich wage es nicht, einen zweiten Blick auf das Bild zu werfen, ich will nicht noch einmal diesem düsteren Lächeln, den langen Zähnen, den roten Lippen, den großen Händen und dem, was darin liegt, begegnen. Meine Gedanken jagen voraus, und ich danke Gott, dass Micha nicht hier ist und Zeuge dieser Szene wird. *Lüg nicht. Du bedauerst es sehr wohl, dass er nicht hier ist.*

Als ich aus dem Badezimmer komme, nehme ich Ronith und Eli wahr. Sie stehen auf der Schwelle des Schlafzimmers, sind auf merkwürdige Weise still. Ihre Körpersprache zu entschlüsseln, will mir nicht gelingen, sie strahlen Intimität und Distanz zugleich aus. Eli würdigt mich keines Blickes, und Ronith starrt in den weiten Raum. Ich will ihr sagen, dass ich kein Interesse an ihm habe und nie welches an ihm hatte, also los, Babe, mach, worauf du Lust hast. *Worauf du immer Lust hattest.*

An der Schwelle zum Wohnzimmer sehe ich das rothaarige Mädchen, das mich dabei beobachtet, wie ich die beiden beobachte, inzwischen wirkt sie vertrauter. Ich beschließe, sie anzusprechen, doch da zieht mich einer derb am Rock. Ich drehe mich um und habe einen kleinen Jungen von etwa zwei Jahren vor mir. Sein Gesicht ist knallrot.

»Guck mal, Auto.« Er hält mein Bein fest umklammert, in der anderen Hand hält er einen großen Spielzeug-Truck.

Irritiert schaue ich ihn an. Was macht ein verschlafenes Kind mitten in Roniths weißem Ikea-Wohnzimmer?

»Ari!« Taliunger eilt auf ihn zu. »Willst du nicht mehr schlafen?«

»Wir mussten ihn mitbringen«, erklärt sie allen, die rundrum stehen. »Er soll eigentlich im Schlafzimmer friedlich vor sich hinschlummern.«

Ich mustere den Sohn von Neria Grossman. Er hat großes Glück gehabt und ist dem Vater ähnlich, hat helle Locken wie er. Abermals zieht er an meinem Bein.

»Auto! Auto!«, kräht er.

Die Blicke der anderen bohren sich wie Pfeile in mich, als ich vor ihm auf die Knie gehe. Das ist stets der Test: *Wie geht sie mit kleinen Kindern um?* Alles ist abgewogen. Und nun ist es an mir, die exakte Dosis Zuneigung (nicht zu viel!), Sachlichkeit (nicht zu viel!) und eine wohlgesinnte aufgeschlossene Miene (nicht zu viel!) zu demonstrieren, jedoch nicht Sorge. Durch Jahre der Übung habe ich es zu chirurgischer Präzision gebracht. Ich mache mich ans Werk.

»Was für ein schönes Auto!«, sage ich.

»Meins!« Missbilligend runzelt er die Stirn, und ein Spuckefaden löst sich von seinem Schnuller, den Taliunger rasch abwischen will, aber auf halber Strecke hält sie inne.

»Na klar ist es deins.« Ich beuge mich zu ihm, er gluckst vor Glück und sieht niedlich aus wie ein kleiner Welpe. Diesen Ausdruck behält er auch bei, als er mir den Spielzeug-Truck in die Visage schleudert.

Ich sehe Sterne, gleißendes Licht blendet mich. Meine Nase scheint ein Trümmerfeld.

Die Leute um mich brechen in Panik aus, andere kichern sich eins. Ich balle die Fäuste im Rhythmus, in dem das Blut gepumpt wird. *Du musst lachen, lachen! Lass dir nie anmerken, dass es wehtut.*

»Was hast du angestellt, Ari!« Taliunger ist im Nu bei ihm, hebt ihn hoch und setzt zur Rüge an, doch ich höre ihr unterdrücktes Hohngelächter heraus, das ganze Wohnzimmer wird mit Gelächter überschwemmt, auch Neria grinst, und selbst Eli tut es und weicht mit schmunzelnden Lippen meinem Blick weiterhin aus.

Langsam stehe ich auf, schwanke würdevoll und trete vor den Spiegel. Die Nase sieht aus wie immer, mag sein, dass sie seitlich angeschwollen ist, doch es tut irre weh, und der Schmerz pocht.

»Willst du Eis?« In meinen klingenden Ohren höre ich Ronith näher kommen, ihre Augen sind gerötet und bergen ein Geheimnis. »Hier ist welches.« Sie drückt mir eine Packung Tiefkühlerbsen in die Hand. »Du Ärmste«, fügt sie hinzu.

Ich kann ihr Mitleid spüren. Es ist echt, und binnen eines Augenblicks habe ich die Nase voll von ihr. Sie kann dieses Mitleid nur aufbringen, wenn der andere vor Schmerz jault.

Das war's, ich mach mich vom Acker, von nun an werde ich lernen, meine Nase nirgendwohin zu stecken und nicht in der Vergangenheit zu wühlen. Die Vergangenheit wird sich immer gegen dich erheben, um dich zu vernichten, steht in der Erzählung zum Pessach-Fest, der Haggadah. *Auch wenn das Gewächs, was dir soeben die Visage vermöbelt hat, die Zukunft ist.*

»Alles Gute zum Geburtstag und viel Gesundheit«, sage ich zu Ronith und mache auf dem Absatz kehrt. Zuvor beugt sie sich zu mir und flüstert mir die Worte ins Ohr, die ich künftig wieder und wieder den Polizisten sagen muss, die mich ungläubig anschauen und unendlich viele Fragen auf mich abfeuern. Obwohl sie es versuchen werden, gelingen wird es ihnen nicht, mir meine Geschichte auszureden und mich aus dem Gleichgewicht zu bringen. Ich bleibe dabei, denn genau so hat es sich an dem Abend mitten im Wohnzimmer abgespielt. Ronith sah mir in die Augen und flüsterte: »Mein letzter Geburtstag.«

Zwölf

Laut Polizeibericht wurde Ronith gegen Morgen ermordet.

In der Presse schrieben sie abermals »mitten in der Nacht« und schilderten sämtliche Übelkeit erregenden Einzelheiten.

Sie wurde nackt aufgefunden und an ihren weißen Ikea-Sessel gefesselt. *Nein, weiß war er da nicht mehr*, sie hatten sie ausbluten lassen. *Hatten sie leergemacht!*

Auch diesmal hielt das Mordopfer eine Babypuppe in den Händen, und auch diesmal prangte das bedrohlichste Wort aller Wörter auf der Stirn: »Mutter.«

Ob es die gleiche Handschrift war, konnten die Ermittler noch nicht sagen. Beim Lippenstift handelte es sich zweifellos um den, der beim vorangegangenen Mord verwendet worden war, es war der knallrote Farbton, der so gar nichts Mütterliches ausstrahlte.

Sie wurde drei Tage nach der Bluttat aufgefunden, das Erste, woran ich bei ihr dachte, war der Geruch.

Ausgerechnet Ronith mit ihren teuren Lagoon-Parfüms

Ronith, die stets darauf bedacht gewesen war, die extravagantesten Düfte zu verströmen. Nun waren es wohl eher Ausdünstungen.

Der sie fand, war ihr Freund. Er war aus dem Ausland zurückgekehrt und sogleich mit dem Schreckensszenario konfrontiert worden, das ihn im Wohnzimmer erwartete.

Ihr Freund? Sie hatte einen Freund? Selbst in den Momenten des Schauderns versetzte es mir Stiche, dass sie mir nichts davon verraten hatte. Später stellte sich heraus, dass die Beziehung eher lockerer Art gewesen war und er sich meist im Ausland aufhielt. Dennoch: Ronith hatte einen Freund. *Und Mutter war sie auch geworden. Siehst du? Am Ende waren sie alle in die Falle gegangen.*

Ich bin bass erstaunt, als die beiden Ermittler bei mir eintreffen.

Inzwischen hatte ich fast alle Kisten ausgepackt, und meine Haarknäuel tummelten sich würdevoll im Mülleimer. *Kann es sein, dass es bedeutend weniger geworden waren?* Ich machte mir nicht die Mühe, das Bild der Totenbeschwörerin abzunehmen. Micha war es ohnehin ins Auge gefallen, und ich wollte keinesfalls seine misstrauische Aufmerksamkeit auf das Bild lenken, schon gar nicht nach dem Besuch in Roniths Badezimmer. – Klingelingeling! Da stehen die beiden Ermittler auch schon in meiner Wohnung.

Sie. Sehr klein mit schwarzen Augen, die Stecknadeln gleichen, und zusammengebundenem Haar. Er. Schwerfällig und krötenartig, die Zunge scheint größer als der Mund.

Beide kann ich von der ersten Minute an nicht ausstehen, es beruht auf Gegenseitigkeit.

Anfangs versuchen sie es noch zu verbergen.

»Also wer hat sie Ihrer Meinung nach ermordet?«

Einfach so, unumwunden, fast ohne Einleitung. Das fragt natürlich die Kleine, ihre Stecknadelaugen durchforsten das Wohnzimmer, während der Krötenartige sich mit seinem fetten Hintern im einzigen bequemen Sessel des Zimmers niederlässt. *Es ist kein weißer Ikea-Sessel.*

»Ich weiß nicht«, sage ich. »Es ist bestimmt derselbe Perverse, der Dina Kaminer umgebracht hat. Meinen Sie nicht?«

»Interessanter Punkt«, sagt sie. Sie lehnt sich ans Regal, das drauf und dran ist, von der Wand zu fallen. Ich traue mich nicht, ihr den Tipp zu geben, dass sie zur Seite springen soll. »Sehr interessant.«

Sie dehnt das »sehr« auf eine Weise in die Länge, dass es höhnisch klingt, als hätte sie die gleichen amerikanischen Krimiserien wie ich gesehen. Ich rechne in jedem Augenblick damit, dass sie eine Tüte Donuts aus der Tasche holt und der Kröte und mir einen anbietet.

»Finden Sie es nicht seltsam, dass Sie beide Mordopfer kannten?«

»Noch einige andere Leute auf der Party kannten beide«, entgegne ich. Vor mir blitzen die Gesichter von Neria Grossman und Taliunger auf, sogar Eli taucht kurz auf und verschwindet gleich wieder, *so wie er in ihrem Schlafzimmer verschwand.*

»Nun sagen Sie mir mal, woher wussten Sie, dass der

Mord sich nach der Party ereignet hat?« Die Kröte platzt in unser Gespräch. Die Stimmlage tönt: Sieg, Sieg. Die Kleine schließt die Augen.

»Weil es in der Zeitung stand«, erwidere ich. Für einen Moment habe ich mit ihr Mitleid, dass ihr so eine blöde Kröte zugeteilt wurde, denn die Kleine macht zumindest einen verständigen Eindruck.

»Warum wenden wir uns Ihrer Ansicht nach an Sie?«, fragt sie.

»Keine Ahnung.«

»Wo waren Sie in der Mordnacht nach der Party?« Wieder die Kröte, und wieder versetzt mir das Wort Mordnacht, *Mordnacht* einen Schlag. Diesmal habe ich die richtige Antwort parat.

»Ich war in der Notaufnahme«, sage ich. »Ich wollte untersuchen lassen, ob meine Nase gebrochen war.«

Die Kleine kann es unterdrücken, aber der Lachkrampf furcht sich in ihre Lippen. Für einen Moment sieht sie aus wie Taliunger. Noch so eine Zwergin mit wolligem Haar, die sich vor Lachen kugelt, während meine Knochen brechen.

Die Notaufnahme ist überflutet von phosphoreszierendem Neonlicht, als ich dort hineinstolpere.

Stundenlange heftiger werdende Schmerzen hatten mich davon überzeugt, untersuchen zu lassen, was genau der kleine Erbe aus dem Hause Grossman meiner Nase angetan hatte.

»Ja?« Die Angestellte macht sich nicht die Mühe, den Blick von dem vor ihr liegenden Formular zu heben.

»Ich glaube, meine Nase ist gebrochen«, antworte ich. Mir wird das Glück zuteil, dass sie mich eines Blickes würdigt. Er durchdringt mich – es ist phänomenal.

»Wie sind Sie hergekommen?«

»Allein.«

Allein!

»Sind Sie verheiratet?«

»Nein.«

Bin ich nicht!

Anschließend werden sie mir den Grund für diese Nachfragen erklären. Sie sollen die Möglichkeit ausschließen, dass ich von meinem Mann verprügelt wurde. Es gibt nicht wenige derartige Fälle von einsamen Frauen, die mitten in der Nacht in die Notaufnahme stolpern, erfahre ich. Und die Nase ist die erste Verteidigungslinie des Körpers.

Als der Röntgentechniker fragt, ob ich schwanger sei, breche ich in wildes Lachen aus, die Mitarbeiter vom Krankenhaus klingen in dieser Nacht wie besorgte Tanten, die am Sederabend für die zeremonielle Mahlzeit zu Beginn des Pessachfestes beisammensitzen. Ich lache auch noch, als er mir das schwere graue Priesterkleid umhängt.

Tick-tock, tick-tock, auf ein Baby keinen Bock.

»Machen Sie sich keine Sorgen, wir werden die Aufzeichnungen prüfen«, meint die Kleine und kritzelt in ihr Notizbuch.

»Da verlasse ich mich ganz auf Sie«, erwidere ich.

»Und wie ist in der Notaufnahme die Diagnose ausgefallen?« Wieder der Schatten eines Lächelns.

»Nicht gebrochen«, sage ich. Auf einmal bedauere ich es, dass die Nase nicht zersplittert ist und mir zwei Monate Krankenhaus beschert hat.

»Um welche Uhrzeit sind Sie nach Hause gekommen?«

»Weiß ich nicht, spät in der Nacht.«

»Ronith wurde auch spät in der Nacht ermordet!« Die Kröte erwacht. »Und der Pathologe denkt …«

»Saul!« Dieses eine Wort genügt, um ihn zum Schweigen zu bringen.

Saul heißt der Typ also. Sehr interessant. Wieder findet eine Begegnung von Saul mit der Totenbeschwörerin statt, nur diesmal, so fürchte ich, befinden sich die Informationen in Sauls Händen. *Tritt in Kontakt mit deiner berühmten Intuition, nun mach schon, versuch dich zu konzentrieren. Haben sie dich wirklich in Verdacht, oder suchen sie nur Hinweise?*

Ich versuche zu erspüren, wie sie so drauf sind, zu spüren, welche Absichten sie hegen, doch ich tappe im Dunkeln.

»Denken Sie wirklich, dass ich sie umgebracht habe?« Keine Ahnung, wie mir diese Frage herausrutschen konnte. *Wieder einmal!* Ich kann mich nicht beherrschen. »Glauben Sie tatsächlich, dass ich zu ihr nach Hause gegangen bin, sie ausgezogen habe, sie nackt an den Sessel gebunden, sie ausbluten lassen und ihr eine Puppe an die Hände geklebt habe? Denken Sie wirklich, dass ich das getan habe?«

Ich verstumme. Hoffe, dass die Kröte mir nicht noch einmal mit der Frage kommt, woher ich all das wisse. Die Kleine scheint Gleiches zu vermuten und wirft ihm prophylaktisch einen eisigen Blick zu.

»Sehen Sie, es wurde über Spannungen zwischen Ihnen beiden berichtet«, sagt sie.

Ja und? Ronith hat den Mann in ihr Schlafgemach gezerrt, der mit mir zur Party gekommen war. Also ja, das kann in der Tat leichte Spannungen hervorrufen. *Aber daran hättest du gewöhnt sein müssen, Lilith wird immer Lilith bleiben.*

»Wer hat Ihnen das erzählt?«, hake ich nach.

»Es wurde uns erzählt.«

»Wieso überprüfen Sie nicht all diejenigen, die es Ihnen brühwarm erzählen wollten?«

»Keine Sorge, wir werden alle überprüfen«, sagt sie. »Auch Ihren Freund.«

In einem verrückten Moment kommt es mir so vor, als meine sie Micha. *Wo bist du nur?* Aber sie meint Eli.

»Seine Geschichte ist nicht weniger befremdlich als Ihre«, sagt sie.

»Ich kann nicht nachvollziehen, was an meiner Geschichte befremdlich sein soll«, sage ich. Doch sie schenkt mir nur ein äußerst unangenehmes Schmunzeln. Auf einmal wirkt sie weniger klein, und sie stellt mir zunehmend mehr Fragen, aus denen ich entnehme, dass sie absolut nichts in den Händen haben, nichts und gar nichts, nicht mal das Ende eines Fadens. *Das Ende eines Fadens. Wie komme ich ausgerechnet jetzt auf diese Formulierung?* Als sie mit der Kröte Leine zieht, werde ich mir über zwei Dinge klar: Erstens: Die Kleine hatte sich nicht mit Namen vorgestellt und zweitens: den Geruch, den sie im Raum verströmt hat und der nun in meiner Nase dominiert, ist der Duft von Blue Lagoon.

Eli ist bis ins Mark erschüttert und bringt kaum ein Wort hervor.

Diesmal bin ich diejenige, die ihm eine Cola-Dose und einige Kekse reicht (die Ermittler wirkten feindselig, und wer feindselig zu mir ist, kriegt keine Kekse), aber Eli starrt sie nur an.

»Sie haben mit mir gesprochen, als wäre ich ein Verbrecher«, sagt er. »Vor allem die Frau.«

Der arme Eli war mit einem Male von zwei Polizisten, die an seine Haustür klopften, aus der Bahn seines friedlich verlaufenden Lebens geworfen worden. *So ist das eben. Schläfst du mit einer Zicke, legt sie dir Fallstricke.*

»Sie haben mir nicht geglaubt, dass zwischen mir und Ronith auf der Party nichts gelaufen ist.«

»Nichts?«, frage ich. »Nie im Leben! Das glaube ich dir auch nicht.«

Den halben Abend war er in ihrem Schlafzimmer eingeschlossen. Und da soll »nichts« gewesen sein? Wen will er hier verarschen? Ronith mag vielleicht nicht mehr so verführerisch sein wie mit zwanzig, doch sie verfügt über die magische Anziehungskraft einer Sirene, und er war ihr blindlings in ihr Zimmer gefolgt wie eine lahme Ratte dem Rattenfänger von Hameln. *Noch dazu mit diesem dämlichen glasigen Blick!*

»Ich sage dir: Da ist absolut nichts passiert.«

»Hast du Angst gekriegt?«

Nun war er gekränkt. Ich habe ihn in seiner männlichen Würde gekränkt, lese ich in seinem Gesicht. »Ich war voll und ganz bei der Sache.«

»Ja und dann?«

»Keine Ahnung, wir haben ein bisschen herumgeknutscht.«

Für einen Moment stelle ich mir vor, wie seine Hamsterzähne auf Roniths schöne perlweiße Zähne treffen, versuche mir auszumalen (und nicht zum ersten Mal), wie er küsst, garantiert mit viel Spucke. Und dann verschlingt er einen mit linkischer Verzweiflung.

Er scheint meine Gedanken zu lesen, denn er sagt: »Sie küsst fantastisch. Sie hat es wirklich drauf!«

Das gefällt mir natürlich gar nicht, und ich revanchiere mich: »Du meinst, sie h a t t e es drauf.«

Das lässt ihn verstummen.

Wir sitzen in frostiger Stille beieinander, doch er wirkt so unglücklich und hilflos wie ein kranker Hamster, der ordentlich eins auf die Mütze bekommen hat. – *Du hast eine Frau geknutscht, die tot ist* –, sodass ich seine Hand ergreife. Sie ist eiskalt.

»Mach dir keine Sorgen, Eli«, sage ich, ohne selbst daran zu glauben. »Das wird schon wieder.«

»Du verstehst nicht, was da gelaufen ist«, sagt er. »Wir küssten uns, und die Sache wurde heiß. Urplötzlich schob sie mich weg, warf sich aufs Bett und brach in Tränen aus.«

»In Tränen? Ronith?«

»Von einer Sekunde zur anderen. Mir war völlig unklar, was in ihr vorging. Dann setzte sie sich auf, war aufgewühlt, signalisierte mir, mich neben sie zu setzen, und begann mich wieder zu küssen. So fantastisch wie zuvor.«

»Und dann?« Die Wehmut in seiner Stimme reizt mich.

»Das Gleiche von vorn. Nur weinte sie diesmal heftiger.«

Da entsann ich mich an Roniths gerötete Augen, als sie mir die Packung Tiefkühlerbsen in die Hand gedrückt hatte. Was ich als Mitleid mit mir und meiner ramponierten Nase gedeutet hatte, war offenbar die Fortsetzung ihres Selbstmitleids, doch worum ging es dabei? Ob es mit dem zusammenhing, was ihr später in der Nacht widerfahren sollte? War es möglich, dass dies der Grund für ihr sonderbares Verhalten gegenüber Eli gewesen war? Ob Ronith gewusst hatte, dass ihr der Tod bevorstand? Sie hatte mir ja zugeflüstert: »Mein letzter Geburtstag.« Das war keine Halluzination. Ich habe dieses frostige Flüstern, den merkwürdigen Blick sehr gut in Erinnerung. Hatte sie darauf angespielt?

In meinem Kopf beginnt sich alles zu drehen. Es reicht, Schluss damit, Sheila, nichts davon ist logisch. *Scheint es dir logisch, dass sie auf die gleiche abartige Weise wie Dina ermordet wurde?*

Eli setzt zum Reden an und hält inne, seinem Ton nach zu urteilen, ist es etwas von Bedeutung. Erwartungsvoll sehe ich ihn an und weiß aus Erfahrung: Wenn ich lang genug still neben ihm sitzen bleibe, wird er mir letztendlich alles erzählen, wie immer. Doch die Minuten vergehen, und er bleibt stumm wie ein Fisch. Eine Weile später ist er eingenickt.

Sanft und verletzlich wie ein kleines Kind wirkt er, und mich überkommt der starke Drang, ihn in die Arme zu schließen.

Abermals ertappe ich mich dabei, wie ich die Totenbeschwörerin anstarre.

Das Bild befindet sich vis-à-vis, hängt in Augenhöhe. Es hing in jeder Wohnung, die ich hatte, stets auf Augenhöhe. Es hängt immer an einem Platz, wo ich sie in jedem Augenblick, in dem ich mich schwach fühle, sehen kann. *Und wo sie dich sehen kann.* Der flämische Maler hatte entschieden, die Totenbeschwörerin von Endor mit einer herkömmlichen europäischen Hexe verschmelzen zu lassen. Das Resultat: Ausdrucksstarke dunkle biblische Augen wie in Darstellungen europäischer Maler und ein spitzer Hexenhut.

Hilf mir, sage ich tonlos zu ihr, hilf mir, wie du mir schon einmal geholfen hast. Sie blickt mich mit ihren wimpernlosen dunklen Augen an, die identisch sind mit den Augen der gemalten Lilith in Roniths Badezimmer und mit den Augen der gemalten Mirjam in Dinas Arbeitszimmer, und einige meiner Gehirnzellen entsinnen sich, dass einst solche wimpernlosen Augen auch in Na'amas Zimmer hingen.

Nun ziehen die Bilder an mir vorbei: Vier junge, in Gewänder gehüllte Frauen stoßen miteinander an. In den Gläsern schwappt der Wein hin und her. Auf unser Wohl! Auf unser Leben! Die Wangen sind leicht gerötet, Roniths Ärmel rutschen hoch und geben den Blick auf die feingliedrigen Arme frei, sie schlendert, Becken und Po wiegend, über den Rasen, der Zahn der Zeit wird ihr nichts anhaben können, sie wird ewig jung bleiben, Ronith, die filigrane S c h ö n h e i t! Wir singen das gleiche uralte Lied:

»Nur wir,
niemals mehr,
wir sind vier
und vier bleiben wir!«

Aber nun bin ich die Einzige, die am Leben ist.

Dreizehn

Am Morgen bin ich außerstande, auch nur ein Körperglied zu regen, als wäre ich ans Bett genagelt und die Nägel bohrten sich in meine Wirbelsäule. Rückenschmerzen hatten mich schon mehrmals geplagt, aber nicht dieser Art.

Während ich mich aufzusetzen versuche, entweicht mir ein tiefer Stoßseufzer. *Sheila, gib acht, so seufzen alte Leute.* Das zwanzigjährige Mädchen, das ich einst gewesen war, scheint für immer entwischt.

Irgendwo in der Wohnung klingelt das Handy, mir soll's egal sein, in meinem Innersten kreisen pechschwarze bittere Gedanken. Will ich am Leben bleiben, sollte ich sie energisch von mir weisen, nur bin ich dazu außerstande.

Wieder klingelt das Handy, bis ich es erreicht habe, hat der Anrufer aufgelegt. Ich sehe den Namen auf dem Display und bin mir im Unklaren. Soll ich mich freuen oder sorgen? Die Hand macht sich selbstständig.

»Auf Debbi und Saul hast du keinen positiven Eindruck gemacht.« – Micha, natürlich, er klingt energisch und sachlich, während ich verdaue, dass die Kleine Debbi heißt. Es ist der Name von kleinen korpulenten Frauen.

»Wo warst du?«, frage ich.

»Die Ermittlungen befinden sich in der nächsten Phase.« Er schweigt einen Moment. »Doch hier bin ich.«

»Denken die wirklich, dass ich es getan habe?« Der Schmerz jagt erneut durch meinen Rücken.

»Was hältst du davon, wenn ich kurz bei dir vorbeikomme und wir ein wenig reden?«

»Wann denn?«, bringe ich mit Ach und Krach hervor. Es vergehen einige Sekunden dröhnenden Schweigens, bis mir klar wird, dass er aufgelegt hat.

Diesmal habe ich nichts zu verbergen. Sämtliche Kisten sind ausgepackt, und meine Totenbeschwörerin kennt er bereits. Er wird eine aufgeräumte Wohnung (relativ gesehen, natürlich) betreten mit sauberen Schälchen, in denen Gebäck auf ihn wartet, das ich nicht aus dem grässlichen Supermarkt am Ende der Straße habe. Problematisch sind die höllischen Schmerzen im Rücken, sodass ich mit der Bedächtigkeit einer klapprigen alten Schachtel durch die Wohnung schleiche. *Ah, das ist also dein Problem? Nicht der Fakt, dass alle anderen tot sind und du als Einzige übrig geblieben bist?*

Da ist er auch schon an der Eingangstür, steht mit seinem Grübchen, den hellen Augen und diesem knackigen Körper vor mir, allerdings macht das Ganze diesmal weniger Eindruck auf mich. Wenn du um dein Leben kämpfst, wirfst du als Erstes die Lust über Bord.

»Ist dir bewusst, dass du höchst verdächtig bist?« Er nimmt mir gegenüber Platz, schiebt mit einer Handbewegung den (erstaunlich!) sauberen Keksteller weg, den ich ihm hingestellt habe. *Wenn du schon wie eine verhutzelte Alte herumtaperst, dann unternimm wenigstens was, damit es wohnlich wirkt.*

»Denkst du das auch?«

Sein Schweigen behagt mir gar nicht.

»Das hatten wir schon!«, sage ich mit sehr lauter Stimme, die an den Wänden abprallt. »Das ist einer, dem es nicht gefallen hat, dass Dina gegen das Kinderkriegen war. Und nun Ronith, genau das Gleiche! Noch eine, die nicht Mutter sein wollte und damit endet, dass ihr ein Kind an die Hände geklebt wird!«

Vor mir taucht das Bild der zwanzigjährigen Ronith auf, *die für ewig zwanzig sein wird.* Sie hält eine neue Spielzeugpuppe in der Hand, die sie soeben aus der Verpackung genommen hat, und reicht sie mir. Ich nehme sie entgegen und lächele sie an, wir lachen beide, als teilten wir ein süßes Geheimnis, *während Dina uns aus der Ferne betrachtet. Doch auch Ronith ist jetzt weit weg … sehr weit weg. Nur du bist übrig. Und du wagst es nicht, die andere Möglichkeit laut auszusprechen.*

»Bist du dir in der Hinsicht gewiss?«, fragt er in scharfem Ton.

»In welcher Hinsicht?«

»Dass sie und Dina, was das Muttersein angeht, das Gleiche dachten?«

»Hast du nicht die Interviews gelesen, die mit ihr geführt wurden?« *Und all die, die nicht geführt wurden.*

»Ja, die haben wir gelesen«, sagt er. Dass er im Plural spricht, missfällt mir. Ich stelle mir vor, wie er mit der Kleinen und der Kröte ernsthaft die Lage analysiert. »Ja, Ronith Akiva hat sich in der Vergangenheit aufs Schärfste dagegen ausgesprochen, Kinder auf die Welt zu bringen.« Das Lakonische passt zur Kröte, und ich habe bildlich vor mir, wie sie sich Zeitungsausschnitte mit früheren Interviews vorknöpfen. *Welche Zeitungsausschnitte hast du im Kopf? Heute ist alles im Netz, du bewegst dich nicht nur wie eine Hundertjährige, du denkst auch wie eine.*

Ich erinnere mich an eines der ersten Interviews, das Ronith gab, nachdem sie in irgendeiner unbedeutenden Serie mitgespielt hatte, wobei das Interview nicht im Geringsten unbedeutend war. Darin fielen Sätze wie: »Ich habe nicht die geringste Absicht, Kinder wie am Fließband zu erzeugen, ich habe weitaus interessantere Dinge vor« oder »Kinder auf die Welt zu bringen, wird in Israel völlig übertrieben, das ist Terror im wahrsten Sinne des Wortes. Man überredet dich zum Kinderkriegen, und entscheidest du dich dagegen – gibt man dir das Gefühl, defekt zu sein. Ich bin nicht defekt!« Die PR zündete: »Ich bin nicht defekt!« *Aber nun ist sie's.*

»Es stimmt, dass Ronith sich in der Vergangenheit aufs Schärfste dagegen ausgesprochen hat, Kinder auf die Welt zu bringen«, sagt Micha. *Aufs Schärfste!* »Aber in ihrem letzten Interview hat sie in der Angelegenheit kein Wort fallen lassen.«

»Vielleicht weil dieses Interview nach dem Mord an Dina geführt wurde und sie Angst hatte, sich zu dem Thema zu äußern?«, frage ich. Währenddessen fällt mir jedoch das Zögern gegenüber der jungen Frau ein, die ihr beim Kaffee Respekt zollte. Ronith überkam eigenartige Bescheidenheit, sie würdigte Dina und sogar mich: »Sheila hatte die Idee für Dinas Artikel.« Hätte ich diesem Phänomen mehr Aufmerksamkeit gewidmet, hätte ich das Nachfolgende vielleicht verhindern können. *Und könnte ich das Zukünftige verhindern.*

»Kann sein, dass es einen weiteren Grund gab«, sagt er und bereut es sogleich.

»Welchen?«

Er schweigt. Sein Blick wandert über meinen Kopf hinweg und verharrt auf dem Bild. Er schweigt immer noch. Mein Rücken reagiert darauf mit einer neuen Schmerzattacke. Ich stehe auf, will den Versuch unternehmen, sie zu vertreiben, und reiße dabei die Schüssel mit dem Gebäck hinunter, die klirrend auf dem Boden landet. Ein Wunder, dass sie nicht kaputtgegangen ist. Micha und ich stehen da und verfolgen, wie die Schüssel um die eigene Achse kreist. Mich zu bücken und sie aufzuheben, ist ein Ding der Unmöglichkeit.

Micha tut nichts dergleichen, stattdessen mustert er mich: »Ist das ein Test?«

»Was?«

»Warum hebst du sie nicht auf?«

»Wieso hebst du sie nicht auf und machst einen auf Gentleman?«

»Antworte erst mal.«

Was in Gottes Namen erwidert man darauf? Offenbar bleibt mir keine Wahl, als es mit der Wahrheit zu versuchen. »Mir tut der Rücken weh«, sage ich und sehe, wie sein Ausdruck wechselt.

»Ach, du Arme«, sagt er, »dafür habe ich vollstes Verständnis.« Er bückt sich, um die Schüssel und das zerbrochene Gebäck aufzuheben, und ich weide mich an dem

Anblick, wie sein Rücken sich elastisch biegt – ein sich öffnender Fächer aus kerngesunden Wirbeln. *Und aus jungen.*

»Glaubst du mir, dass ich als Junge so ein orthopädisches Korsett zur Begradigung der Wirbelsäule getragen habe?« Sein Gesicht ist nach unten gewandt. Ich versuche, ihn mir eingesperrt in solch einem Apparat vorzustellen, doch es gelingt mir nicht, schon gar nicht, da er sich so geschmeidig bückt und ich seine Rückenmuskeln unter dem T-Shirt spielen sehe.

»Wie kam es dazu?«

»Das habe ich geerbt.« Er steht auf. »Meine Großmutter hatte einen Buckel.«

Ich schrecke zurück, male mir aus, wie in ihm dieser Buckel tickt, wie er Form annehmen will, wenn nicht jetzt, dann vielleicht in einigen Generationen. *Das Blut vergisst nicht.*

»Dann muss ich hier also jedes Mal den ganzen Laden putzen.« Er versucht zu lächeln, sieht wieder jung und verletzlich aus, während ich mich in meinem steifen schmerzenden Körper eingesperrt fühle. Er kommt ein wenig näher und hält inne. Ich rieche sein Aftershave, das den leichten Schweißgeruch überdeckt. Es ist Schweiß, der noch nicht lange auf der Haut ist.

»Wo genau tut's dir weh?«, will er wissen. Ich wage es nicht, mich zu rühren oder zu atmen. *Will er dich berühren? Das muss von ihnen ausgehen, du erinnerst dich, immer von ihnen!* Wir stehen sehr nah beieinander, ohne uns zu bewegen und ohne ein Wort zu sagen. Meine Lippen befinden sich exakt vor seinem Hals, aber ich bin zur Wachsfigur erstarrt. Auch er bewegt sich nicht. Ob er wegen seiner Funktion an sich hält oder weil er nicht wirklich interessiert ist und das ganze Drama sich lediglich in meinem Kopf abspielt? Wie ich mich immer wieder in solche nebulösen Zustände bringe! Aber auch immer für ein geheimes Schlupfloch sorge, wo ich mir darlegen kann, dass es keine Zurückweisung ist. *Das hat nichts mit dir zu tun. Wie sollte es? Er ist im Dienst. Sonst würdet ihr beide längst im Sessel herumtollen, der nicht weiß und daher auch nie schmutzig werden wird.*

Mit einem Mal geht er zu mir auf Distanz und lässt sich im Sessel nieder. Als er darin aufrecht sitzt, sieht er für eine Millisekunde wie die Kröte aus.

»Zurück zu den Fakten«, sagt er mit rauer Stimme. »Du hattest einen heftigen Streit mit Dina, und unmittelbar danach wurde sie ermordet. Auch mit Ronith hattest du …«, er hält kurz inne, »eine Meinungsverschiedenheit.«

»Du bist also auf dem Laufenden.« Ich habe Mühe, die Worte hervorzubringen, habe den raschen Umschwung in seiner Gemütsverfassung noch nicht verarbeitet. *Nun ja, so ist das eben mit diesen launischen Jungen. Hast du's noch nicht kapiert?*

»In deinem Fall ist es nicht einfach, mit dem Tempo der Ereignisse mitzuhalten.« Er lächelt wieder, und seine Augen nehmen einen sanfteren Ausdruck an, mein Herz hüpft, bis mir Ronith einfällt, die Eli in ihr Schlafzimmer zieht, Ronith mit den geröteten Augen, die nach Elis Schilderung auf dem Bett in einem fort weinte … Ronith, die an den Sessel gefesselt wurde, nackt und mit dem Zeichen der Mutterschaft markiert, Ronith, die bereits am Verwesen war, deren Hände ein Kind halten, die blutleere Ronith. *Die man ausbluten ließ!*

»Sag mal, wie haben sie das mit dem Ausbluten gemacht?«

Es gelingt mir nicht, seinen Gesichtsausdruck zu enträtseln, als er die Frage vernimmt. Es ist kein Ekel, aber eine ähnliche Emotion.

»Weißt du das nicht?«, fragt er.

»Eben nicht. Das weißt du.«

Nach kurzem Zögern scheint er eine Entscheidung getroffen zu haben. »Sie haben sie am Oberschenkel aufgeschnitten«, sagt er. »An der Arterie.«

Die schöne Ronith, die mit ihren vollendeten Gliedern auf dem Rasen tanzt … Ronith, die mir beibringt, wie man Lippenstift aufträgt, ohne die Zähne anzumalen … Ronith in jener Nacht, ihr Lippenstift ist verschmiert … Entsetzen und Zorn brechen in Wellen aus ihrem Körper hervor … Dina sieht uns aus der Ferne zu, so wie Mirjam, die auf den kleinen Moses aufpasst, heimlich durchs Schilfrohr späht.

»Und das ist die eigentliche Todesursache?«

»Wenn das Blut ungehindert fließen kann, ist das eine recht gute Todesursache«, erwidert er trocken.

»Aber wieso ausgerechnet am Oberschenkel?«, hake ich nach.

»Wo hätten sie nach deiner Meinung den Schnitt ansetzen sollen?«

Eine uralte Erinnerung kommt auf und verschwindet sogleich wieder, ich stelle ihr nach, doch meine Gedanken eilen voraus, und mir entgeht, dass Micha weiterspricht und ich ihm nicht folge, bis ich das Wort »Clique« vernehme.

»Welche Clique?«, frage ich sogleich nach.

Welche Clique?

»Na welche? Eure Clique an der Uni.«

»Ich hab dir schon erzählt, dass wir eine Clique waren.«

»Aber nicht genau, w a s für eine.« Unsere Blicke kreuzen sich, wir sind ein Trio, auch der forschende Blick der Totenbeschwörerin hat daran teil. *Nimm dich in Acht.*

Das ist der Augenblick der Wahrheit. Soll ich es ihm erzählen? Ist ein junger Mann involviert, fälle ich immer die falsche Entscheidung.

»Eine gewöhnliche Clique, wie es sich an der Uni so ergibt. Du weißt schon, nichts Besonderes«, sage ich. Nicht im Geringsten bin ich auf das vorbereitet, was dann passiert.

»Hör auf zu lügen!«, schreit er. Beinahe wirft er den Tisch um. *Was für ein Glück, dass die Schüssel schon unten liegt.* Ich kann sehen, wie seine Halsschlagader pocht.

»Kapierst du nicht, dass ich dir helfen will? Selbst ich verstehe nicht mehr, warum ich mich so sehr darum bemühe!« Ein kleiner Tropfen Spucke landet auf meinem Kinn, und ich wage es nicht, ihn abzuwischen.

»Sheila, in Kürze erreichen wir einen Punkt, wo ich dir nicht mehr helfen kann. Leuchtet dir das ein?«

Nein, das tut es nicht.

»Sheila, was für eine Clique war das?«

Wieso kommt es mir so vor, dass er es längst weiß? Von irgendwo vernehme ich die Melodie:

»Nur wir,
niemals mehr,
wir sind vier
und vier bleiben wir!«

»Tali Grossman sagt, das wäre eine ernste Sache gewesen. Ihr hättet Beinamen und Losungen gehabt, Rituale wie irgendwelche Illuminati oder irgendeine unheilvolle mittelalterliche Sekte. Worum handelte es sich bei der Sache? Was genau habt ihr da getrieben?«

»Taliunger lügt wie gedruckt und ist eifersüchtig«, entgegne ich. »Das war sie immer. Ich hätte dich für schlauer gehalten, als Talis geisteskranken Fantasien zu glauben. Was hast du gedacht? Dass wir bei Vollmond nackt getanzt haben? Wir hatten keine Rituale.« *Nur dieses eine Mal.*

Wie sehr ich mich jetzt nach Dina sehne, mit nur einem Blick konnte sie Tali ihren Platz zuweisen. *»Taliunger, halt's Maul.«* Wer hätte geglaubt, dass ich mich mal nach Dina sehnen würde? Wer hätte geglaubt, dass ich mich wieder mit Tali Grossman befassen würde, als wäre ich zwanzig? *Aber das bist du doch. Oder nicht? Zwanzig. Zumindest kommt's dir so vor.*

»Hattet ihr euch einen Namen gegeben?«

»Hatten wir.«

Die Totenbeschwörerin befiehlt mir mit ihrem Blick: *Sag's ihm nicht. Gib diesem Mann nichts preis!*

»›Die anderen‹«, sage ich. »Wir nannten uns ›die anderen‹.«

Wieder habe ich die Gesichter von Dina, Ronith und Na'ama vor mir, vor … vor jener Nacht, vor den Todesfällen, als wir jung, schön und als wir *andere* waren. Da liegt Dina auf dem Rasen, ihre Hände ruhen auf der kleinen Trommel, die neben ihr steht, sie lächelt Na'ama an, die ausgestreckt neben ihr liegt, entspannt und von allem losgelöst, das offene Haar auf dem Rasen, *das rötliche Haar von Na'ama*, und Ronith, die auf uns zusteuert, die Hände in der Hüfte, die Hände *auf den makellosen Oberschenkeln.* Ronith lächelt mich an und will etwas sagen, doch ihr Mund ist voller Blut. Ich öffne die Augen und blicke direkt in Michas Gesicht.

»Worauf wolltet ihr mit eurer Clique hinaus, wenn ich fragen darf?«, will er nach längerer Stille wissen.

Tick-tock, tick-tock.

»Wir dachten, dass … das war im ersten Semester.« *Erzähl's ihm nicht!* Ich suche nach den richtigen Worten, bin mir nicht sicher, ob ich es ihm erklären kann. *Erzähl's ihm nicht!* »Wir sind uns in einem Kurs begegnet und haben uns zusammengetan.«

Ich erinnere mich an die graue Eminenz in dem Kurs »Frauenfiguren in der Bibel«. Er hatte das Ganze mit seiner Formulierung über »unsere Weisen seligen Angedenkens« und die zahlreichen Mütter und Kinder ins Rollen gebracht. Damals sagte Dina, ohne mit der Wimper zu zucken: »Wir werden nach anderen Dingen streben«, und wir brachen in schallendes Gelächter aus. Denn so ist es, wenn du zwanzig bist, über fast alles kannst du lachen, *bis du damit aufhörst.*

»Was geschah dann?«

»Uns kam in den Sinn, dass wir vielleicht nicht alle heiraten oder Kinder haben müssten, oder …« Meine Stimme wird schwächer. »Und wir nicht dazu verpflichtet wären.«

»Und dann?«

Erzähl's ihm nicht!

»Wie du siehst, haben sich die Dinge so entwickelt. Wir haben weder geheiratet noch Kinder bekommen.« Ganz einfach. *Wenn's nur so einfach wäre.*

»Aber … aber wieso?« Die Frage lässt seinen Mund offen stehen, naiv und jugendlich wirkt er nun nicht mehr.

»Darum«, erwidere ich. »Weil wir jung waren und vom Leben etwas anderes wollten.«

»Habt ihr wirklich bekommen, was ihr wolltet?«

Ich schweige wie eine Auster.

»Hast du, Sheila, bekommen, was du wolltest?«

Tick-tock, tick-tock, auf ein Baby keinen Bock.

»Vielleicht.« Seine Stimme schlägt um. »Machen wir ein Gedankenspiel: Möglicherweise schiebst du Dina und Ronith die Schuld dafür in die Schuhe, dass du wegen ihnen und ihrer Clique nicht geheiratet, keine Kinder bekommen und eigentlich dein ganzes Leben vergeudet hast. Kann es sein, dass du so tickst? Nur als gedankliche Übung?«

Tick-tock, tick-tock, wir blicken einander an, Auge in Auge. Nur eine gedankliche Übung, gewiss. Wollte er mir nicht helfen? Für kurze Zeit wirkt er beinahe enthusiastisch, wie jeder Mann, der befördert wird, weil er die Serienmörderin des Landes gefasst hat.

»Ich habe mein Leben nicht vergeudet«, sage ich.

»Lass uns mal weiter in diese Richtung vorstoßen. Okay? Komm, sieh dich mal an.« Sein Blick schweift durchs Zimmer, bleibt an den Staubflusen hängen, die sich in den Ecken verstecken. »Schau dir dein Leben an. Geht's dir damit gut?«

Geht's dir damit gut?

»Wem geht's gut?«

»Schweif nicht ab, Sheila, geht's dir mit deinem Leben gut?«

»Würden Kinder mein Leben besser machen?«

»Nehmen wir mal an, es wäre so«, sagt er. Für einen Moment tut es weh. Ich schnappe mir einen Keks, verdränge, dass er eingestaubt ist, und beiße hinein. Er schmeckt mehlig und fade wie diese Reiswaffeln, die sie Babys geben, die noch keine Zähne haben, und aus irgendeinem Grund habe ich unerwartet das Bild der geheimnisvollen Rothaarigen auf der Party vor mir. *Sie lächelt mich wieder an und hebt zum Gruß ein halb volles Glas.*

»Bei allem Respekt für dein Gedankenspiel: Ich habe niemanden umgebracht, und das weißt du sehr wohl«, sage ich. »Warum wird nicht die umgekehrte Möglichkeit untersucht? Das macht mir wirklich Sorgen. Meine früheren Freundinnen sind tot, und nur ich bin noch übrig. Vielleicht bin ich ja als Nächste an der Reihe? Willst du das etwa ausschließen? Warum untersucht ihr das nicht?«

Tick-tock, tick-tock.

»Wir untersuchen sämtliche Richtungen.« Sein Ton deutet von anderem.

»Wenn du Verdächtige suchst, die beide Mordopfer kannten, so waren auf der Party einige. Neria Grossman, der Dina gehasst hat, Taliunger, die Dina gehasst hat. Wer weiß, wer noch da war.«

Wieder drängt sich die junge Rothaarige in meine Gedanken, ich entsinne mich an einen flüchtigen Blick, den sie Ronith zuwarf, als sie auf dem Korridor an ihr vorüberging, ein Blick, der von Abscheu kündete. Damals hatte ich ihm keine allzu große Bedeutung beigemessen, nun wurde mir seine Eindeutigkeit bewusst. Warum gebe ich ihre Beschreibung nicht an Micha weiter? Was hält mich davon ab?

»Ich habe dir ja schon gesagt, dass wir sämtliche Richtungen prüfen.« Er klingt offiziell und fremd.

»Ist das wahr, Herr Kommissar?«, frage ich in schrillem Ton.

»Du hörst dich wie ein kleines Mädchen an, das passt nicht zu dir«, kontert er.

»Stimmt, das passt nicht zu mir.«

Er erhebt sich und baut sich vor mir auf. »Da irrst du«, sagt er. »Es hätte sehr gut zu dir gepasst. Ich denke, du wärst eine wunderbare Mutter.«

In der Sekunde, da er es ausspricht, wird mir mit einem Mal klar, wer das rothaarige Mädchen war, und nur mit äußerster Beherrschung gelingt es mir, einen Aufschrei zu unterdrücken.

Vierzehn

Ich habe so gut wie keine Freunde. Das bedauere ich nicht allzu sehr, aber manchmal gibt es mir zu denken.

Denn diese Sheila aus der Studienzeit war ein geselliger Typ, gern in der Gruppe unterwegs. Mein gesamtes Wesen war eingebunden in meine Freundschaften, war in sie verwickelt, zwischen uns gab es nichts Trennendes. *Meins – deins deins – meins und auch, was niemals meins sein wird.* Heute weiß ich mich vor solchen Freundschaften sehr gut zu hüten.

Zwar habe ich Shirley, die im Museum arbeitet, aber sie gehört in die Kategorie der technischen Freundschaften, die mit dem Arbeitsort verknüpft sind und in die du nichts investierst, auch wenn unter dem Deckmantel der gemeinsam zurückgelegten Kilometer und der täglichen Nöte ausgerechnet daraus manchmal wahre Freundschaften entstehen. *Keine Sorge, dazu wird es hier nicht kommen.*

Dann gibt es Eli, aber Eli ist ein Mann.

Die Technologie kommt mir zu Hilfe und macht diese relative Einsamkeit für mich möglich. Die Taxi-App macht einen unabhängig von Mitfahrgelegenheiten. (Auch wenn ich es satthabe, dass die Fahrer die Miene verziehen. Sobald sie als Fahrziel Tel Aviv hören, führen sie sich auf, als müssten sie mich ins Bermuda-Dreieck chauffieren). Und die *Handyman-App* schafft den Freund ab, der mal fix vorbeikommt, um mit anzufassen. Einmal habe ich Eli für eine schnelle Reparatur gerufen, aber sein Anblick, wie er sich zähneknirschend mit der Bohrmaschine in der Hand einen abmühte, war mir peinlich und, ich glaube, ihm ebenfalls. Es stellte eine gewisse Intimität her. Es je zu wiederholen, wäre unangebracht.

In Gedanken gehe ich durch, wen ich immer noch als »meine Freundinnen« bezeichne, und mir wird klar: Alle sind mausetot. *Tick-tock, tick-tock.*

Nun lege ich einen Schritt zu. Ich bin auf dem Weg zur Tochter meiner ehemaligen besten Freundin, der ich in den Momenten der Wahrheit nicht die beste Freundin gewesen war.

Das Eretz Israel Museum wirkt still und leblos.

Es erinnert mich an unser Bibel-Museum. Allerdings ist das Eretz Israel Museum weitaus angesehener und macht einen offizielleren Eindruck. Hier wird man nicht erleben, dass der Direktor aufgebracht über die Wege rast und in zwei Mobiltelefone gleichzeitig (widersprüchliche) Anweisungen schreit.

Das kleine Folklore-Kabinett ähnelt von außen dem Wachsfigurenkabinett, ich erwarte beinahe, dass die Puppen durch die Jalousieschlitze zu mir spähen. *Wir haben dich erwischt!* Doch nein. Durchs Fenster erblicke ich eine rötliche Haarmähne, es ist die Mähne, die ich auf der Party prompt hätte erkennen müssen.

»Hallo«, begrüßt mich Gali Malchin, das rothaarige Mädchen von der Party. Gali Malchin, die Tochter von Na'ama, die vierte und mir liebste im Bund der »anderen«, die sich eines Tages in ihrem Schlafzimmer erhängt hatte.

»Ich hatte Sehnsucht nach dir«, sagt sie lächelnd. Es ist Na'amas wunderschönes breites Lächeln aus der Zeit, als sie noch lächelte.

Es verschlägt mir die Sprache. Sämtliche Erinnerungen brechen mit einem Male hervor. *Das Messer! Das Messer! Nehmt ihr das Messer weg!* Gali lächelt immer noch, geht jedoch ein wenig auf Distanz und legt auf den Tisch, der zwischen uns steht, ein Bündel Papier. Es ist Material für die Führung, das sehe ich auf den ersten Blick. Diese Blätter werden immer gleich aussehen, ob nun eine Zivildienstleistende die Führung macht oder eine, die schon länger dabei ist. *Sag mal, das ist es also, was dir durch den Kopf geht, wenn du nach so vielen Jahren Na'amas Tochter triffst?*

Sie bückt sich und holt einen Tacker aus der Schublade. Sie bewegt sich ebenso mühelos und geschmeidig wie ihre Mutter. Hätte Na'ama es erlebt, älter zu werden, hätte sie sich diese fließenden Bewegungen mit Sicherheit bewahrt.

Na'ama war allerdings nicht älter geworden, sie war jung geblieben, während wir, die drei »anderen«, alterten und Fäulnis ansetzten, als hätten wir ein Recht darauf. *Doch jetzt nur noch du.*

Gali mustert mich. Wie viel weiß sie? Ihre Pupillen verengen sich, sie weiß also mehr, als mir recht ist.

»Du machst auch Führungen im Museum, meinte Ronith.« Sie sagt es und haut volle Kanne auf den Tacker: *Krach!* Ihre

Stimme bleibt unverändert, als sie Roniths Namen in den Mund nimmt.

»Was hast du überhaupt auf ihrer Party gemacht?«

»Hat sie's dir nicht gesagt?« *Krach!* Der Tacker hämmert auf die Seiten ein. »Ich drehe einen Film. Es wird eine Hommage an meine Mutter, und ich wollte ein Interview mit ihr.«

Krach! Krach! Krach! Das Gefühl, hintergangen worden zu sein, bäumt sich wie eine Welle in mir auf. »Warum hast du dich nicht an mich gewandt?«, frage ich. Schließlich war ich Na'amas engste Freundin. Ich und nicht Ronith. Da ist sie wieder, die alte Konkurrenz, nicht einmal der Tod vermag sie auszulöschen. Ich und nicht Ronith. Ich. Ich. Ich.

Gali tritt näher zu mir. »Ich habe mich nicht an dich gewandt, weil ich wollte, dass d u zu m i r kommst«, sagt sie. Wieder dieses schöne Lächeln. Diesmal fällt mir ein krummer Zahn auf, der ihr etwas Teuflisches verleiht. »Und nun bist du hier.«

Die Erinnerungen schlagen mit voller Wucht zu, aus der Dunkelheit streckt das kleine Kind mir die Ärmchen entgegen. »Wer kommt zu mir? Wer kommt zu Tante Sheila?« Die herzliche Umarmung und die Ärmchen mit den kleinen Fettpolstern, die mich am Hals streicheln, der Geruch von Milch und Erdnussflips und mein Herz, das sich wie eine Gebärmutter weitet. Da ist das geliebte Lächeln, der rosarote Gaumen und der kleine krumme Zahn, ach, du kleines, bildhübsches Mäuschen, du bist zu mir zurückgekehrt.

*

Drei ältere Damen, die offenbar ebenfalls Führungen hier machen, kommen mit wehenden Tüchern ins Zimmer gestürmt, ihre aufdringlich großen Halsketten mit den knallbunten Fimo-Perlen sind in Aufruhr.

»Das ist Gali, sie macht bei uns Zivildienst«, sagt die Älteste von ihnen. »Sie wird dir zeigen, wie es geht.«

Gali sieht zu mir, zieht scherzhaft eine Augenbraue hoch und setzt sich an den Computer.

»Kannst du mir erklären, wie ich auf Facebook Freunde tagge?«

Die Frau, die das wissen will, ist nicht besonders nett, Gali ebenfalls nicht. Trocken erklärt sie ihr, was genau sie anklicken muss. Ab und zu schmunzelt sie mich an, ich erwidere es, um mit ihr Tuchfühlung aufzunehmen, bis mir einfällt, dass ich beim Taggen auch manchmal durcheinanderkomme und gar nicht so viel jünger bin als die Frau. *Das ist das Problem, du klammerst dich an deine Jugend.*

Ich trete näher an den Tisch und erstarre. Von den Blättern, die Gali abheftet, lächelt mich Liliths vertrautes Gesicht auf einem Bild an. Mit ihrem wilden Haar und dem offen stehenden Mund handelt es sich um eine ältere Version, und ihre wohlgeformten Beine münden in Hufen. *Hier hast du's! Weich mir nicht aus!*

»Eine schöne Zeichnung von ihr. Findest du nicht?« Galis Stimme wird vom anderen Ende des Raums zu mir getragen, und wenn ich mich zuvor gefragt hatte, wie viel sie weiß, habe ich nun keine Zweifel mehr.

Na'ama war mir tatsächlich eine gute Freundin gewesen. *Sie wusste zu leben.* Weder hatte sie Dinas rücksichtslose

Strenge noch Roniths verführerische Ironie. Sie war einfach Na'ama mit den roten Locken, einem angenehmen Naturell und einem breiten Lächeln. Nahm sie ein Wort mit »sch« in den Mund, legte sich die Zunge mit einem leichten Pfeifton an die Schneidezähne. Doch so ist das im Leben: Hast du ein gutes Naturell, gerbt man dir das Fell.

Ich blicke zu Gali, die die Dame mit der Fimo-Halskette herausfordert und ihr auseinandersetzt, wieso »sie ihre Fotos nicht im Feed findet«. Die Ähnlichkeit mit ihrer Mutter beschränkt sich auf das Äußere, wird mir nun klar. Ich registriere ihre subtile Grausamkeit gegenüber der älteren Frau, ihre gewundenen Erklärungen, die das Ganze unnötig verkomplizieren. In einigen Minuten wird die Ältere verzweifelt aufgeben, und Gali wird mich mit diesem teuflischen Lächeln anblicken. Sollte ich vor ihr Angst haben? Hätte ich vor ihrer Mutter Angst haben sollen?

Ta-tam! Ta-tam! Ta-tam!
Dinas Hände schlagen die Trommel, Na'amas verkrampftes Gesicht schwimmt in Tränen. Sie schreit, doch ich kann ihre Worte nicht verstehen. Das Messer in ihrer Hand blitzt. Kann es sein, dass Dina lacht? Nein, nicht einmal ein Anflug von einem Lachen, auch Dina ist inzwischen kreideblass, so wie Ronith, so wie ich, als Na'ama sich kreischend an mich wendet: »Wie kannst du es wagen? Los, raus damit, wie kannst du es wagen?« Na'amas Stimme klingt entstellt.

»Meine Gruppe ist eingetroffen, willst du bei der Führung dabei sein?« Ohne die Antwort abzuwarten, drückt Gali mir den Papierstapel in die Hand, und wir gehen in die

Ausstellungshalle. Wir bewegen uns im Gleichschritt, fällt mir auf. Passt Gali sich mit Absicht an?

Die Ausstellungshalle ist viel beeindruckender als unsere dürftigen Hallen. Hier stehen riesige Vitrinen mit frei schwebenden Judaica-Objekten. Das Neonlicht verleiht ihnen Zauber. Die Chanukkaleuchter, die Schofarhörner, die übrigen Leuchter und die Seder-Schüsseln glitzern in Licht, das Böses verheißt. Am Ende der Halle bei den Amuletten ist das Licht am kräftigsten. Ich weiß bereits, von welchen Amuletten die Rede ist, und will die Flucht antreten. *Macht sie das absichtlich? Hat sie alles geplant?* Gali wirkt ruhig und resolut, führt eine Gruppe religiöser Mädchen in die Halle, die sie ihre Autorität spüren lässt, und versammelt sie neben … nun, natürlich versammelt sie die Mädchen vor den Amuletten zum Schutz vor Lilith.

Die Kuratorin der Ausstellung hatte entschieden, sie ausgerechnet neben den Fruchtbarkeitsamuletten zu platzieren. Mich erstaunt, dass es weitaus mehr Amulette zum Schutz vor Lilith und dem Risiko gibt, dass sie den kleinen Kindern etwas antut, als Fruchtbarkeitsamulette. Die Angst wird wohl immer stärker sein als die Hoffnung.

»Nun sind wir in Liliths Territorium«, sagt Gali. »Nett, euch kennenzulernen.« Die Mädchen kichern. Sie mögen Gali, die ihnen in angenehmem Ton und beinahe wissenschaftlich die Erschaffung Liliths im Garten Eden und ihre Beziehung zu Adam darlegt. Erstaunlich finde ich ihre Erklärung: »Bis heute gilt Lilith als Kinderfeindin, und sie ist der Star feuchter Männerträume.«

Die Mädchen werden putzmunter, es geht unruhig und

laut zu, eine von ihnen will wissen: »Was meinst du damit?« Woraufhin die Freundinnen sie mit den Ellbogen anstupsen.

»Ich meine damit, dass Lilith als eine gilt, die Samen raubt. Hat ein Mann einen feuchten Traum von ihr, so gehen daraus hundert Teufel hervor.«

Ich bin angespannt wie eine Feder. Eine Zivildienstleistende lässt sich über Samenraub aus? Sehr interessant. Mir fällt auf, dass sie zur Eingangstür schielt. Diese Information steht wohl kaum im Material für die Führung. Da wirft eine der Guides mit den Fimo-Perlen einen Blick in die Halle, und rasch wechselt Gali das Thema und spricht über die konservativen Auslegungen zu Eva und Lilith und den Frauenrollen bla bla.

Gali spielt also gern mit dem Feuer. Ich bin stolz auf sie, so war ich selbst in der Zeit, als ich noch mit Feuer spielte. In der Zeit, als ich mir einbildete, ich sei gegenüber Brandwunden immun.

Der Unterschied zwischen dem Eretz Israel Museum und dem Bibel-Museum ist mir klarer denn je. Ich vernehme aus dem Seminarraum den Tumult und die vertrauten lauten Stimmen. Ein einziges Durcheinander von Gelächter, Provokationen und Rufen. Je näher ich komme, desto lauter werden die Stimmen, und sie verstummen jäh, als ich auf der Schwelle erscheine. Das Schweigen ist nicht besonders angenehm.

Nachdem Ronith ermordet worden war, gab mir Efraim einige Tage frei. »Damit du dich beruhigst.« Wenn sich hier einer beruhigen musste, dann Efraim, war mein Eindruck.

Er sah mich an, als wäre ein Geist aufgetaucht (ich weiß, dass es bessere Metaphern als die hier gibt). Nach einer kurzen Weile fasste er sich.

»Sheila! Wie schön, dass du wieder da bist. Wie fühlst du dich?« Es gelingt ihm, ehrlich zu klingen, und seine Stimme bricht einen Bann. Alle gehen wieder dazu über, miteinander zu reden, und einige Guides kommen auf mich zu, fragen mit schrillen Stimmen: »Alles okay bei dir?«, »Wie kommst du klar?« und »Kannst du Führungen übernehmen?«, »Wirklich?«

Nur Shirley beschränkt sich darauf, mir von weiter hinten zuzunicken. Sie wirkt distanziert. Was ist mit ihr? Ich grübele aber nicht allzu sehr. So ist nun mal unsere Freundschaft.

Später in der Pause lässt sie mich wissen, dass sie in dem Prozedere eine Stufe weiter ist.

»Ich habe den Vater ausgewählt«, sagt sie. Mein Herz ist im Sturzflug, ohne den Grund dafür zu kennen. *Ohne den Grund dafür zu kennen?* »Nun ist bei mir nur noch der Aidstest offen.« Sie verzieht das Gesicht. »Dann kann ich loslegen.«

Aids? Von allen Frauen dieser Welt muss ausgerechnet die harmlose phlegmatische Shirley einen Aidstest absolvieren? Ich zweifle, dass sie jemals mit einem Mann geschlafen hat, das heißt aus ihrem Gestammel bin ich in der Hinsicht nie schlau geworden. Und habe von weiteren Fragen abgesehen.

Ich stelle sie mir in dem kleinen Untersuchungszimmer vor, das einem die Luft nimmt. Erinnere mich an das eine

Mal, als ich mit Maor zum Test ging. Es war am Anfang unserer Beziehung und kam mir sehr aufregend vor, wie alles, was mit ihm zusammenhing. Ich formuliere es mal so: Heute sehe ich die Dinge in einem anderen Licht.

»Was für einen Vater hast du ausgesucht?«, frage ich. Weiß, dass ich nicht genügend beharrt habe auf die amerikanische Samenbank, bei der das Kind erfahren kann, wer der Vater ist und Shirley ein Foto von ihm sehen, seine Stimme hören kann, statt sich nur mit grundlegenden Daten abfinden zu müssen, wie die israelische Samenbank sie zur Verfügung stellt und hinter denen sich eine Menge verbergen kann. Auch wenn sich hinter dem Mann, mit dem du dein Leben verbringst, eine Menge verbergen kann. Nichts liefert vorab Hinweise, als was für ein Vater einer sich entpuppt. *Nichts liefert vorab Hinweise, als was für eine Mutter du dich entpuppst.*

»Zunächst wollte ich einen Blonden mit blauen Augen.« Shirley klingt verträumt. »Ich habe ihn danach ausgesucht, als hätte ich ein Date mit ihm. Aber sie haben mir geraten, jemanden in meinen Farben auszuwählen.«

»Und hast du?«

»Ja. Helle Haut und dunkles Haar. Ein Softwareentwickler.«

»Realitätssinn ist wichtig.« Ich lächele sie an, bin mir unsicher, ob ich sie bewundere oder vor ihr zurückschrecke, und nehme an, dass ich mit beiden Optionen richtigliege. In einer gewissen Hinsicht lässt mich die pure M ö g l i c h k e i t, ein Kind über eine Samenbank zu bekommen, zu diesem Kind auf Distanz gehen. Gäbe es diese Möglichkeit nicht und wäre mir das Ganze verwehrt, würde etwas in mir aufbegehren und den normalen Weg versuchen. Die pure Möglichkeit macht mich jedoch davon frei. *Ich bin die Herrin meines Schicksals und bin für mein Tun verantwortlich. Was wird man mir antun?*

Efraim steuert auf uns zu, und wir wechseln das Thema, dabei kommt es mir so vor, als wüsste er genau, worüber wir flüstern. Auf seine zerstreute konfuse Art ist Efraim in allem bewandert, was im Museum und außerhalb dessen vor sich geht. Daher wird mir unbehaglich, als er mir bedeutet, ihm auf den Gang zu folgen.

»Bist du dir sicher, dass du wieder einsteigen kannst?«, fragt er. »Der Schock, den du durchgemacht hast, ist keine Kleinigkeit.«

»Ich bin bereit – und wie!«, sage ich. Und mein Bankkonto ist es umso mehr.

»Wenn es eine Sache des Geldes ist, lässt es sich regeln.«

»Echt?«

»Echt – und wie!« Er lächelt mich an. Diese finanzielle Großzügigkeit erregt meinen Argwohn. Bei allem Respekt gegenüber den anderen Varianten an Großzügigkeit ist dies die einzige, die zählt.

»Hör mal«, fährt er fort, »da sind jede Menge Gerüchte im Umlauf. Die Leute reden eben.«

»Worüber reden sie denn?«

»Keiner denkt, dass du damit etwas zu tun hast, natürlich nicht«, legt er rasch nach. *Na vielen Dank auch.*

»Aber die Gerüchte …«

»Du bist nicht auf dem neusten Stand, Efraim, Gerüchte sind gut fürs Geschäft.« Ich ringe mir ein Lächeln ab.

Er lässt es unerwidert.

»Ich möchte wirklich, dass du wieder arbeitest. Du kannst anfangen, wann du willst, auch heute. Aber ich will nicht, dass man dir zusetzt, die Nase in deine Angelegenheiten steckt, dir mit unangenehmen Fragen kommt. Ich will dich nur beschützen.«

Statt dass diese Worte bei mir Verdacht erregen, lösen sie den Wunsch aus, in seinem karierten, krümelübersäten Hemd mein Gesicht zu vergraben und drauflos zu heulen. Meine Einsamkeit schlägt mit voller Wucht zu. Mir wird klar, wie gern ich beschützt werden würde und dass da keiner ist, der dies übernehmen kann.

Es kommt dazu, als wir in den Seminarraum zurückkehren.

Auf einem Bildschirm ist eine Nachrichtenseite zu sehen, und ich erkenne eine Zeichnung wieder. Die Schlagzeile schreit: »Exklusive Enthüllungen in der Mordaffäre.« Was macht Lilith auf dieser schlaksigen Kritzelei? Warum ist sie Ronith dermaßen ähnlich? Es vergehen einige Sekunden, bis ich kapiere, dass die Zeichnung offenlegt, wie Ronith während der Mordtat an den Sessel gefesselt wurde. Ihr wurde kein Kind an die Hände geklebt, es wurde ihr in den Schlund gesteckt.

Ja, so wird sie dort als Opfer dargebracht, Mama Ronith mit einem Baby, das tief in ihrem Rachen steckt. Als ich mir über die Bedeutung dessen klar werde, sinke ich zu Boden. Als letzter Gedanke kommt mir: Wie eigenartig, dass in Ohnmacht fallende Leute kein Schwarz sehen, sondern einen dunkelroten glitzernden Vorhang.

Fünfzehn

Ich habe keine Ahnung, inwieweit Leute sich darüber im Klaren sind, dass es ziemlich angenehm ist, bewusstlos zu werden.

Du schwebst zwischen Himmel und Erde, die Seele gleitet ruhig dahin, verflüssigt sich, ist von flackernden Lichtsprenkeln umgeben, der Körper ist schwerelos und die Seele bar jeglicher Sorge.

Dann erwachst du mit einem Schlag, was schon weniger angenehm ist. Erwacht man noch dazu in einer Realität wie meiner, ist es v i e l weniger angenehm.

Nun bin ich in der Phase, in der ich nicht länger ausweichen kann. Wer Ronith ermordet hat, und offenbar auch Dina, kannte die »anderen«, kannte *uns*, kannte mich. Kein »vielleicht« oder »könnte sein« oder »es besteht die Wahrscheinlichkeit«. Wenn man schon von Wahrscheinlichkeit redet, so ist sie hoch, dass derjenige mit uns auf der Purim-Party an der Bar-Ilan war, mit uns anstieß und den billigen Fusel vom Studentenverband trank. Dort sah er die als Lilith verkleidete Ronith, die ihre Kinder verschlingt, war Zeuge, wie sie mit einem provokanten Lächeln sagte: »Ich bin die größte Bedrohung, ich bin die Mutter-Nicht-Mutter, die ihre eigenen Kinder verschlingt.« Er sah, wie wir es synchron mit einem breiten, die Zähne entblößenden Lächeln erwiderten. Deshalb rammte er ihr die Babypuppe in den Schlund.

Hätte man akkurat aufgezeichnet, wie Dina vorgefunden wurde – da habe ich keinen Zweifel –, hätte ich es sofort durchschaut. *Würdest du auch durchschauen, in welcher Position man d i c h vorfinden wird?*

Da erwache ich mit einem Schlag.

Micha sieht mich prüfend an. Auf eigenartige Weise wirkt nur seine Gegenwart beruhigend auf mich, vielleicht weil er gelassen ist. *Zu gelassen.*

Efraim verlor die Nerven, als ich weggetreten war. Etwas später schilderte man mir, ich hätte einige Minuten bewusstlos dagelegen, bis einer den Notarzt rief. Nebulös entsinne ich mich an die Augenblicke im halb wachen Dämmerzustand, sie richteten es für mich ein, der Wirklichkeit eins auszuwischen. Das Bewusstsein flackerte auf wie Neonlicht, und neugierige Gesichter waren über mich gebeugt. Eine autoritäre Stimme machte die Ansage: »Nun lasst sie doch erst mal Luft holen.« Darauf folgte: »Hat sie die Kontrolle über die Blase verloren?«

Diese Frage drang in aller Deutlichkeit und Schärfe an mein Ohr und katapultierte mich in den Wachzustand. Mit bangender Hand wanderte ich in die Region, die infrage gestellt wurde, und freute mir ein Loch in den Bauch, als meine Hand in trockenem Zustand zu mir zurückkehrte. Ich schlug die Augen auf, sah den besorgten Efraim, der mir beim Aufstehen behilflich war und dabei, den energischen Typen (der sich für die Blase interessierte) vom Magen-David-Adom-Notdienst davon zu überzeugen, dass eine Fahrt ins Krankenhaus unnötig sei.

Er schickte mich mit dem Satz nach Hause: »Nimm dir die Zeit, die du brauchst, und kehre kerngesund zu uns zurück.« Ich konnte mir nicht den Gedanken verkneifen: Wie bequem für dich, Efraim.

Nun ist Micha in meinem Wohnzimmer, und es wird Abend.

Zum ersten Mal ist er bei Einbruch der Dunkelheit hier. Hätte ich eine Katze, würde sie rastlos umherlaufen wie jedes Raubtier, das in der Nacht jagt, aber ich habe keine. *Du hast nur diesen Besen, dort, in der Ecke und den vertrauten entspannten Micha.*

Als er dazu ansetzt, von der Zeichnung zu reden, die Ronith abgebildet hat, kommt ihm die innere Ruhe abhanden, von der er bis dahin noch Reserven hatte. »Wir werden denjenigen kriegen, der das hat durchsickern lassen«, sagt er. »Das kann die gesamten Ermittlungen ruinieren.«

»Wisst ihr, um wen es sich handelt?«

»Wir haben da so unseren Verdacht«, sagt er. »Offenbar wurde er bestochen.«

»Aber warum hast du mir nicht erzählt, dass ihr sie in diesem Zustand vorgefunden habt? Mit der Babypuppe im Mund?«

Seine Augen wandern zu dem Bild von der Totenbeschwörerin. »Du weißt, warum.«

»Ich weiß nur, dass der Mörder uns drei kannte und Bescheid wusste.«

»Worüber?«

»Er wusste, als welche Figur wir auf dieser Purim-Party an der Uni gingen.« Mir fehlt die Kraft dazu, mit irgendetwas hinterm Berg zu halten und ihm auszuweichen. »Gut möglich, dass er sogar mit uns auf der Party war.«

Die langen Gewänder, die über den schmutzigen Boden des Saals wirbeln, Gläser mit billigem Wein, die miteinander anstoßen. Auf unser Wohl! Auf unser Leben! Unsere Wangen sind gerötet, die Augen funkeln, vor allem Dinas Augen, Roniths Verderben bringendes purpurnes Lächeln, Na'ama, die ein Geheimnis in sich trägt, auch ich lächele unter meinem spitzen Hexenhut, lächele, wie ich es nie wieder tun werde. Zum Wohl! Auf das Leben! Nur Neria ist Zaungast, noch weint er nicht … Auf das Leben, Mädels! Mögen sie leben, die »anderen«!

Micha sieht mich an. »Würde ich dich darum bitten zu raten, wer der Mörder ist, welchen Namen würdest du mir nennen?« Seine Stimme ist ausgesprochen sanft, und ich spüre, wie nah er mir ist. Wie er atmet.

»Micha, gerade habt ihr noch auf mich getippt.«

»Inzwischen denke ich anders, das weißt du.«

Unter normalen Umständen hätte ich zu »inzwischen« einen Kommentar abgegeben, aber es waren keine normalen Umstände. Ich war von den Ereignissen des Tages ziemlich mitgenommen, der Schwindel war noch nicht vollständig abgeklungen, und die Nähe zu ihm erwies sich nicht als hilfreich. Hauptsache, ich kippe vor ihm nicht noch mal aus den Latschen. Darum: Schließmuskel mit ganzer Kraft zusammenkneifen. *Na dann gute Nacht, Oberschenkel zusammenpressen und Schloss davorhängen.*

»Nun bekommst du es mit der Angst zu tun«, sagt er,

immer noch mit sanfter Stimme. »Das hat eine Weile gedauert.«

Würde er einige meiner Erinnerungen mit mir teilen, könnte man auch ihm schwer Angst einjagen. Das würde ich ihm gern sagen, als ich ihn jedoch ansehe, begreife ich, dass sein Sack mit Erinnerungen durchaus mithalten kann. Mit einem Mal wirkt er müde und verletzlich. *Schließmuskel zusammenkneifen!*

»Außerdem hast du ein Alibi für die Mordnacht, auch wenn deine Nase tadellos aussieht.«

In der Art, wie er es sagt, liegt etwas Intimes. Nachdem er mein Gesicht genauestens studiert hat, fühle ich mich nackt, schließlich ist das Gesicht dem Betrachter ausgesetzt wie kein anderes Körperteil, und ich spüre, wie meine Maske langsam fällt.

Damals froren wir am Strand.

Bei allem Respekt für Dina und deren Idee, »die Nacht am Strand zu beenden«, gehört Purim dem Königreich Winter an. Doch hier sind wir, grölen, was das Zeug hält, schreien laut im Angesicht der Wellen. Ich bin noch trunken von der Macht, die die Tränen von Neria Grossman bei mir ausgelöst haben. Die Tränen eines verliebten und verletzten Mannes sind mit nichts zu vergleichen, und ich bilde mir ein, in der Zukunft und für die Ewigkeit werden in meinem Kielwasser mehrere junge Männer treiben, die Tränen um mich vergießen. Keinen blassen Schimmer habe ich, wie schnell es damit vorbei sein würde und ich diejenige wäre, die flennt.

Die Luft ist eiskalt, und der Wind peitscht in unsere

Gesichter. Mein spitzer Hexenhut will davonfliegen, wenigstens wärmt mich das Gewand ein wenig. Alle tragen Kostüme, jede verkörpert eine Figur.

Dina ist die Prophetin Mirjam. Natürlich. Keine ist als große Schwester besser geeignet. Ihre Hände und die Trommel sind unzertrennlich, sie trommelt ohne Unterlass … Es ist eine sehr gute Trommel, und Dina wird sie behalten und mit dem Trommeln fortfahren, bis zu jenem Male, da es ihr endgültig verleidet wird.

Ronith ist Lilith. Nun ja. Die Rolle ist ihr auf den Leib geschrieben. Schön und verführerisch schreitet sie in ihrer dunklen Robe, in der Hand hält sie eine kleine Puppe, an deren Kopf sie von Zeit zu Zeit leckt. Die Geste lässt mich schaudern, aber eine Bemerkung verbeiße ich mir. Nur Na'ama flüstere ich zu: »*too much*«, sie nickt bestätigend.

»Es würde meinen teuren Gatten nicht stören, etwas mit ihr anzufangen«, flüstert sie, und wir lachen beide.

Denn Na'ama ist Michal, König Davids Frau. Ihre kleine Krone passt wunderbar zu ihrer roten Haarmähne, deretwegen sie diese Figur gewählt hatte. Der bloße Gedanke an die beiden Rothaarigen Kopf an Kopf hatte sie belustigt. *Doch letztendlich war es ihr Kopf, der verlor.*

»Du hast dich als Hexe verkleidet.« Michas Stimme beamt mich zurück in mein Wohnzimmer, er spricht im Flüsterton, als wären wir nicht allein. *Er hat recht. Spürst du die anderen nicht?*

»Ich hatte mich als Totenbeschwörerin verkleidet«, sage ich. »Ich hatte sie und ihre besonderen Fähigkeiten schon immer gemocht.«

»Ihr hattet diese Kostüme gewählt, weil …«

Ich weiß, dass er es weiß, und warte einfach ab, dass er die Worte ausspricht. Dann spreche ich sie aus: »Weil sie anders waren«, sage ich. »Mirjam, Lilith, Michal und die Totenbeschwörerin. Frauen aus der Bibel, starke Frauenfiguren, die keine Kinder hatten, so wie wir uns das Versprechen gegeben hatten.«

Doch nicht alle hatten sich an das Versprechen gehalten.

Das Meer tobt und schäumt, verschluckt Dinas Trommelschläge. Ta-tam! Ta-tam! Ta-tam! Mit dem unbarmherzigen fiebernden Ausdruck in den Augen scheint sie ein Ebenbild von Mirjam, der Prophetin, und das Trommeln, das ihr den Auftritt hätte ruinieren können, verleiht ihr Stärke.

»Auf geht's. Jetzt kneift bloß nicht!«

Wer will hier kneifen? Wir sind voller Enthusiasmus, wir sind anders, so anders, wie man nur sein kann. Wir werden nicht die eingeschliffene Bahn wie die ganzen Studentinnen nehmen, die danach trachten, im dritten Studienjahr zu heiraten, und gleich loslegen mit Kinderkriegen und bodenständig werden. Wir nehmen unser Schicksal in die eigenen Hände, wir gehen voran, folgen nicht der Gebärmutter, sondern folgen … *folgen was?* Kurzes Zögern, dann sagt Ronith: »Vielleicht besiegeln wir den Entschluss mit Blut?«

»Wir sind doch keine kleinen Mädchen«, meldet sich Dina zu Wort. Natürlich kommt das von Dina. Sie war nie ein kleines Mädchen gewesen.

»Ich habe eine andere Idee.« Ronith kramt ihren roten

Lippenstift heraus, wir strecken ihr drei Finger entgegen, und sie geht von einer zur anderen und kennzeichnet uns mit diesem Rot. Wie konzentriert sie ist, die Zunge schnellt hervor, es ist *die Zunge einer Schlange!* Sie kneift die Augen zusammen, doch als ich an der Reihe bin, drückt sie zu fest auf, und der Lippenstift bricht ab.

»Was kann das bedeuten, kleine Hexe?«, fragt sie mit einem Lächeln. Ich will antworten, es sei ein Zeichen für Blut, das fließen wird, halte aber den Mund.

Aber nun kann ich den Mund nicht halten, rede mir die Ereignisse jener Nacht von der Seele. Micha ist ein guter Zuhörer, *ein zu guter, ein begieriger. Gib acht!* Doch ich ignoriere es. Versteht ihr? Ich genieße das Erzählen, genieße es, meinen Erinnerungen ihm zuliebe einen Platz zuzuweisen.

»Warum bewahrst du dieses Bild seit so vielen Jahren auf?«, will er wissen.

»Es ist nicht dasselbe«, erwidere ich. »Es gab einen flämischen Künstler, der biblische Frauenfiguren gemalt hat, von ihm haben wir uns bei den Kostümen inspirieren lassen. Vor einigen Jahren war ich schockiert, als ich diese Reproduktion entdeckte, die dem Bild, das ich einst hatte, sehr ähnlich war, und da habe ich sie gekauft.«

»Aber wieso?«

»Weil sie schön ist und mich an Dinge erinnert.« *An Dinge! An dich selbst erinnert sie dich.*

»Wollten Dina und Ronith sich ebenfalls an Dinge erinnern?«

Dieses »wollten« sinkt in mir wie ein Stein in tiefem Wasser.

»Manchmal hat man keine Wahl«, antworte ich.

»Man hat immer eine«, meint er seelenruhig. »Auch wenn es anders aussehen mag.«

Ich weiß nicht, ob es seine Absicht ist, aber sein Arm ist dicht an meinem Körper, sodass ich endlich sein Tattoo lesen kann.

»Die Väter haben saure Trauben gegessen.« Reglos starre ich auf den Satz, auf die alte Doktrin der Erbsünde: Für die Sünde der Väter büßen auch die nachfolgenden Generationen. *Ausgerechnet dieser Satz!* Die Haut um die Worte ist gerötet, als wären sie soeben in die Haut tätowiert worden.

»Es hat sich entzündet«, sagt er.

»Sieht aus, als ob's wehtut.«

»Schon beim ersten Mal hat dich interessiert, ob es wehtut.«

»Und bevor ich sehen konnte, was da geschrieben steht«, sage ich. »Kein Wunder, dass es wehtut!«

Er lächelt. Es ist ein Lächeln, das sich Zeit lässt, und wieder zeigt sich das Grübchen, das gelungen zwischen seinen hellen Bartstoppeln platziert ist. Ich kann mich nicht beherrschen und streiche zärtlich über das entzündete Tattoo. Die Haut ist glühend heiß, und ich stelle mir vor, wie die Worte ihn von innen versengen.

»Warum ausgerechnet dieser Satz?«, frage ich nach längerer Stille.

»Um mir Dinge ins Gedächtnis zu rufen«, sagt er. »Mich daran zu erinnern, dass man immer eine Wahl hat, auch wenn es so aussieht, als hätte man keine. Mir scheint, daran solltest auch du dich erinnern.«

In dem Moment erinnere ich mich an gar nichts, schon

gar nicht, als er näher kommt und seine Lippen zärtlich auf meine drückt. Es ist nicht direkt ein Kuss, vielmehr ein Tasten, während wir wie zwei Gymnasialschüler Händchen halten. *An deiner religiösen Mädchenschule hat keiner Händchen gehalten!* Wir bleiben wie angewurzelt sitzen, während die Lippen wie vom Tau benetzte Schmetterlinge flattern. Was nun? Rühr dich bloß nicht, das muss von ihm kommen. *Immer von ihnen!* Da zieht er mich auch schon an sich, und sein Körper schmiegt sich eng an meinen. Es fühlt sich passend an, wobei man nie wissen kann, ob es sich ohne diese Nähe, ohne Körper an Körper ergeben würde. Unsere Zungen winden und wickeln sich umeinander. Ich lasse meine Hand in seinen Nacken gleiten, wie ich es im ersten Moment tun wollte, nur, um zu erleben, wie er sie von dort wegnimmt, mich von sich schiebt und sagt: »Das ist keine gute Idee.«

Keine gute Idee! Keine gute Idee! Der Schock macht es mir unmöglich, auch nur irgendetwas zu erwidern. Wieder klingt er wie die schlechte Imitation eines Detektivs aus einer Fernsehserie. Es gelingt mir nicht, den Gedanken zu Ende zu denken, die Kränkung breitet sich in rasantem Tempo in meinem ganzen Körper aus.

Was hatte ihn abgeschreckt? Was hatte ich falsch gemacht? Eine unangebrachte Bewegung? Hatte ich übermäßig viel Zärtlichkeit demonstriert? Hatte er damit gerechnet, dass ich in der Rolle der erfahrenen älteren Frau aggressiver vorginge? Ich hatte mich auf ihn und seine Art eingelassen, wir hatten uns auf sinnliche Weise gefunden, aufeinander abgestimmt, er hatte mir das Gefühl vermittelt, für diese Zärtlichkeit empfänglich zu sein. *Genau hier ist das Problem! Statt darüber nachzudenken, was er will, denk mal drüber nach, was du willst!*

Die Kränkung breitet sich wie ein giftiger Pilz in mir aus. Was hatte ihn abgeschreckt? Was? In Blitzesschnelle gehe ich meine sämtlichen Körperteile durch und verwerfe eine Möglichkeit nach der anderen. Schließlich hatte ich nach dem Museumssport geduscht, die Sachen komplett gewechselt, den BH zwar nicht, aber so nah war Micha mir gar nicht gekommen, um daran zu schnuppern. Selbst wenn es so wäre, entbehrt es jeglicher Logik, mich wegen des BHs mit dieser Plötzlichkeit abzuwehren, noch dazu mit diesem vagen Satz: »Das ist keine gute Idee.«

Auf einmal muss ich an Eli denken, der von Ronith ebenfalls ausgebremst wurde, genau in der Minute, bevor es heiß wurde. Ich wundere mich über diesen Zufall. Was will er mir sagen? Ich stelle Mutmaßungen an, um diese Ablehnung nur ja nicht in ihrer ganzen Heftigkeit erleben zu müssen.

Wir sitzen nebeneinander in einem Schweigen, das gigantische Ausmaße annimmt, doch allmählich werde ich mir darüber klar, dass es nicht unangenehm ist. Eine Stimmung von »Fortsetzung folgt« stellt sich ein. Ob nur ich so empfinde? Da sagt er unverhofft: »Erzähl mir mehr über diese Gali.«

Ich bleibe stumm.

»Es gefällt mir überhaupt nicht, dass sie auf einmal ins Spiel kommt.«

Ich bin immer noch stumm.

»Ich glaube nicht an Zufälle«, fährt er fort.

»Es heißt, es sei Gottes Art, sich zu offenbaren«, sage ich.

»Nach all dem, was ich gesehen habe, kannst du mir glauben: Es gibt keinen Gott.«

Seine Tonlage hält mich davon ab, das Thema auszuweiten. »Vergiss es, Micha, sie ist nicht die Mörderin«, sage ich.

Bist du sicher?

»Bist du sicher?«

»Es muss jemand sein, der uns von der Uni kennt. Gali gab's damals noch gar nicht.«

»Lass dich nicht von ihrem Alter in die Irre führen«, sagt er.

»Es reicht.« Ich stehe von der Couch auf, er versucht mich mit einem unsanften Griff zurückzuhalten, aber ich bleibe stehen. *Du zwingst mich nicht in die Knie.*

»Wie ich sehe, kannst du die Vorstellung von Gali als Mörderin nur schwer annehmen, doch ich habe die Leichen gesehen, Sheila! Es handelt sich um einen Kult, ein Ritual, in dieser theatralischen Grausamkeit liegt etwas …« Er zögert einen Moment. »Es war fast Kitsch und dazu an beiden Tatorten die Symbole eurer Figuren …«

»Welche Symbole?« Ich fahre ihm ins Wort. »Auch bei Dina?«

»Ja«, erwidert er. »Die Trommel. Neben ihren Stuhl haben sie eine kleine Trommel gestellt, wie die von Mirjam …«

Kraftlos sinke ich auf die Couch. Ta-tam! Ta-tam! Dieser endgültige triumphierende Beweis legt mich lahm.

Der Gedanke an die kleine Trommel, die Böses im Schilde führt, nimmt mir jegliche Kraft. Sie wurde dort zum Zeichen abgelegt, zum Zeichen für wen? Für mich? Micha nimmt mich in die Arme, und die Sanftheit, mit der er mich trösten will, lässt endlich den Tränen freien Lauf, die ich den ganzen Tag über unterdrückt hatte. Er zieht mich enger an sich, und unweigerlich kommt mir der Gedanke: Will er mich so? So? Schwach und unterwürfig? *Ta-tam! Ta-tam! Wo ist Mirjam?* Sie sollten dich doch begehren, stark und gereift wie du bist, sie wollen dich halb Mutter halb Lehrerin, halb Femme fatale halb ihre Tante, und du magst es und gibst ihnen genau, was sie brauchen. *Von dem du annimmst, dass sie es brauchen.* Aber jetzt kannst und willst du es ihm nicht geben, nicht, während er dich festhält und am ganzen Hals heftig und nachdrücklich küsst. Diesmal hält er nicht inne, er wird es auch nicht tun, und von euch allen muss ich mir nicht sagen lassen, dass dies hier ein Irrtum ist, denn ich weiß es, spüre es am ganzen Körper, spüre es an den Zähnen, die nun diese saure Traube vernaschen und sich gleich stumpf anfühlen werden. Spüre die Sünden der Väter, die über mich kommen.

Sechzehn

Als ich am Morgen aufwache, ist er schon über alle Berge.

Gestern hatte er etwas von einem frühen Termin erwähnt, aber da wusste ich noch nicht, dass es für mich von Bedeutung wäre. *Ist es denn von Bedeutung?*

Langsam setze ich mich in Bewegung, prompt jagt der Schmerz durch den Rücken, *der mich in der Nacht verschont hatte.* Als ich mich mit dem Kaffee hinsetze und die Bilder im Schnelldurchlauf abspule, bewege ich mich bedächtig und achtsam.

Mehr als alles hatte mich die Zärtlichkeit verblüfft. Und die Nähe. Ohne irgendwelche Mutter-Sohn- oder Lehrerin-Schüler-Spielchen, nichts dergleichen war aufgekommen. Obwohl unter der Oberfläche etwas gewesen war, dessen Wesen ich nicht ergründet hatte. Mitten in der Nacht hatte es auch einen Moment gegeben, als ich aufgewacht war und ihn dabei ertappte, wie er mich konzentriert ansah. Er sah aus wie ein großer Kater und erinnerte mich an das eine Mal, als ich die Wohnung einer Freundin, die ins Ausland gefahren war, gehütet hatte. In der Nacht war ich aufgewacht, und auf dem Kopfkissen neben mir saß ein riesiger Kater und beobachtete mich. Bei meinem mordsmäßigen Schrei nahm er die Pfoten in die Hand, und erst die Putzfrau, die am nächsten Tag kam, konnte ihn finden.

In der letzten Nacht hast du nicht geschrien, aber vielleicht hättest du schreien sollen.

Ich spule weiterhin im Schnelldurchlauf Bilder und Laute ab, spüre seine warmen Hände. Lasse die Erinnerungen das Ihre mit mir anstellen und genieße jeden Augenblick. Ich führe eine träge Hand zur Kaffeetasse mit der Aufschrift »Für die beste Mutter der Welt«. Maor und seine debilen Witze. *Wer lacht jetzt, na, Junge?*

Ich nehme einen Schluck Kaffee und halte abrupt inne.

Du bist so was von dumm.

Mir zittert die Hand, aber ich schaffe es, die Tasse auf dem Tisch abzustellen, ohne dass es Scherben gibt.

Bist du dumm, fatal dumm.

Ich überschlage die Wochen, den *Kalender*! Wann war das noch mal? Wann ging meine letzte Regel zu Ende?

Polizeiwidrig dumm!

Mit zitternden Fingern blättere ich im Kalender, finde meine besonderen Zeichen (die nicht mehr so regelmäßig wie früher auftauchen, aber hartnäckig in jedem Monat). Da ist das Datum, das Entwarnung gibt. Gott sei Dank, es ist nicht am Tag des Eisprungs passiert. Das heißt, ich denke nicht.

Erleichtert lehne ich mich zurück, habe das Gefühl, dass ich vor etwas sehr Gefährlichem bewahrt wurde.

Nun stellt sich die übliche Erwartungshaltung ein.

Es ist bestürzend, inwieweit der Mechanismus der immer gleiche ist. In der Hauptrolle brilliert das Handy, das wie eine schnurrende Katze auf meinen Knien liegt. Vielmehr: diese Katze schnurrt nicht, das ist das Problem, sie ist still wie ein Kadaver, aber ich warte auf den Moment, wo sie zum Leben erwacht. Er muss der Erste sein, der ein Lebenszeichen von sich gibt. *Immer er.*

Zwar braucht er dafür einen kompletten Tag, aber gegen Abend meldet er sich. »Es war toll«, steht in der Nachricht. Sekundenlang starre ich sie an. Erst dann dämmert es mir: Das ist überhaupt keine tolle Nachricht. Es bedeutet: »Ich-will-auf-faire-Weise-Schluss-machen.«

Mach's unkompliziert! Sei unbeschwert! Fläz dich nicht mit der ganzen Schwere deines Gewichts auf ihn, es war doch tatsächlich für euch beide toll. Etwa nicht? Toll und schmoll. Diese Nachricht deutet an, dass es sehr bald nicht mehr toll sein wird. Ich lese Textnachrichten wie Blinde die Blindenschrift, ich lese die Nachricht hinter der Nachricht. Das ist der Grund, warum ich auf diese Nachricht mit einer Detailtreue antworte, die ihr gerecht wird: mit einem zwinkernden Smiley.

Was soll ich sagen, wir sind die Sartre und Simone de Beauvoir der Textnachrichten.

Immerhin verläuft mein Gespräch mit Eli gut. Darin waren wir schon immer Meister.

Ehrlich gesagt beruht unsere Beziehung im Kern auf Geschichten, deren Auslegungen, »Was-passiert-wenn«-Einschätzungen und Ratschlägen, die wir einander geben (meine Ratschläge werden nie vollkommen ehrlich sein. Ich werde immer darauf aus sein, dass das Verhältnis mit seiner Partnerin, die gerade an der Reihe ist, kriselt. Wenn ich so an meine bisherigen Beziehungen denke, hätten ihm wahrscheinlich selbst meine ehrlichsten Ratschläge nicht allzu viel genützt). Als ich ihm von den Ereignissen der Nacht erzähle und zurückdenke, wie er wegen Micha gestichelt hatte, macht es mich unweigerlich stolz. Aber Eli ist nicht auf den Kopf gefallen.

»Diese Nachricht ist nicht besonders ermutigend, es ist ein weiterer Tag vergangen, und du hast nichts von ihm gehört«, sagt er.

»Ich brauche dich nicht dafür.«

»Eine solche Nachricht habe ich schon einige Male verschickt. Es hat sich einfach so ergeben. Ich habe das geschrieben, wenn ich die Sache im Guten beenden, der Frau aber auch nichts vormachen wollte.«

»Du bist wirklich ein Heiliger«, sage ich. Ich schiele nach dem Handy.

»Sheila, werde jetzt nicht obsessiv. Hast du verstanden? Das ertrage ich nicht«, sagt er. *Denn er hat es schon das letzte Mal kaum ertragen.* »Und verhüte, wenn möglich, beim nächsten Mal.«

An mein Ohr dringt nur: »beim nächsten Mal.«

»Meinst du, es gibt ein nächstes Mal?« Er seufzt. »Mach dir keinen Kopf, in meinem Alter wird man nicht so schnell schwanger.« Die Formulierung »in meinem Alter« spendet mir zum ersten Mal Trost.

»Und wenn du schwanger wärst?«

Die Frage bringt mich aus der Fassung, er hätte sie mir nicht stellen sollen. Ich setze zur üblichen Antwort an, als irgendwo in meiner Gedankenwelt eine schwarze Tür aufgerissen wird, hinter der eine Treppe ist, die ins Ungewisse führt … Bumm! Die Tür knallt zu.

»Eli, ich bin nicht schwanger.«

Du bist nicht schwanger?

»Soll ich damit loslegen, über ihn herzuziehen, ihn zu entmenschlichen, oder soll ich noch etwas warten?«

»Warten wir damit noch ein wenig.«

»Gerne«, erwidert er zwinkernd.

Däumchen zu drehen und abzuwarten, habe ich nicht vor. Diesmal nicht, denn diesmal habe auch ich etwas zu tun, *oh ja, und ob!* Ich greife nach dem Handy, das keinen Mucks von sich gibt, rufe Gali an und sage ihr, dass ich unterwegs bin.

Sie wohnt immer noch bei der Tante, die sie nach dem Vorfall bei sich aufgenommen hatte.

Langsam steige ich die Treppe hinauf, nehme Stufe für Stufe, jede lässt eine andere Erinnerung aufleben. Wie gern wäre ich damals hergekommen und hätte Gali besucht, die zweieinhalb war. Wie sehr ich mich nach ihr sehnte, den Pausbäckchen, der Art, wie sie süß »Tila« rief. Ich hatte immense Sehnsucht, aber ich durfte nicht kommen.

Avihu, Na'amas Mann, hatte uns Mitteilung gemacht: Würde er miterleben, dass sich eine von uns seiner einzigen noch lebenden Tochter nähern würde, könne man ihn für sein Handeln nicht zur Verantwortung ziehen. Also blieb ich fern. *Zudem war da dieses schreckliche Schuldgefühl, das ganz und gar deins war.*

Mit einem Mal wird die Tür aufgerissen, und ich stehe, ohne darauf vorbereitet zu sein, vor Avihu. *Dem Witwer.*

Wir starren einander an, und als Erstes kommt mir in den Sinn: Er ist gealtert. Er wirkt wie eine Version seiner selbst, ist aufgegangen wie Hefeteig und hat hängende Schultern. Das Gesicht ist teigig, er hat dunkle Augenringe, und der Mund ist eingefallen, als hätte er sämtliche Zähne verloren. Nur seine Augen funkeln wie früher, sogar noch intensiver. Immer hatte ich empfunden, dass in ihm Gewalt brodelte, unterschwellige, gezügelte. Nun schien sie sich Bahn zu brechen.

Wir starren einander immer noch an. Wie soll ich mich gegenüber einem Menschen verhalten, den ich fast zwanzig Jahre nicht gesehen habe? Avihu löst die Angelegenheit rasch für mich.

»Du?« Teils fragend, teils feststellend.

Ich will lächeln, aber erfolglos. Er kommt mir sehr nahe, und ich weiche zurück.

»Was hast du hier zu suchen?« Er kommt einen weiteren Schritt auf mich zu, und ich weiche noch mehr zurück.

»Ich will Gali besuchen«, sage ich. Diese Worte hätte ich vor zwanzig Jahren sagen müssen.

»Welches Verhältnis hast du zu Gali?«

»Gar keins, es ist nur …« Ich beginne zu stottern.

»Verschwinde und zwar zügig«, raunt er bedrohlich, sodass mir das Blut in den Adern erstarrt. Im gleichen Ton hatte er auf Na'amas Beerdigung gezischt: »Verschwindet und zwar zügig.« Alle hatten uns gesagt, dass ein Mensch in seiner Trauerzeit und seinem Schmerz nicht verantwortlich gemacht werden könne. Aber ich wusste, gerade in dieser Zeit sollte man sie verantwortlich machen, weil sie die Wahrheit offenlegen. Und die Wahrheit war, dass ich mich aus dem Staub machen wollte. Dina packte mich allerdings am Schlafittchen und zwang mich, bis zum Schluss zu bleiben, bis der letzte Stein aufs Grab gelegt worden war.

Es gibt keine Dina mehr, die mir zu Hilfe kommt. Gerade will ich klein beigeben und auf dem Absatz kehrtmachen, als Gali an der Türschwelle auftaucht.

»Sheila! Du kommst gerade richtig.« Gewandt gleitet sie an ihrem Vater vorbei und zieht mich in die Wohnung.

Ich rechne damit, dass er etwas sagen, etwas von der Angriffslust ausspielen wird, die er mir gegenüber demonstriert hat, doch er lässt es geschehen. Dann dreht er sich um und blickt uns nach, bis Gali ihre Zimmertür schließt. *Ich sehe dich auch hinter verschlossener Tür.*

»Besonders erfreut war er nicht. Stimmt's?« Sie schenkt mir dieses Lächeln, was das Ganze ins Unbelastete, Unbeschwerte verkehrt, und ich kann nicht anders, als ihr Lächeln zu erwidern. Wenn es eine Eigenschaft gibt, die ich mir schon immer sehnlichst gewünscht habe, so ist es Unbeschwertheit. Ausgerechnet ich mit meinem besonderen Talent, jede Sache zu verkomplizieren.

Es war toll. Puh!

Das Zimmer ist blitzeblank und tadellos aufgeräumt. Das verblüfft mich.

Na'ama war das personifizierte Chaos gewesen. Hatte ich sie darum gebeten, für mich etwas in ihre Tasche zu stecken, die von Papier und weiß der Teufel was noch überquoll, erhielt ich es jedes Mal mit Flecken zurück. Aber hier ist es sauber und ordentlich. *Ordnung hat ihren Preis.* Aber es riecht unangenehm, mir erschließt sich schnell, woher es kommt.

»Darf ich vorstellen? Das ist Isabelle«, sagt Gali. Sie deutet auf einen roten Käfig, in dem ein kleiner zitternder Hamster sitzt.

»Sie ist trächtig, siehst du?«

Ich trete näher heran, um die Hamsterdame genauer zu betrachten, ohne zu wissen, wie ein Hamster im Normalzustand aussieht. Ob mir auffallen würde, dass sie trächtig ist? Die Erwartung in Galis Stimme steuert mich. Sie hat mich immer gesteuert. *»Tila! Einen Lutscher … Hast du mir einen Lutscher mitgebracht?« »Hab ich, aber iss schnell, damit deine Mutter ihn nicht sieht …«*

»Sieh mal, wie süß sie ist«, sagt Gali.

»Sie ist wirklich süß«, gebe ich zu. »Dass sie trächtig ist, fällt mir aber nicht auf.«

»Ich achte auf ihre Figur«, antwortet sie. »Sie ist erst vor Kurzem bei uns eingezogen.«

»Was wirst du mit den vielen kleinen Hamstern anstellen?«

»Ich werde eine neue Familie aufziehen.« Sie lächelt. *Nein, genaugenommen ist es kein Lächeln.*

»Willst du sie füttern?« Sie drückt mir ein Häufchen stinkende Samen in die Hand. »Leg sie in ihre Schale.«

Als ich den Käfigdeckel hebe, beginnt Isabelle stärker zu zittern und springt mich beinahe an. *Wieso hat sie solchen Hunger?* Ich verfolge, wie sie voller Hingabe die Samen knabbert, und entsinne mich an meine Kindheit. Für die großen Ferien hätte ich beinahe die Schildkröte aus dem kleinen Streichelzoo mit nach Hause genommen. In mir hatte jedoch die trübe Angst gebebt, sie würde nicht zurückkehren.

Schon damals hatte diese hundertprozentige Verantwortung für den Frieden und das Wohlergehen eines anderen Wesens mir Angst eingejagt.

»Ich wusste gar nicht, dass dein Vater wieder in Israel lebt«, sage ich.

»Wieso lebt? Er ist nur auf Besuch.«

Klar, dass Murphys Gesetz dafür gesorgt hatte, dass wir aufeinandertreffen. Ich bin mir noch im Unklaren, was ich darauf erwidern soll, doch wie gewöhnlich ist sie mir einen Schritt voraus. »Keine Sorge, er wird dir kein Härchen krümmen. Hast du nicht gesehen, was für ein Jammerlappen aus ihm geworden ist?«

»Gali!« Bei mir meldet sich das Bedürfnis, sie zu erziehen, weiß der Teufel, woher das kommt. »Das gehört sich nicht!«

»Gali!« Sie äfft mich nach. »Tu mir einen Gefallen. Man hat mir erzählt, dass du ihn noch nie ausstehen konntest.«

Stimmt. Von dem Moment an, da Na'ama und er sich kennenlernten, ertrug ich ihn nicht. Nicht einmal zur Hochzeit ging ich, aber nicht seinetwegen. *Du hast sie nicht im weißen Kleid gesehen, und du hast sie nicht am schwarzen Strick hängen sehen.*

Als ihre Beziehung sich wie eine Schlinge enger um sie zog, entfernten Na'ama und ich uns voneinander, ich redete mir ein, es sei der Preis, den die engste Freundin von der verliebten Freundin zahlt. Dabei war klar, dass da etwas anderes war. Die Nachricht von ihrer Verlobung hatte sie auf meinem Anrufbeantworter hinterlassen. Ich behielt sie Wort für Wort im Gedächtnis. »Ich kann es nicht glauben, dass ich dir eine Nachricht auf dem AB hinterlasse, doch so ist es! Avihu hat mir einen Antrag gemacht!« Schon damals wusste ich: Zu dieser Hochzeit würde ich nicht gehen, ich würde sie nicht ertragen, doch es brauchte Zeit, bis ich dieses Empfinden mir selbst gegenüber eingestehen konnte.

»Komm, lass uns über meine Mutter reden.« Gali holt eine Miniaturkamera hervor und betätigt sie mit geübten Handgriffen. Bilde ich es mir ein, oder hat die Hamsterdame im Käfig einen kurzen Schrei von sich gegeben?

Nein, es ist der Ton einer eingehenden Nachricht, mir ist noch nie aufgefallen, wie sehr er einem Schrei ähnelt. Selbstverständlich bin ich mit einem Satz am Handy, nur um festzustellen, dass es eine Nachricht von Eli ist: »Na, wie geht's?«, schreibt er. Ich könnte ihn erwürgen. Mir ist danach zumute, jeden zu erwürgen, der mir eine Nachricht schickt und der nicht Micha ist. So »geht's mir«.

Da richtet Gali ihre Kamera auf mein Gesicht, und ich bin so dermaßen mit der Ausleuchtung beschäftigt und ob der Winkel mir schmeichelt oder ich sie darum bitten sollte, die Kamera etwas höher zu heben, um das Doppelkinn abzumildern, dass ich beinahe die Frage überhöre, die sie mir in angenehmem Ton stellt: »Sag mal, wie fühlst du dich zwanzig Jahre, nachdem du meine Mutter umgebracht hast?«

Siebzehn

Ich starre sie an. Erwarte, dass ich nur blinzeln muss und sie oder wenigstens ihre Frage verschwunden sein wird.

Aber nein, sie steht mit diesem angenehmen Lächeln und den schönen Augen vor mir, *den Augen ihrer Mutter,* und sieht mich ermutigend an.

Ich versuche zu entschlüsseln, was sich hinter diesem Lächeln verbirgt, als eine Nachricht eingeht. Diesmal von Micha, ich weiß es, mein ganzer Körper weiß es, und ich strecke die Hand nach dem Handy aus, doch Gali befiehlt mir: »Lass das, antworte mir erst mal.« Sie klingt streng und hört sich exakt wie Na'ama in jener letzten Nacht an: *Das Messer! Das Messer! Gib mir das Messer!*

Anders als in jener Nacht, als ich kein Wort herausbrachte, halte ich ihrem Blick stand und sage: »Sag mal, meinst du das ernst?« Nach kurzem Zögern fällt ihre Maske, und sie schmunzelt: »Das war nur Spaß, Sheila.«

Mir ist ganz und gar nicht nach Lachen zumute, eher danach, sie kräftig zu schütteln. Liebend gern würde ich sie übers Knie legen und ihr, wie in den viktorianischen Romanen meiner Kindheit, ordentlich den Hintern versohlen. *Du böses Mädchen! Da hast du's! Und noch mal! Und noch mal!*

Stattdessen sage ich: »Das ist überhaupt nicht lustig.« Ich senke den Blick und schaue aufs Handy. Die Nachricht ist von Micha: »Wie geht's?«

Noch einmal dieses: »Wie geht's?« Dann will ich dir mal sagen, wie's mir geht. Erinnerst du dich an Gali? Die Tochter von Na'ama, die meine engste Freundin war? *Die mehr als das war.* Also diese Gali, deren Babysitter ich war, diese Gali, die ich mehr als jedes andere lebende Geschöpf geliebt habe und der ich mich auf eine Art und Weise nah fühlte, die ich mir nicht erklären konnte, also diese Gali hat mir gerade ihre Kamera vor die Nase geschoben und mich beschuldigt, ihre Mutter ermordet zu haben.

So »geht's mir«.

»Sheila, tut mir leid, das war so halb witzig gemeint«, sagt sie halb bereuend. »Ich dachte, du hättest Humor.«

Unsere Blicke kreuzen sich. *Das kann doch nicht wahr sein! Die Seifenblasen zerplatzen in meinem Gesicht, und ich verziehe es in vorgetäuschtem Ärger. »Was hast du angestellt, Mäuschen? Gleich fange ich dich!« Ich renne ihr nach, doch oje! Ich rutsche auf dem nassen Boden aus, meine Beine zappeln in der Luft wie bei einem Käfer, da landet eine neue Salve Seifenblasen direkt in meinem Gesicht, und die Kleine kugelt sich vor Lachen. »Was machst du mit mir, Mäuschen? Na warte, na warte!« Der kleine Wildfang gluckst vor Freude* … Ja. Früher hatte ich mal Sinn für Humor.

»Mir ist nicht klar, worauf du hinauswillst«, sage ich.

»Ich wollte mal sehen, wie du reagierst.«

»Na, das hast du ja gesehen«, sage ich oberlehrerhaft.

Gali scheint es auch so zu empfinden und unterdrückt ein Schmunzeln. Beinahe lasse ich mich auch dazu verleiten, aber nein. *Noch nicht.*

»Das war nur so als Auftakt für den Film gedacht, das konnte ich nur an dir ausprobieren.«

»Ich bin ja nur noch übrig.«

Ich kann ihren Gesichtsausdruck nicht sehen, denn just in dem Moment beugt sie sich hinunter zu Isabelles Käfig. Von hinten wirkt sie dürr, als hätte sie gar keinen Po, der dunkle Jeansrock hängt an ihr herab, das rote Haar kommt mir auf einmal dünn vor, denn es gibt ja keine Mutter, die im Haus für Conditioner sorgt. Mir gehen all die Jahre ohne Mutter durch den Sinn, in denen sie mit Avihu, diesem Idioten, aufwuchs und mit einer Tante, von der ich nicht weiß, inwieweit sie sich gut um Gali gekümmert hat, ob überhaupt. Dennoch ist sie herangewachsen und ist nun diese scharfsinnige junge Dame, die einen für sich einnimmt. Wie stolz Na'ama auf sie wäre, eine verräterische Träne kitzelt in meiner Kehle, doch ich schlucke sie hinunter, denn Gali ist sich der drohenden Schwäche ihres Gegenübers sehr wohl bewusst und nutzt es vielleicht gerade aus. Ich sollte auf der Hut sein. *Ta-tam! Ta-tam! Ta-tam! Nehmt ihr das Messer weg! Und dieser furchtbare Blick von Na'ama, der sagt: »Du machst da auch mit?«* Nun sehen mich Galis Augen mit diesem Blick an.

Als ich aus dem Zimmer gehe, passt Avihu mich ab, er lehnt an der Wohnungstür, wirkt schwach und besiegt, bis ich ihm in die Augen sehe.

»Du hast dich mir ins Gedächtnis geschrieben«, sagt er. »Du warst die Schlimmste, dir hat sie vertraut.«

»Das weiß ich, und es tut mir leid.« Er rührt sich keinen Millimeter von der Tür. Sollte ich besser Gali rufen? Allerdings gehe ich davon aus, dass sie mithört und lieber in ihrem Zimmer bleibt.

»Lass mich durch, Avihu.« Ich gehe auf ihn zu, aber das ist ein Fehler, denn er weicht nicht von der Stelle. Er ist so nah, dass er sich zu mir beugt und mir ins Ohr flüstert: »Du müsstest dort hängen, nicht sie.«

Meine Nerven liegen blank, daher brauche ich beim Nachhausekommen eine Weile, um spitzzukriegen, dass hier jemand war.

Meine Wohnung kommt mir vor, als hätte sie einer leergeräumt und danach alles neu angeordnet, die Veränderungen sind minimal, aber bei Leuten, die alleine wohnen, gibt es ganze Regionen, die nie eine andere Menschenseele berührt, Dinge, die in der Zeit erstarrt sind, eine Zeitung, die wochenlang liegen blieb und urplötzlich in einem anderen Winkel liegt, eine Staubansammlung, bei der du dir jedes Mal sagst, wenn du nur kurz durchfegst: Um dich kümmere ich mich nächstes Mal, da putze ich gründlich. Und nun hat sich dieser Staubballen in sämtliche Richtungen verzogen. Ausgerechnet das Chaos und der Schmutz verraten mir, dass die Wohnung durchsucht wurde. *Dein Schmutz als Freund.*

Verständlicherweise fällt mein unmittelbarer Verdacht auf einen Einzigen. Auf den, der geschrieben hatte: »Es war toll.« Mein Blick schweift durch die Wohnung. *Geh noch mal in dich. Bist du sicher? Sicher, dass er's war? Vielleicht ist es deine Art, an ihm Aggressivität auszulassen, weil er nicht zu dir gerannt kommt und hechelnd vor deiner Tür steht?* Ich nehme das Wohnzimmer unter die Lupe. Da! Die kleine Staubansammlung unter dem unteren Regalbrett, wo ich bei der Gymnastik immer niederknie und die Vermehrung der Haarknäuel verfolge und schwöre, beim nächsten Mal dort gründlich zu kehren – diese Staubflusen sind verschwunden. Nun weiß ich auch, wonach er sucht, wenngleich er die Fotoalben in ihrer Reihenfolge belassen hat. Aber das gesuchte Bild wird er dort nicht finden.

Ich habe in meiner Studienzeit nicht übermäßig viele Fotos geschossen. Zumeist war ich nicht in der Stimmung, und damals hatten wir noch Fotoapparate und warteten auf eine besondere Gelegenheit wie *diese Purim-Party*. Nicht wie heute, wo einem ständig einer das Handy vors Gesicht schiebt, egal, ob einem danach zumute ist.

Ich male mir ein Selfie mit Micha aus. Wir blinzeln beide in die Kamera, unsere Farben ergänzen sich wunderbar, und ich wähle den Filter, der uns gleich alt aussehen lässt. Träum weiter, *bald kommst du in die Klinik*.

Eli registriert den Hilferuf in meiner Stimme und hat eine Packung von meiner Lieblingssorte dabei – Rum-Rosine.

»Du fehlst im Museum«, sagt er. »Alle bearbeiten Efraim. Dem ist es lieber, wenn du zu Hause bleibst.«

Mit »alle« meint er bestimmt Shirley und sich, aber die Geste weiß ich zu schätzen.

Als ich das Eis in die (pieksauberen!) Schüsseln gebe, wirft er mir an den Kopf: »Soll ich dir saure Gurken vorbeibringen?«

»Sehr lustig«, sage ich. Es ist der gleiche erzieherische Ton, der von der Begegnung mit Gali in mir nachschwingt, fällt mir auf. *Siehst du, wie du als Mutter drauf wärst?*

Eli schnappt sich die Schüssel mit der kleineren Eisportion, bei der Beobachtung wird mir trotz seiner blöden Saure-Gurken-Witze warm ums Herz. Nie haben wir uns in Sachen Kinder tiefgehend unterhalten. Das ist an unserem Verhältnis das Schöne, wir kennen die Regeln dieses Tangos, und jeder weiß, wohin er nicht treten darf.

Allerdings gab es vor zwei Jahren diese eine Szene, als er bei einem Treffen in ernste Stimmung verfiel. Ich bekam eine Heidenangst. Gleich würde er mir ewige Liebe schwören und fragen: »Wieso probieren wir's nicht?« Ich grübelte bereits, wie ich mich herauswinden könnte, aber er sah mich nur an und meinte: »Wir reden zwar nicht darüber, doch wenn du Kinder planst, dann ist es an der Zeit. Nicht, dass es dir zu spät einfällt.«

Prompt entgegnete ich: »Aber ich will keine.« Meine Stimme versagte und schlug in ein Jaulen um. Mich störte die bloße Tatsache, dass er meinte, ich sei an einem Kind interessiert. Ich hatte es brandeilig, ihm auseinanderzusetzen, dass i c h es sei, die kein Interesse daran habe. *Dass ich die Dinge unter Kontrolle habe.*

Seitdem hatten wir das Thema nie wieder angeschnitten, das heißt, nicht offensichtlich. *Aber indirekt sprecht ihr ständig darüber.*

In derselben Woche kurz vor Rosch ha-Schana rief mich ein Bekannter an, um mir ein gutes Jahr zu wünschen. Irgendwie kamen wir auf das Thema Kinder. *Irgendwie?* Als ich ihm frank und frei sagte, dass ich kein Interesse daran habe, trat längere Stille ein. Echte Stille, nicht mal ein Widerhall seiner Atemzüge war vom anderen Ende zu vernehmen. Dann fragte er unvermittelt: »Dann willst du kinderlos sein und völlig dir selbst überlassen?«

Das Wort traf mich mit voller Wucht.

K i n d e r l o s. Als sei es ein Los. Was für ein trockenes Wort. Später las ich, dass im Forum der freiwillig Kinderlosen beschlossen worden war, ein Wort zu wählen, das ihre Situation definierte. Ein Vorschlag lautete: Kinderwunschlos. Damals hielt ich es für das hässlichste Wort unserer Sprache.

Daran hat sich nichts geändert.

Und nun Eli mit seinen Saure-Gurken-Witzen.

»Bist du sicher, dass alles okay ist … damit?« Er lässt nicht locker, scannt meinen Bauch, als fände er dort die erlösende Bestätigung.

Mir wird bewusst, dass Eli demnächst zweiundvierzig wird, und auch wenn alles glattgeht, wird er kein junger Vater mehr sein, mein Herz ist betrübt. Der vernünftige angenehme Eli, der im Leben brav in der Furche geht, wäre der beste Vater der Welt. Gut möglich, dass er daran Interesse hätte, dass ich schwanger werde, denn wer weiß, welche Entscheidung ich fällen würde und was auf der Strecke geschehen könnte … Natürlich haben wir jede Menge verschlungene Umwege, am Ende führen sie alle zu einem Kind.

»Ich bin nicht schwanger, Eli, lass mal gut sein.« Mein Ton klingt störrischer, als es meine Absicht gewesen war, und Eli macht den Rückzieher. Ich kann hören, wie er sein

Eis verschlingt, es verrät die Kränkung. *Was für eine miserable Mutter.*

»Lass uns die Dinge mal ordnen.« Glücklicherweise ist Eli nie lange gekränkt. Das ist eine Komponente seiner individuellen Vorteile. Ich bin diejenige, in der eine Kränkung (eine echte oder eingebildete) jahrelang gären kann.

Er greift nach seinem Handy und beginnt zu tippen. »Wir haben zwei Mordopfer. Beide wurden nach dem Tod Mütter, ihr gemeinsamer Nenner: Sie haben sich öffentlich und nachdrücklich dagegen ausgesprochen, Kinder in die Welt zu setzen. Das heißt, das hatten wir zunächst geglaubt, doch wie wir herausgefunden haben, hatten sie eine weitere Gemeinsamkeit.«

Und ob sie die hatten.

»Beide waren Freundinnen von dir, Teil eurer Clique, der ›anderen‹, die der Mörder explizit im Auge hatte, er verwandelte sie in die Figuren, als die sie sich auf der Purim-Party im ersten Semester verkleidet hatten.« Eli tippt schnell und mit hochkonzentrierter Miene. »Dina ging als die Prophetin Mirjam und Ronith als Lilith. Haben die beiden ihre Kostüme selbst ausgewählt?«

»Klar. Meinst du, sie hätten es sich von irgendeinem vorschreiben lassen?«

»Gibt es außer dir noch jemanden, der die Hinweise zu deuten weiß? Ich möchte die Möglichkeiten erweitern, damit sich nicht alles auf dich richtet.«

Ich strecke die Hand nach der Schale mit dem Eis aus, das schon schmilzt, die Rosinen versinken im Halbgefrorenen. Eine fische ich heraus, beiße kräftig darauf, und prompt zieht die Kälte bis in die Zahnwurzeln. Wie hoch ist die Chance, dass das Ganze für mich inszeniert wurde? *Ein teuflisches Theater. Nur für eine Zuschauerin bestimmt.* Die schmerzende Kälte in den Zähnen wird unerträglich.

»Und worauf zielt das Ganze ab?«

Ja, was wollten diese beiden toten Mütter dir wohl sagen?

Ich danke Gott für Eli und dessen Buchhalterlogik.

Ich beobachte ihn dabei, wie er Daten und Vermutungen ins Handy tippt, und beruhige mich allmählich, denke an Hercule Poirot und dessen kleine Zettel oder an Miss Marple mit ihrem hervorragendem Gedächtnis, aber Eli und sein Handy sind eine würdige Alternative.

»Zunächst hat der Verdacht sich gegen dich gerichtet, möglicherweise ging es darum, dich zu belasten. Diese Möglichkeit wurde verworfen, und du hast sogar davon profitiert, hattest diese halbe Affäre mit dem Ermittler.« Das gibt er nicht ein.

»Danke, dass du mich daran erinnerst.«

»Sheila, ich werde mir reichlich viel über ihn anhören müssen, daher musst an der Stelle mal du einstecken.«

Ich stecke die Bemerkung ein, und er fährt fort. »Eine wichtige Frage müssen wir uns stellen: Wieso jetzt? In jedem Krimi kommt dem Beginn eine höhere Bedeutung zu. Was war der Ausgangspunkt? Wann hat das Ganze begonnen? Was hat sich verändert?«

Such das Weite, Sheila.

»Ich sage dir, was sich verändert hat. Avihu, dieser Scheißkerl, ist aus dem Ausland zurückgekommen.«

»Avihu?«

»Avihu Malchin, Na'amas Mann.« Und Galis Vater, aber

das spreche ich nicht aus. »Ich habe es überprüft, während der beiden Morde war er in Israel.«

»Gute Arbeit!« Eli ist beeindruckt, und mir wird klar, wie tief er in seine Rolle einsteigt. Ich kann sehen, wie er in seinen Notizen eine neue Seite beginnt. »Die Verdächtigen« nennt er sie. Dann benennt er sie um: »der unmittelbare Verdächtige«. Nun gut, wir hatten bereits Resümee gezogen, dass er nicht der Originellste ist.

»Den Verdächtigen Nummer eins haben wir also«, sagt er. »Wen noch?«

»Es muss jemand sein, der beide aus irgendeinem Grund gehasst hat und offenbar auch auf der Purim-Party war.«

»Oder dem man davon erzählt hat; ich will Na'amas Tochter nicht von der Liste streichen.«

»Okay, dann setze auch Neria Grossman und Taliunger auf die Liste, beide waren auf Roniths Party.«

Jeder von ihnen hatte insgeheim Hass angestaut, und beide hatten gute Gründe. *Was heißt: gute, sie hatten hervorragende Gründe. Insbesondere er.* Obwohl sich bei mir die Erkenntnis verfestigt, dass dieses Verbrechen eine Frau begangen hat, das verraten mir die Ästhetik des Schauplatzes, die angeklebten Spielzeuge, die roten Lippenstifte. *Hier hat eine mit Puppen gespielt.*

»Noch jemand?«, fragt Eli. Trotz seiner Professionalität und logischen Vorgehensweise wird mir klar, dass ich dieses Gespräch lieber mit Micha führen, mit ihm Verdächtige benennen und ausschließen würde. Ein gemeinsames Ziel würde uns vereinen. *Um Herzen zu vereinigen, ist nichts mit einem gemeinsamen Ziel vergleichbar!* Allerdings könnte ich mit Micha kein strukturiertes und vernünftiges Gespräch führen. Offenbar stimmt es, was man sagt, diese beschissene Liebe wirft einen echt aus der Bahn.

»Noch jemand?« Er wiederholt die Frage. »Schau mal, ich weiß, dass das nicht leicht ist.« Er legt die Hand auf meine Schulter, und wieder flackert die Erinnerung an jene Hand auf, die mich damals auf der Purim-Party berührte. Die kleine Hand der Familie Kaminer. Die Hand von Dinas Bruder Janiv.

Mir ist das wohlige Knistern, das ich spürte, noch gegenwärtig, bis Dina sich einschaltete und dem Ganzen Einhalt gebot. Dina, die ihren kleinen Bruder beschützte. *Wovor genau? Vor dir?* Genau wie Mirjam, die durchs Schilfrohr auf das Kästchen spähte, in dem ihr Bruder auf dem Nil dahintrieb …

»Janiv Kaminer«, sage ich.

»Der Verrückte? Der durchgedreht ist?«

»Er ist nicht verrückt«, sage ich. »Das kannst du mir glauben.«

Kaminer und seine kleinen Hände. Vor einigen Jahren tobte um ihn die Gerüchteküche. Er hatte Frau und Kinder verlassen und noch dazu seine vielversprechende Anstellung am Technion und hatte sich Ultraorthodoxen, den Breslover Chassidim, angeschlossen, hardcore. Von der Sorte, die in Kleintransportern unterwegs sind und anhalten, um auf der Straße zu tanzen. Damals dachte ich mit einer Mischung aus Neid und Besorgnis, wie ich über jeden denke, der den festen geschützten Rahmen seines täglichen Lebens verlässt: *Wie hat er das fertiggebracht? Wie war es ihm gelungen?*

Vor zwei Jahren lief ich ihm zufällig an der Bushaltestelle

über den Weg. Im ersten Moment hatte ich nicht begriffen, warum dieser Breslover mit Bart und Schläfenlocken mich so interessiert anstarrte. Dann begegneten sich unsere Augen, und hinter dem glasigen Blick erkannte ich Janiv Kaminer.

Hochinteressant an dieser Begegnung war, dass wir bis zum Eintreffen meines Busses ein Gespräch führten, das vor Gewöhnlichkeit und Höflichkeit nur so strotzte. Die ganze Leier: »Wie geht's«, »Was ist mit Dina«, »Was machen die Kinder« und »Bist du noch mit Leuten aus der Studienzeit in Kontakt«? Alles lief manierlich und kultiviert ab, ohne dass wir das Unausgesprochene erwähnten, das zwischen uns stand und sich auftürmte: seinen radikalen Wechsel ins ultraorthodoxe Milieu.

»Sehr gut«, sagt Eli, »denn verrückt kann unser Mörder nicht sein. Er geht logisch und geordnet vor, und zwar zwanghaft.« Er setzt Janivs Namen auf die Liste der Verdächtigen.

»Erscheint es dir logisch, dass er seine Schwester umgebracht hat?«

»Das kann sogar der logische Teil an der Geschichte sein«, meint er. »Mord innerhalb der Familie ist gar nicht so selten. Der unlogische Teil sind die Puppen, die sie ihnen angeklebt haben, der Lippenstift, dieser Dybbuk, diese totengeisterhafte Besessenheit vom Muttersein.«

Ich sage dazu nichts, spüre auf meiner Schulter die kleine Hand, die zarte Berührung.

»Dafür ist er nicht der Typ«, sage ich.

»Vielleicht hat ihn irgendein messianischer Wahnsinn gepackt? Vielleicht hat er beschlossen, Eretz Israel von Frauen zu säubern, die keine Kinder gebären wollen? Vielleicht hatte er einen psychotischen Anfall von dem ganzen Gras, das er raucht? Für mich kommt er infrage.« Zufrieden legt Eli das Handy aus der Hand.

»Gut, ich denke, wir sind ein Stück weiter. Was meinst du? Kommissarin Heller?«

Er nimmt sich eine mordsmäßig große Portion Eis, und ich höre, wie die gefrorenen Rosinen zwischen seinen Kiefern knacken. Wenn ich in der Geschichte die Kommissarin bin, garantiert es wenigstens, dass ich bis zur letzten Seite am Leben bleibe.

Ein schwacher Trost.

Achtzehn

Die ganze Strecke auf dem Weg zu den Grossmans arbeitet es in mir: Tue ich das Richtige?

Die Häuser ziehen an mir vorbei, überall brennt Licht, Familien sitzen beim Abendessen, *die Väter haben saure Trauben gegessen*, Brotscheiben mit Hüttenkäse wandern in die Münder der Kleinen, Gabeln und Löffel werden auf Tische geknallt, aber die Messer, was ist mit den Messern?

Ich schaue nach den Hausnummern, schleiche wie eine Katze in der Dunkelheit durch die Höfe, spüre den Ort auf, wo die Grossmans wohnen.

Nie war ich der Typ, der die Initiative ergreift und Nachforschungen anstellt, ich bin eher der Stubenhocker, der darauf wartet, dass das Leben an die Tür klopft. *Doch was tun, wenn's nicht klopft?*

Aber der Gedanke, jetzt gemütlich zu Hause im Sessel zu sitzen, während ich das Bild der Totenbeschwörerin betrachte, darauf zu warten, dass die Tür still und leise aufgeht und jemand (vielleicht ein bekanntes Gesicht?) mich an einen Stuhl fesseln (vielleicht knebeln?), mir alsdann eine Puppe an die Fingerkuppen kleben wird – dieser Gedanke spricht mich nicht an.

In mir gibt es einen Teil – das gebe ich zu –, der an der Art, mit der ein eintöniges Leben durcheinandergerüttelt wird, beinahe Vergnügen empfindet. Selbst wenn ich in der Zeit zurückgehe, an meine Zeit mit Neria denke, während ich zu den Grossmans gehe, stimmt mich der Gedanke, dass einer dieser beiden Bürgerlichen ins Zügellose, Kreative abschweifen könnte, sich so weit vorwagt, einen Mord zu begehen, merkwürdig vergnügt. *Unterschätze niemals die Macht des Bürgertums.*

Gegen meinen Willen entstehen allerdings Bilder des künftigen Tatorts, und der ist in meinem unaufgeräumten Wohnzimmer. *Was bist du nur für eine Mutter?* Welche Kennzeichnung würden sie sich für mich ausdenken? Mit welcher Geste würden sie auf mich als Totenbeschwörerin hinweisen, *deren Zauberkünste stetig nachgelassen hatten, bis von ihr nichts mehr blieb.*

In der ersten imaginären Szene sitze ich auf einem Stuhl, und an meinen Händen klebt ein kleines schwarzes Katzenjunges.

Lach nur, lach nur, gleich wird dir das Lachen vergehen.

Ich habe eine ungünstige Uhrzeit gewählt, stellt sich heraus.

Durch die geschlossene Wohnungstür vernehme ich weitere Beweise für den Kult, mit dem das Abendessen zelebriert wird. Das Besteck schlägt gegen die Teller, und mir schlägt der Geruch von Omelette mit Kräutern entgegen. Dann protestiert ein Kind: »Ich will aber nicht.« Gleich darauf geht etwas zu Bruch, und Taliunger schreit verärgert:

»Hab ich's dir doch gesagt! Jetzt sammelst du es auf!« Ob sie Neria oder eins der Kinder meint? Schließlich kommt es in einer bestimmten Phase der Evolution jeder Mutter dazu, dass sie sich im gleichen Ton an Kind und Partner wendet.

Entschuldigendes Murmeln. Ich erkenne Nerias Stimme. Seit wann ist er so unterwürfig? In der Studienzeit war er der maskuline dominante Typ, ein junger Löwe. Was geht in einer Ehe vor sich, wenn Männer in solche Demut verfallen?

Das ist nicht die Ehe. Das liegt am Elternsein. Sie kriegen Angst.

Ich klingele. Der Klang ist süß und angenehm und gleicht einem Windspiel. Garantiert hatte Taliunger zum Installateur gesagt: Diesen Ton will ich, unbedingt diesen! Als die Schritte hinter der Tür näher kommen, wird mir klar: Ich hätte vorher anrufen sollen. *Außerdem hätte es nicht geschadet, wenn du dir was angezogen hättest, was dir besser steht.*

»Sheila.« Überrascht ist Neria nicht, mich zu sehen, aber einlassen will er mich auch nicht. In voller Größe baut er sich vor mir auf und versperrt mir den Zutritt. Ich spähe in die Wohnung. Es gibt tatsächlich Omelette. Dazu Salat. Einige Soßen in länglichen Fläschchen. Ich sehe einen unverhältnismäßig großen Tisch, um den drei Kinder sitzen.

Eins davon kenne ich. Es ist Ari, sein teuflisches Grinsen, das den Blick auf rosafarbenes Zahnfleisch freigibt, werde ich überall wiedererkennen. Er steckt in seinem Kinderstuhl fest und sieht aus, als könnte er keinem ein Härchen krümmen. Meine Hand schnellt instinktiv an die Nase. Neria sieht es und zeigt keine Reaktion. Es ist ein gutes Zeichen, denn Taliunger würde an dieser Stelle ihr kleines böses Lächeln präsentieren.

»Nun lass sie herein«, ruft sie ihm von hinten zu.

Sie hört sich fuchtig an, offenbar ist sie sauer. Wieso eigentlich? Es müsste ihr eine Genugtuung sein, mich in ihrem Territorium zu empfangen – einer Duftkomposition aus Kräuteromelette, frischer Wäsche und gebadeten Kindern. Zudem hat Neria just einen Berg Scherben in den Müll verfrachtet. *Die Domestizierung ist vollendet, Süße. Er gehört mir.*

»Verzeiht die Störung«, sage ich zuckersüß. »Kann ich kurz mit Neria sprechen?«

Sie tauschen Blicke aus, und die verdeutlichen, dass sie auf diesen Moment eingestellt sind. *So kriecht sie in unser Heim.*

»Es passt nur gerade nicht so gut«, sagt Taliunger und deutet auf den Tisch. Wie klein sie ohne Absatzschuhe ist. Mit ihrer ausladenden herrschaftlichen Handbewegung und den metallisch glitzernden Fingernägeln erweckt sie den Anschein einer Kaiserin en miniature. *All das gehört mir.*

»Ich bitte wirklich vielmals um Entschuldigung, es dauert nur einige Minuten«, sage ich mit ruhiger höflicher Stimme. In bürgerlichen Territorien wirkt Höflichkeit wie magisches Flüstern und vermag die hartnäckigsten Schlösser zu knacken. Selbst die Kinder sind nun still und lauschen. Ari spielt mit einer pinkfarbenen Plastikgabel, gleich wird er sie sich in die Nase stopfen. Das Mädchen ist süß, aber ihre Haut schimmert fettig, sie wird die Haut ihrer Mutter erben. *So ist das eben. Die Spuren des Blutes lassen sich unmöglich ausrotten.*

Immer noch Stille. Wir stehen alle da wie angewurzelt, umgeben vom Bratdunst der Omelettes. Taliunger scannt mich von Kopf bis Fuß. Heute ist ihr Gesicht zugänglich, ohne die übliche Schutzschicht aus Make-up. Die dicke Haut ist gespickt mit Löchern, als wären Dutzende Nadeln hineingebohrt worden. *Fettige Haut ist lange haltbar.*

»Na gut, dann komm.« Neria gibt sich einen Ruck und steuert auf das Arbeitszimmer zu. Ich folge ihm raschen Schrittes, Taliungers Blicke versengen mir den Rücken. Wie schade, dass ich diesen grauen Rock angezogen habe, der mich nur von vorn kleidet. »Mach hin«, zetert sie. »Ich brauche dich hier.«

Dass sie ein Arbeitszimmer haben, erstaunt mich. *Wie viele Zimmer hat dieses Haus hier in Ramat Gan?* Soviel ich weiß, hat Neria eine recht hohe Position in der Hightech, und Taliunger macht irgendwas mit Erziehung. *Vergiss nicht: Auch du machst irgendwas mit Erziehung, womöglich hast du mit ihr mehr gemeinsam, als dir lieb ist.*

Das Kabuff schafft zwischen uns eine merkwürdige Intimität. Seit geraumer Zeit waren wir nicht auf derart engem Raum allein. Das letzte Mal saßen wir in seinem Wagen, damals, als meine Liebe zu ihm abrupt erstarb. *Puff!*

»Was willst du?«, fragt er in neutralem Ton. Den scheint er eingeübt zu haben. Die unterschiedlichen Nuancen seiner Stimme sind mir gegenwärtig.

Einen Platz bietet er dir nicht an. Im Stehen lehne ich mich an eine niedrige Schubladenkommode, ohne zu bemerken, dass sie Rollen hat, fahre damit los und kippe nach hinten.

Neria ist mit einem Satz bei mir und fängt mich auf. Umklammert mich. Für den Bruchteil einer Sekunde sind wir Körper an Körper. Ich rieche den Weichspüler seines Hemdes. *Er gleicht einem Hund, den der Besitzer markiert hat.* Dann lösen wir uns voneinander.

Es ist faszinierend, wie es bestimmten Empfindungen gelingt, sich zu rekonstruieren, weder sterben sie ab, noch verschwinden sie. *Vielleicht waren sie all die Jahre latent vorhanden?* Denn unverzüglich kommt das Bedürfnis bei mir auf, ihm zu gefallen, das Bedürfnis, diesen neutralen Blick zu vertreiben und die Augen zum Aufblitzen zu bringen, wie eben, als er mich festhielt. *Oh, nein, Sheila, fang bloß nicht wieder damit an.*

Wenn ich auf einem Gebiet Expertin bin, dann das Gebiet ungenutzten Potenzials. Jeder Mann, der in der Vergangenheit an mir Interesse bekundet hat, auch wenn er weiterzog und seinem Leben nachging, bleibt in meinem geheimen Speicher. Bis heute habe ich Vergnügen daran, mich als seine nicht realisierte Gelegenheit, als Objekt seiner Leidenschaft zu betrachten. Eli beharrt darauf, dass es sich dabei um den problematischsten Teil meines Persönlichkeitssystems handele. »Einerseits erfreust du dich an dem Vorstellungsbild, dass du bei jemandem Chancen hast, dass da irgendwo eine Zukunft winkt, andererseits bist du nicht dazu in der Lage, eine Verpflichtung einzugehen. Daher lässt du dir alle Optionen offen und – lässt sie verstreichen, Sheila.«

Ebendies verstehst du nicht, Eli. Wer nicht versucht, etwas zu verwirklichen, weiß nicht, ob ihm die Wege bereits versperrt sind.

Ich studiere Nerias Gesicht, bin auf der Suche nach dem Aufblitzen, das dort war. *Was hast du davon? Kapierst du denn nicht, dass du exakt deswegen feststeckst?*

»Wann hast du in der Nacht, als Ronith ermordet wurde, die Party verlassen?« Beim Aussprechen der Worte wird mir klar, dass ich Michas Ton imitiere, der angebliche Intimität vortäuscht.

Nun flackern Nerias Augen auf, seine Pupillen weiten und verengen sich in rascher Folge, aber es ist nicht das Aufflackern, das ich wollte.

»Sag mal, hast du sie noch alle?«

Ich habe noch nicht mal begonnen.

»Macht es dir etwas aus, darauf zu antworten?«

»Ich glaube, dass du ein Rad abhast. Das ist Grund genug. Meinst du etwa, ich hätte sie umgebracht?«

Er schreit nicht, doch seine Stimme ist laut genug, um von den Wänden zurückgeworfen zu werden. An der Wand hängt eine Urkunde auf den Namen Tali Grossman, zugelassene Psychotherapeutin.

»Ich will lediglich die Möglichkeiten eingrenzen und gehe den Leuten auf den Grund, die uns gehasst haben«, sage ich.

»Wer ist ›uns‹?«

Mit seiner Frage entlarvt er sich, die gewollte Beiläufigkeit ist nicht überzeugend. Der arme Neria weiß nicht, dass hinter einem beiläufigen, Unschuld vorgebenden Ton jahrelange harte Arbeit steckt.

»Wer ›uns‹ ist?«, frage ich. »Nun, komm schon, du weißt nicht, wen ich damit meine?«

Stille.

»Dina, Ronith und vielleicht auch ich.«

Kein Flackern in den Augen.

»Ich meine ›die anderen‹. Wen sonst! Ist dir etwa entgangen, dass wir drauf und dran sind, von der Bildfläche zu verschwinden?«

Endlich ein Flackern, diesmal der richtigen Art, aber dann macht er den Mund auf: »Sag mal, hast du den Eindruck, dass ich, so wie du, in der Vergangenheit feststecke?«

Ich spüre einen heftigen Stich in der linken Körperseite, fast krümme ich mich vor Schmerz. Vorsichtig trete ich einen Schritt zurück, gebe acht, mich diesmal nirgendwo anzulehnen. »Das ist nicht die Vergangenheit.«

»Und ob das die Vergangenheit ist. Du tauchst hier auf, legst mir Dinge zur Last, die zwanzig Jahre her sind.«

Wie konnte so eine erbärmliche Null aus dir werden?

»Aber diese Morde passieren jetzt«, sage ich.

Er beobachtet mich, sieht mich genauso an wie Dina, wenngleich Dina hervorstehende Kuhaugen hatte. Neria hat helle, tief liegende Augen, aber der Blick sagt das Gleiche: *Wie konnte so eine erbärmliche Null aus dir werden?*

Das tut weh, doch darüber bin ich schon weg. Wie Dina kann Neria sagen, was er will, er kann weiterhin in seinem Arbeitszimmer herumstehen, umgeben von Zulassungsurkunden und den übrigen technischen Assistenten seines gegenwärtigen Lebens, während im Wohnzimmer die Generation der Zukunft auf ihn wartet. Der Tatsache, dass die Vergangenheit niemals ruht, wird er sich allerdings nicht entziehen können. *Die Vergangenheit ist die Zukunft.*

Diese Einsicht verleiht mir die Kraft fortzufahren und ihm zu sagen: »Neria, du hast ›die anderen‹ gehasst, und du hast Dina gehasst, und wir wissen beide, warum.«

Das heißt, heute wissen wir es beide. Denn es gab diese beiden Tage, da wussten es nur er und Dina.

Natürlich konnte sie ihn vom ersten Moment an nicht ausstehen. Ich wusste nie, ob dieser Groll sich direkt gegen Neria richtete oder gegen jeden Mann, an dem ich Interesse zeigte, jeden Mann, für den jemand aus unserer Clique Interesse zeigte. *Inzwischen weißt du's.*

Mir sind die kleinen Sticheleien im Gedächtnis. In jener Zeit bezeichnete sie mein Leben als »Minderjährigen-Ehe«, sie deutete an, ich würde brav in der Furche gehen, das Leben vergeuden. »Du hast brillante Ideen. Weißt du, was aus dem Gehirn wird, nachdem du die Abfahrt Heirat-Kinder genommen hast? Und für wen? Für Neria Grossman?« Steter Tropfen höhlt den Stein. Ob es Anteil an meiner Entscheidung hatte, mich von ihm zu trennen? Ich denke nicht. Zumindest will ich es glauben, denn denke ich zurück, habe ich sogleich diesen Augenblick in seinem Wagen vor mir, als meine Liebe zu ihm mit einem Mal verpuffte.

Zuerst erzählte ich es ihnen, bevor ich es ihm sagte, glasklare Sache. Wofür sind Freundinnen denn da? Und das war der Fehler, denn Dina lief er als Erstes über den Weg.

Was sich zwischen ihnen genau ereignete, weiß ich nicht. Jeder von ihnen schilderte eine andere Version dieser Begegnung, doch eins war eindeutig: Dina übermittelte ihm freudig die Botschaft, dass die Beziehung zu Ende sei. »Gleich wirst du es von Sheila hören, aber du solltest dich schon mal drauf gefasst machen.« Sie schenkte ihm ihr falsches Lächeln und ging davon. So gab sie es jedenfalls wieder.

Ich denke, es war Neria, von dem ich die wahre Version hörte.

Diese Erinnerung ist mir offenbar am Gesicht abzulesen, denn Neria wird auf einmal munter. »So einem selbstgefälligen Miststück wie dir bin ich in meinem ganzen Leben noch nicht begegnet.« Mit langem Finger deutet er auf mich. »Malst du dir etwa aus, dass ich an dir immer noch Interesse habe?«

Ein erneuter Stich, der sich ins Fleisch bohrt, diesmal in den unteren Bauch. Tut das weh!

»Du kreuzt hier bei mir zu Hause auf, lächelst mich an, schmeichelst dich ein …«

Es tut schrecklich weh, ich lege die Hand auf den Bauch, will ihm Einhalt gebieten, hoffentlich wird er nicht laut.

»Wofür hältst du dich?«

Du bist die Totenbeschwörerin, du bist die andere, du … Du hast ein Ziel, lass dich von ihm nicht kleinkriegen. Hast du gehört? »Aber du hast sie gehasst«, murmele ich.

»Dann habe ich Dina eben für zwei Minuten gehasst, und dann bin ich weitergezogen!«

»Woher wusstest du, dass sie leergemacht wurde?«

Nicht murmeln!

»Das sagte ich dir bereits, ich habe einen Freund bei der Polizei.«

»Wie ist sein Name?«

Nicht murmeln!

»Das geht dich nichts an, Sheila. Wenn dir daran liegt, dann sorg dafür, dass sie mich festnehmen. Aber auch dann werde ich nicht deine Fragen beantworten, sondern die der Polizisten.« Nerias Augen sprühen Funken. *Nun hast du dein Flackern. Bist du jetzt zufrieden?*

»Und ich muss dir etwas sagen«, sagt er. »Das Älterwerden bekommt dir nicht gut, äußerlich magst du mithalten, aber in dir drinnen ist irgendwas komplett schiefgegangen. Familie und Kinder scheinen doch irgendwie Ordnung ins Leben zu bringen. Ohne dich beleidigen zu wollen, Sheila, unternimm was, damit's dir besser geht.«

Der stechende Schmerz, der mich durchbohrt, haut mich um. Ich muss mich arg am Riemen reißen, um nicht vor ihm in die Knie zu gehen, als würde ich den Dingen, die er gesagt hat, eine Verbeugung erweisen. *Wer hätte geglaubt, dass es so dermaßen wehtun würde?* Zumal ich meist die übliche Taktik anwende: Fängt einer damit an, in den Entscheidungen herumzuschnüffeln, die ich in meinem Leben getroffen habe, und will mir eine Moralpredigt halten oder gar Ratschläge erteilen, sehe ich ihn unverwandt an und lächele vielbedeutend, was heißt: Mein Freund, gehe du deiner Wege und ich gehe meiner Wege, und unter uns: Es gibt keine Garantie, dass dein Weg gut laufen wird. Hast du Redebedarf? Wollen wir Vergleiche über die Art und Weise anstellen, in der wir unser Leben führen? *Nein, das wollen sie nie.* Doch ausgerechnet die Worte von Neria hatten mich kalt erwischt, noch schlimmer ist, dass ich mir bis jetzt nicht darüber im Klaren bin, wie kalt sie mich erwischt haben.

Ich spüre die Tränen aufkommen und muss schleunigst abhauen, bevor sie mich übermannen. Der Allerletzte, der mich beim Tränenvergießen sehen soll, ist Neria.

»Vielen Dank für den Rat«, sage ich in der Hoffnung, dass meine Stimme mich nicht verrät, und flüchte aus dem Raum. Das Beben im unteren Bauch, verflucht sei er, wird immer schlimmer.

Beinahe stoße ich mit Taliunger zusammen, die hinter der Tür lauert. Ihrer Miene nach zu urteilen, hat sie das Gespräch nicht mitgehört, und ich bete im Stillen, sie soll bitte, bitte, bitte nichts davon aufgeschnappt haben. Eindringlich wiederhole ich meine Bitte mehrmals.

*

»Was wolltest du von ihm?« Sie klingt angriffslustig. Nicht im Geringsten ist es ihr peinlich, beim Lauschen ertappt worden zu sein. Wenigstens hat sie nichts gehört, Gott sei Dank.

»Verzeihung, wo ist die Toilette? Es ist dringend.« Die höflichen Gewohnheiten werden die Wogen wieder glätten.

»Geradeaus, links«, antwortet Taliunger in kultiviertem Ton. Letzten Endes sind wir zwei Frauen mit dem gleichen Fortpflanzungs- und Ausscheidungsapparat, und wir sind beide kultivierte Leute.

»Vielen Dank.« Ich nehme die Beine in die Hand, überquere einen dunklen Korridor voller Spielzeug und breche auf der Klobrille zusammen.

Die Bauchschmerzen nehmen beim Pinkeln zu, und ich hoffe inständig, es mögen die üblichen Krämpfe vor der Regel sein, die diesmal etwas früher eintreten, denn die andere Möglichkeit ist unerträglich. *Zudem unlogisch, daher kannst du dich beruhigen.*

Wie stets auf der Toilette wandert die Hand automatisch zum Handy, und ich entdecke eine Nachricht von Micha: »Wir müssen reden. Ich habe etwas über Na'ama herausgefunden.«

Neun Worte, sechs davon sind eine Ausrede für ein Gespräch. Ist es eine Prognose für die Zukunft: Gespräche, »für die ein Grund besteht«, Gespräche über die Ermittlungen, »sachliche« Gespräche? So könnten die Dinge sich in der Tat entwickeln, daher ist das erste Gespräch ungeheuer wichtig. Es entscheidet über den künftigen Ton.

Ich verlasse die Toilette und finde draußen die Grossmans vor. Hätten wir Winter, würden sie mir wie alte Bedienstete auf einem heruntergekommenen viktorianischen Landsitz stillschweigend den Mantel reichen. Er sieht müde aus und sie aufgebracht. Er setzt zu einer Bemerkung an, doch sie hält ihn davon ab.

Auf der Treppe klingelt mein Handy, es kann kein anderer als Micha sein, sodass ich nicht aufs Display schaue. Es ist jedoch Gali, und sie ist außer sich, ich verstehe kaum ein Wort.

»Isabelle kriegt Junge«, sagt sie. »Ich glaube, es gibt ein Problem.«

Sie scheint in großer Bedrängnis, bis ich frage, ob ich vorbeikommen soll. Mir ist bewusst, dass es ziemlich widerlich zugehen wird. Und blutig. *Dieser ganze Schleim, der neues Leben umhüllt.*

»Ja, komm bitte her.«

Sie reißt die Tür auf, die Sorge steht ihr ins Gesicht geschrieben. Ihre Augen sind gerötet. In der Wohnung herrscht absolute Stille, keine Spur von Avihu. *Hier kündigt sich neues Leben an, wen wundert's, dass der Witwer mit Abwesenheit glänzt?*

Auf der Schwelle zu ihrem Zimmer erschlägt mich der Geruch, metallischer, roter Geruch, ich schaue zu dem Käfig, kann jedoch nichts erkennen, er quillt über von zerrissenem Toilettenpapier.

»Ich habe für sie alles nach Anleitung vorbereitet«, sagt Gali. »Komm, sieh's dir an.«

Ich nähere mich dem Käfig, erblicke Isabelle und neben ihr zwei rote feuchte unförmige Leiber. Nur einer bewegt sich.

»Sie anzufassen, traue ich mich nicht. Das soll man auf keinen Fall machen«, sagt sie. »Ich denke, denen geht's so weit gut, aber schau dir mal Isabelle an.«

Die Hamstermutter rührt sich nicht. Ein gräulicher Leib ohne Augen. Sie sieht aus wie ein ausgestopftes Tier *aus einem Horrorfilm.* »Das sollte nach der Geburt anders sein, ich hab's mir auf YouTube angesehen.«

»Hat sie schon alles hinter sich?«, frage ich.

»Das ist nicht klar, vielleicht steckt noch eins in ihr fest.«

»Kann man das nicht untersuchen? Vielleicht den Tierarzt anrufen?«

»Ich weiß nicht … ich konnte nicht klar denken. Ich habe

nur dich angerufen, ich weiß auch gerade nicht, warum ich so bescheuert bin.«

Ich weiß, warum. Und will sie umarmen, wage es aber nicht. *Wie könntest du es wagen?*

»Sieh sie dir an, wie winzig sie sind, vielleicht überleben sie nicht, vielleicht überlebt sie nicht …« Ihre Stimme versagt, genau da öffnet Isabelle, ohne sich zu bewegen, die Augen, sie scheint mitzubekommen, was im Zimmer vor sich geht.

»Ich habe kaum Erinnerungen an Talia«, sagt Gali mit verhaltenem Atem, sodass ich näher zu ihr rücken muss. »An meine Mutter kann ich mich sehr gut erinnern, und ich denke auch viel an sie, aber an Talia habe ich kaum Erinnerungen. Ist das nicht seltsam? Zwillinge müssten sich doch sehr nahestehen …«

Gali steht unverändert mit dem Gesicht zum Käfig, während ich hinter ihr stehe, ihr die Hand auf die Schulter lege. *Wie kommt es, dass deine Hand nicht Feuer fängt?* Beide verharren wir stillschweigend. Ich spüre, wie sie weint, noch bevor der erste Schluchzer hörbar wird.

»Wenn Isabelle nicht stirbt, kann es passieren, dass sie ihre Jungen frisst. Wusstest du das? So ist das bei Hamstern.« Ihre Stimme ist feucht, und ich weiß, was jetzt folgen wird und erstarre. »Offenbar nicht nur bei Hamstern.«

»Ist gut, ist gut, Gali«, sage ich zu ihr. Genau da ertönt ein schrilles, Furcht einflößendes quiekendes Piepsen, und der ganze Käfig beginnt mordsmäßig zu rattern. Ich versuche das Geschehen zu verfolgen, doch Gali verdeckt Isabelle, und ich traue mich nicht, mich auch nur einen

Millimeter zu bewegen. Sie bricht in heftige Schluchzer aus, *es sind alte, schon oft vergossene Tränen.*

»Sie sagen, dass Talia die Erste war, dass Mama sie zuerst erstickte und dazu noch fähig war. Als sie sich mir zuwandte, fehlte ihr jedoch die Kraft dafür. Aber wie viel Kraft braucht es schon, um eine Zweieinhalbjährige zu ersticken?«

Na'amas Gesicht blitzt vor mir auf, sie trägt eine kleine funkelnde Krone, will mir etwas sagen, bringt es aber nicht über die Lippen. Da dreht Gali sich zu mir, ihr Gesicht ist rot vom Weinen und entstellt. *Sie hat keine Ähnlichkeit mit ihr, nein, die hat sie nicht.* Ich schließe sie in die Arme, spüre den kleinen Kopf auf meiner Schulter und würde so gern mit ihr weinen, doch dazu habe ich kein Recht.

»Ist gut … ist gut … kleines Mäuschen, schsch …« Ich versuche sie zu beschwichtigen, ihr Halt zu bieten, als wäre sie ein kleines Mädchen. *Sie war nie ein kleines Mädchen gewesen, sie hatte keine Gelegenheit dazu.*

»Um sich anschließend aufzuhängen, reichte die Kraft noch.« Ihr Kopf ruht unverändert auf meiner Schulter. »Sie sagen, bei mir war es ein medizinisches Wunder und was für ein Glück ich hatte, dass mein Gehirn keinen Schaden abgekriegt hat …«

»Hör auf, Gali …« Ich wiege sie in den Armen, aber ihr Körper widersetzt sich. *Vielleicht weißt du schlichtweg nicht, wie man das anstellt? Vielleicht weißt du nicht, wie man ein kleines aufgebrachtes Kind beruhigt?*

»Verstehst du, Sheila? Eine Mutter, die versucht, dich zu töten, die deine Zwillingsschwester erstickt und Selbstmord begeht, aber Hauptsache, das Gehirn hat keinen Schaden abgekriegt …«

Sie bricht in meinen Armen zusammen, und ich halte sie, drücke sie an mich, spüre, wie meine Bluse von Tränen oder von Spucke oder Rotze durchtränkt wird. Ich bin verwundert, dass es mich nicht anwidert, eher im Gegenteil, und in mir erklingt das alte Lied: *Du kleines bildhübsches Mäuschen, wer kommt denn da zu mir? Wer kommt da? Da, da kommt sie … da kommt sie …* Gali lässt ihren Tränen freien Lauf, übergibt sich dem bitteren Schluchzen, das sich mit den verhaltenen quiekenden Schreien aus dem Käfig vermischt – und dann Stille.

Neunzehn

Ich träume von Na'ama.

Ich weiß, dass es ein Traum ist, denn währenddessen höre ich mich sagen: »Das ist kein schlechter Traum, Sheila, dich könnten auch Albträume plagen, aber dies ist kein schlechter Traum.« Ich sehe das rothaarige Mädchen, ihr rundes makellos reines Gesicht, auf dem nicht die kleinste Sommersprosse ist. Leichtfüßig kommt sie zu mir gehüpft, obwohl der schwarze Strick eng um ihren Hals liegt und auf dem Rasen hinter ihr herschleift. Sie kommt näher, berührt beinahe mein Gesicht. *Berühr mich nicht im Gesicht!* Ruckartig bremst der Strick sie aus, schnürt ihr die Kehle ab. An dem Punkt wache ich auf.

Ich habe auch einen Traum anderer Art. Das rote Haar ist kürzer, und das Gesicht ist nicht mehr von dieser makellosen Reinheit. Sie sitzt auf einer breiten Schaukel und hält sich eifrig an den Stricken fest, was ihr das Blut in die Hände treibt, *die Stricke sind schwarz*. Sie schwingt vor und zurück. Zu ihren Füßen sitzen zwei kleine Mädchen. Ich weiß, dass es Gali und Talia sind, auch wenn sie eine merkwürdige zerquetschte Version ihrer selbst abgeben. Gali hat keine Hände, und Talia ist transparent. Ich kann durch sie hindurch das Gras hinter ihr sehen.

Die beiden kleinen Kinder stecken die Köpfe zusammen und bringen sich gegenseitig zum Lachen, auch Na'ama stimmt in das Lachen ein, alle drei lachen sie herzlich und übers ganze Gesicht. Im Stillen denke ich: Es ist ein Traum. Es muss ein Traum sein. Denn nie habe ich Na'ama auf diese Weise mit ihren Mädchen lachen sehen. Nie werde ich den Ausdruck vergessen, der sich jedes Mal auf ihr Gesicht legte, wenn eine von ihnen sie »Mama« rief.

*

Nun sammle dich und mach für Michas Besuch die Wohnung flott.

Ein Teil von mir fragt sich: Wozu der ganze Aufwand? Sollte er meine Wohnung durchsucht haben, ist er mit dem ganzen Chaos und den Schmuddelecken, die ich kaschieren und verbergen will, sowieso vertraut. Der andere, der hartnäckigere Teil hat allerdings immenses Interesse daran, ihm ein ordentliches Ambiente zu bieten, in dem es angenehm duftet. *Die Wohnung einer Mutter.*

Und hier liegt das Problem. Im Alltag setze ich alles daran, mich Verantwortung, Verpflichtung und Ordnung weitestgehend zu entziehen. Bahnt sich jedoch eine neue Beziehung an oder ich habe den Verdacht, dass sich eine anbahnt, entpuppe ich mich als Mama.

Höchst merkwürdig ist, dass ich Spaß daran habe. Die Hausarbeit, wie öde sie auch sein mag und wie sehr sie meinen Händen mitspielt, bekommt auf einmal Bedeutung, ist ultimativer Teil des Pauschalpreises der sich anbahnenden Beziehung. *Was es heißt, Mama zu sein, weißt du nicht wirklich, und darum fühlen deine Kinder sich betrogen.*

Der Körper bleibt unruhig, im Bauch pocht es eigenartig dumpf. Ich strecke mich, kreisele durch die Wohnung, suche einen Weg, die angestaute Energie freizusetzen, spüle mit Gummihandschuhen das Geschirr, *achte auf die Haut deiner Hände,* schrubbe mit feuchtem Toilettenpapier hartnäckige Flecke, poliere staubige Flächen, aber mir fällt alles aus der Hand, vom schmutzigen Geschirrschwamm bis zur Tasse mit der Aufschrift »Für die beste Mutter der Welt«. Beim Einsammeln der Scherben gebe ich acht, mich nicht zu schneiden, die Hände sind bleischwer und kraftlos. *Dein Körper spricht mit dir, hör ihm zu.*

Mein unterer Bauch ist dermaßen aufgebläht, dass der Gummi vom Slip gleich reißen wird, aber ich kann nur abwarten und Tee trinken. Vorbei ist die Zeit, als die Regel fahrplanmäßig mit maximal halbstündiger Verspätung eintrat, inzwischen muss ich mich darauf eher allgemein einstellen. *Hauptsache, sie tritt überhaupt ein.*

Der nervende Teil meiner Gedankenwelt flüstert mir weiterhin etwas anderes zu, aber ich verbiete ihm den Mund. Mich interessiert momentan nur eins, und das ist die Dynamik, die sich hier in diesem Wohnzimmer, das ich in einen tadellosen Zustand verwandeln werde, mit Micha ergeben wird. Jeder weiß: Die erste Begegnung nach dem Sex ist von größerer Tragweite als jede andere. Alles ist möglich. *Insbesondere eins.*

Ich mache mir Gedanken über den ersten Satz, über mögliche Gesprächsthemen, die mich ins rechte Licht setzen und anziehend machen. *Das kannst du dir abschminken, du kleines Mädchen, diese Phase habt ihr längst hinter euch.* Selbst über den Winkel, in dem ich mich zu ihm in Szene setzen werde, wenn er die Wohnung betritt, denke ich nach. Wie wird das Haar, das mir verführerisch ins Gesicht fällt und keinesfalls dünn wirkt, am besten getroffen? Tief im Herzen weiß ich wiederum: Das erste »Hallo« ist entscheidend.

Er macht sich nicht die Mühe, Hallo zu sagen.

Stattdessen kommt er hereingeprescht und marschiert geradewegs ins Schlafzimmer. Wie soll ich auf diesen Ausbruch von Leidenschaft reagieren? Vor dem Bild der Totenbeschwörerin bleibt er stehen.

»Besaß Na'ama auch ein solches Bild?«, fragt er.

Ich trete näher zu ihm, gehe mit seinem Magnetfeld auf Tuchfühlung, aber ich rieche nur Schweiß. Diesmal widert der Geruch mich an. Will ich mich vor der drohenden Zurückweisung schützen?

»Sie hatte in der Studienzeit eine kleine Reproduktion«, antworte ich. »Aber ich denke nicht, dass sie die behalten hat.«

»Wieso nicht?«

Darum.

»Weil sie im dritten Studienjahr geheiratet hat, Micha, darum nicht. Das Bild wurde weniger relevant, vielleicht ging es ihr sogar auf die Nerven.«

Doch nicht in dem Maße, wie sie uns in ihrer verwirrenden Anfangszeit mit Avihu auf die Nerven ging. Jedes gelungene Date, das sie mit ihm hatte, ließ mich sauer aufstoßen.

Dann kam der Moment, als ich realisierte: Das war's, sie wird ihn heiraten. Dina konnte es nicht fassen, für mich lag es auf der Hand. Meine Eifersucht war spürbar und sah die Dinge kommen. Ein Wunder, dass wir darüber hinwegkamen und Freundinnen blieben. *Was daran lag, dass du nicht aus den gewöhnlichen Gründen auf sie eifersüchtig warst.*

Nur Dina gab nicht auf. »Du heiratest ihn doch nur, weil du schwanger bist. Stimmt's?« Na'ama antwortete ruhig: »Noch nicht. Aber bald.«

Nein, das war keine Antwort, die man Dina Kaminer gab.

Micha fährt damit fort, das Bild zu untersuchen. Verlegt er sich darauf, weil er mir nicht in die Augen sehen will?

»Hätte der Mörder Na'ama als die Figur markieren wollen, als die sie sich verkleidet hatte, was hätte er ihr angetan?«

Noch nie habe ich ihn derart konzentriert erlebt, er bleibt nah an dem Bild, als wolle er es gleich küssen. *Und küssen kann er, hm?*

»Also was sagst du?« Er kommt näher zu mir. Ich spüre seine unbändige Energie und mag, wie das T-Shirt an seinem Körper anliegt, der mir nicht mehr aus dem Sinn geht, ich nähere mich ihm ein wenig mehr, aber er bemerkt es nicht oder tut zumindest so.

»Du hast gesagt, dass du von dieser Purim-Party Fotos hast. Wo sind die? Vielleicht verraten sie uns etwas über die Kostüme.«

Sein Blick schweift durchs Wohnzimmer, weiß genau, in welche Richtung er gucken muss. *Die wirst du nicht finden, Herr Kommissar!*

Er lässt sich nicht beirren, schaut sich mit geschultem Auge um, taxiert und prüft. Urplötzlich wird mir klar, wie klein und jämmerlich dieses Zimmer ist und wie viele der Möbel gebraucht und von Freunden sind, schwere Möbel, die meinem Geschmack gar nicht entsprechen. Was habe ich eigentlich für einen Geschmack? Der ist mir abhandengekommen. Schuld sind die vielen Umzüge und dass ich mich immer mit Möbeln abfand, die andere übrig hatten.

»Scheiß auf die Kostüme«, sage ich.

»Was hast du gesagt?« Er ist perplex.

»Was du gehört hast«, erwidere ich. »Das war's also? Wird es von nun an so laufen? Du bist der Ermittler, und ich liefere dir die Informationen, als wäre zwischen uns nichts gewesen?«

Mir ist nach Heulen zumute, ich reiße mich aber am Riemen. Tränen haben mir noch nie gute Dienste geleistet. *Du bist eine starke Frau.*

»Hör auf, Sheila.« Endlich sieht er mich an. Er forscht in meinem Gesicht ebenso pedantisch wie im Bild der Totenbeschwörerin. Was er darin findet, lässt ihn auf der Couch Platz nehmen. Er zieht mich zu sich, ich halte ihn fest und will mich in seinem Hals vergraben, aber er hält mich auf Abstand.

»Sieh mal, ich bin von dir sehr angezogen«, sagt er. Mein Herz ist im Sturzflug, das ist der grässlichste Satz, den ein Mann einer Frau sagen kann, dieser Satz prophezeit immer die Bruchlandung. »Aber einfach ist es nicht, das wissen wir beide.«

Na bitte, Bruchlandung.

»Wir haben es einfach geschehen lassen … Nicht, dass ich es bedauern würde.« Er lächelt mich an, es ist dieses wissende Lächeln, dem ähnlich, bevor wir in der Nacht wegdämmerten. *Und er dich in einem Tränenbad des Entzückens zurückließ.*

Ich erwidere sein Lächeln nicht, obwohl ich es sollte, mein großzügigstes coolstes Lächeln sollte ich aufrufen. *Mach daraus keine große Geschichte, du bist kein kleines Mädchen.*

»Wirklich, Sheila. Und wenn mein Team dahinterkommt, kann ich mich auf was gefasst machen. Du weißt, wie problematisch die Sache ist.«

Ach nun ist es »problematisch«. Für eine Millisekunde bilde ich mir ein, dass er mir vorschlagen wird, »zusammen zu sein, ohne dass es einer auf den Radar kriegt«. Ich mache mich schon klein, aber kein Wort davon, Micha ist nicht dumm. *Er ist ein schlauer Junge.*

Versteht ihr? Ich weiß längst alles, was man wissen muss, wenn es um Liebesgeschichten geht, von denen »keiner was auf den Radar kriegt«.

Damals war ich fünfundzwanzig und er siebenunddreißig, äußerst charmant, äußerst verheiratet, natürlich, *naives Mädchen!* Die Affäre dauerte einige Monate, und daran war das einzig Gute, dass ich mit fünfundzwanzig außer Gefahr war, mich in einen verheirateten Mann zu verlieben. Und diese Gefahr bestand. Die verheirateten Männer, ob religiös oder säkular, kannten keine Grenzen.

Inzwischen hat sich das Blatt natürlich gewendet, heute bin ich die ältere Frau, aber die jungen Männer, die ich so sehr liebe, sind nicht im Geringsten naiv.

Wieder diese ganzheitliche Unruhe, ich bin nicht länger imstande, so neben ihm zu sitzen, sämtliche Knochen tun mir weh. Ich habe den starken Drang, etwas mit den Händen anzufangen, Wasserhähne aufzudrehen, Schüsseln zu füllen, *Teller in Tausende Scherben zu zerschlagen! Und dabei den Mond anzubrüllen!* Nur bloß nicht länger wie ein Golem auf dieser Couch herumsitzen.

Ich gehe in die Küche, um etwas zuzubereiten. Ich habe Lust auf einen Salat und werde Weißkohl schneiden, Moosbeeren darüber streuen, *das angemessene Rezept für die elegante Gastgeberin!* Aber die Granatapfelkerne im Kühlschrank kleben aneinander, weil die Dinger schon überreif sind und einem Blutgerinnsel im fortgeschrittenen Stadium gleichen.

Ich kehre mit Dattelgebäck und gesalzenen Bagels ins Wohnzimmer zurück, Micha wird sie kaum essen, aber sie ihm vor die Nase zu stellen, macht mir Vergnügen.

»Die sehen gar nicht übel aus«, sagt er und nimmt sich einen klebrigen Keks, er kaut und kaut, als mache er mir mit jeder Kaubewegung ein besonderes Friedensangebot.

»Echt lecker«, sagt er und schluckt gequält. »Nun mal ernsthaft, Sheila. Mit welchen Merkmalen hätte der Mörder Na'ama als Michal, Davids Frau, versehen?«

»Keine Ahnung«, sage ich, »vielleicht hätte er ihr eine Krone aufgesetzt.«

»Nein, eine Krone war da nicht.«

Für einen Moment frage ich mich, ob Michal den Selbstmord mit Krone beging. *Immer wird die Königin diejenige sein, die den Kopf verliert.*

»Lass diese Andeutungen sein, was hast du rausgefunden?«

»Ich werde dir sagen, was wir rausgefunden haben.« Er

schluckt hörbar hinunter. »Der schwarze Strick, von dem die ganze Zeit über die Rede war, war gar kein Strick. Es waren Gebetsriemen. Na'ama hat sich an Avihus Gebetsriemen aufgeknüpft.«

In meinem Kopf dreht sich alles.

Ich stelle mir die schwarzen, tief ins Fleisch schneidenden Riemen vor, die viel mehr wehtun als jeder Strick. Die vor allem Na'ama mit ihrem zarten weißen Hals wehtun, *das Fleisch einer Frau ist nicht für Gebetsriemen bestimmt.*

Mir kommt wieder diese Vorlesung über die Bibel bei der grauen Eminenz in den Sinn, bevor wir die Eminenz im Stich ließen, *bevor wir die anderen wurden.* Als er ankündigte, mit welchen Figuren wir uns befassen würden. Er erwähnte Michal, Davids Frau, und ließ es sich nicht nehmen, anzumerken, dass sie laut der Auslegungen der Bibel Gebetsriemen angelegt habe. Selbstverständlich erwähnte er die Kommentatoren, die behaupteten, sie sei im Kern ihrer Seele ein Mann gewesen. »Deshalb«, so hob er feierlich an, und auf die grauen Wangen trat ausnahmsweise leichte Röte, »hatte Michal keine Kinder.«

Na'ama hatte es mit einem verächtlichen Schnauben abgehandelt.

»Verstehst du, was das aussagt?«, fragt Micha. Für einen Augenblick bilde ich mir ein, er hielte Na'ama für die Mörderin, für eine, die einen Rachefeldzug verübt, die all die anderen umbringt und ihnen Puppen in die Hände drückt. *Na'ama, die wie eine Löwin aus dem Grab brüllt. Na'ama, die die Klage der leeren Gebärmutter weint.* Der Gedanke zieht jedoch vorüber, und mich überkommt ein Frösteln anderer Art, denn Micha sieht mich an und sagt: »Gut möglich, dass die Erste von den anderen schon vor zwanzig Jahren ermordet wurde.«

Zwanzig

Die Väter haben saure Trauben gegessen. Micha sitzt auf der Couch neben mir, und ich betrachte sein Tattoo. Mich überkommt eigenartige Stumpfheit, als hätte die neue Information etwas an der Anordnung der Moleküle in meinem Körper geändert. Wir sind eine Ansammlung unserer Erlebnisse und Erinnerungen. Erhält eine brisante Information, die viele Jahre tief im Inneren ruhte, eine völlig neue Bedeutung – richtet sich im Zuge dessen der gesamte Körper neu aus.

Ich starre auf das Tattoo. Die winzigen Buchstaben sind in Raschi-Schrift verfasst, als sollte jeder Versuch, die Schrift zu entziffern, erschwert werden. Die Worte sind am Unterarm tätowiert, um den der Gebetsriemen straff gewickelt wird. Ob er die *Tefillin*, die Gebetsriemen, nach der Tätowierung schon einmal angelegt hat? Wie wird es aussehen? *Die Worte wurden dort erstickt.*

Ich entsinne mich an das eine Mal im Sommercamp, als ich Yedidiah, den Sicherheitsoffizier, sah, nachdem er die Gebetsriemen abgelegt hatte. Ich war von den roten Abdrücken, die sie auf seiner sonnengebräunten Haut hinterließen, wie gebannt. Statt ihn zu berühren, fragte ich: »Tut es weh?«

Was er erwiderte, weiß ich nicht mehr.

Micha sieht mich erwartungsvoll an. Was soll ich seiner Meinung nach dazu sagen?

Wieder habe ich Na'ama vor Augen. Verschwommen. Soeben stiehlt sie Avihu die Gebetsriemen und weiß bereits, für welchen Zweck sie ihr dienen werden. Sie ist in dem kleinen Schlafzimmer, wo die Lampe sonderbares rötliches Licht wirft, wie in Zeitlupe nimmt sie die Gebetsriemen an sich … Wonach riechen sie? Jeder Gebetsriemen ist vom individuellen Geruch seines Besitzers geprägt, der eigentümlich und geheimnisvoll, bitter-sauer ist. War es der letzte Geruch, den sie wahrnahm, bevor sie sich die Riemen um den Hals zurrte? Hatte sie ihn auch in der Nase, als sie den letzten Blick nach unten warf und ihre Mädchen auf dem Rücken liegen sah? Dahingestreckt wie Puppen.

Von den zwei Püppchen ging eine verschollen
Musste die letzte alleine rumtollen.

Ich will der Flut an Erinnerungen Einhalt gebieten, bevor ich gefährliches Gebiet betrete, aber in diesen Angelegenheiten ist auf Micha stets Verlass.

»Wieso waren sie hundertprozentig sicher, dass sie sich umgebracht hatte?«

Guck nicht so schuldbewusst. Guck nicht so schuldbewusst. Guck nicht so schuldbewusst.

»Du brauchst nicht so schuldbewusst gucken«, sagt er. »Du hättest es nicht verhindern können.«

Und ob. Und ob ich das hätte. Ich hätte mich an dem letzten Abend anders verhalten können. Was ist schlimmer? Der Gedanke, dass Na'ama sich Avihus verschwitzte Gebetsriemen um den Hals gelegt hat, oder der Gedanke, dass es ein anderer war?

Tief in mir weiß ich: Es gibt nur eine Möglichkeit. Zudem weiß ich, dass sie uns etwas sagen wollte, aber nun bin nur noch ich am Leben, um es zu hören.

»Was meinst du? Warum hat sie sich das Leben genommen?« Micha ignoriert meinen Gesichtsausdruck und trampelt sich seinen Pfad durch das schwierige Gelände. »Warum hat Na'ama Malchin versucht, ihre Kinder umzubringen? Wieso am selben Tag? Was ist da vorgefallen? Komm, Sheila, hilf mir.«

Sheila, hilf mir. Ich habe Isabelle vor Augen, im Käfig eingesperrt, sie hat die Augen offen, doch sie sehen nicht. Oder sehen sie sogar sehr gut, sehen ihre Jungen, die ihr gleich als Beute dienen werden? *Eine Mutter verschlingt ihre Kinder.*

Doch auch dies stimmt nicht, dieses Märchen wurde Lilith nur angedichtet, um sie zu brandmarken, um die Angst vor dieser unabhängigen Frau zu schüren, die sich freikämpft, die keine Mutter sein will, die sich nicht verpflichtet fühlt. Sie geben sich nicht damit zufrieden, dass die Mehrheit der Frauen Mütter werden wollen, sie wollen, dass alle Mütter werden.

Aber Na'ama wollte bereits nicht mehr.

»Sheila, hallo, folgst du mir gedanklich?«

Ja, aber du folgst mir nicht.

»Wie ich sehe, lässt dich die Möglichkeit, dass Na'ama vielleicht ermordet wurde, kalt.«

Weil ich weiß, dass diese Möglichkeit nicht besteht, aber ich habe nicht vor, dir das jetzt zu sagen und erneut auf diese ganze Sache einzusteigen, warum sie ausgerechnet an dem Tag beschloss, Selbstmord zu begehen oder viel schlimmer, was sich wohl in der Nacht vor dem Selbstmord ereignet hatte. *In der Nacht der langen Messer.*

Ich senke den Blick und greife zum Dattelgebäck. Es zerfällt auf der Zunge.

»In ihrer Akte steht lediglich: ›postnatale Depression‹. In der Pathologie waren sie von Mord und Selbstmord überzeugt«, sagt er.

»Das ist viel logischer«, erwidere ich. »Ich kann mir nicht vorstellen, dass einer versucht, auf diese Weise zwei Kinder umzubringen.«

»Willst du damit sagen, es fällt dir leichter zu glauben, dass es ihre Mutter getan hat?«

Unsere Blicke verschließen sich vor dem anderen. Ich *will* ihm sagen, ja, das ist das Werk einer Mutter. *Diese beiden gehören mir!* Stattdessen stecke ich mir den nächsten Keks in den Mund, den ich stopfen muss.

»Schien es dir als Grund ausreichend?«, erkundigt er sich. »Hast du mitbekommen, dass sie Depressionen hatte?«

Oh, ja. Wir sahen alle von der Seite zu und beobachteten, wie Na'ama zunehmend an Gewicht verlor, wie sie verlosch, gleichgültiger wurde gegenüber ihren süßen kleinen Zwillingen, die bleich wurden wie die Mutter, *bis Na'ama es nicht mehr aushielt. Bis sie ihr Schicksal in die Hände nahm, ta-tam!*

Mein Handy klingelt, und Micha schielt auf den Namen, der auf dem Display erscheint. »Gali«, sagt er. Ich schrumpfe zusammen. Ich habe nicht vor, mit ihr zu reden, während Micha mir mit seinem Raubtierblick gegenübersitzt. *Junge, warum hast du so große Ohren?*

»Nun geh schon ran«, sagt er.

Wir fechten die Sache kurz mit Blicken aus, und schließlich lenke ich ein.

»He, Gali.« Ich versuche so beiläufig wie möglich zu klingen.

»Hallo, Sheila!« Gali klingt merkwürdig heiter. »Ich wollte dich fragen, ob du Lust hast, dass wir an meinem Film weitermachen, ich werde ein braves Mädchen sein, mach dir keine Sorgen.«

Nun ja, das mag ihr leicht über die Lippen kommen, aber ich mache mir sogar große Sorgen, zumal sie fast unnatürlich zufrieden klingt.

»Moment mal, was ist mit Isabelle?«

»Ähm, Isabelle geht's jetzt gut«, fährt sie in heiterem, klangvollem Ton fort. »Ich musste sie nur von ihren Jungen trennen, sie hatte sich über ein Junges hergemacht und wollte ihm das Bein abnagen. Bis ich eingreifen konnte, hatte sie es schon runtergeschluckt. Nun hat das Junge nur noch ein halbes Bein.«

Die Väter haben saure Trauben gegessen, Mütter verschlingen ihre Kinder. Erneut tobt eine Schmerzwelle in meinem unteren Bauch, aber wegen Micha, der nah bei mir sitzt und mein Mienenspiel verfolgt, rühre ich mich nicht von der Stelle. Einige Sekunden später beugt er sich zu mir und flüstert.

»Was hast du gesagt?«, flüstere ich zurück. Er formt mit den Lippen: »Sag ihr, sie soll herkommen.«

»Hallo, Sheila, bist du noch dran?«, fragt Gali. Was soll ich ihr antworten? Kommt sie her, tappt sie direkt in die Falle, die er ihr stellt. Das ist das Allerletzte, was ich will. Ich bin drauf und dran, ihr abzusagen, da legt er mir zärtlich die Hand auf den Schenkel und schaut mir tief in die Augen. »Bitte«, flüstert er und ist hautnah. »Bitte, vertrau mir.« Unsere Schenkel reiben aneinander. Seiner ist muskulös und strahlt Wärme aus.

»Vielleicht kommst du einfach zu mir?«, frage ich und schlucke den Speichel hinunter.

»Ich bin ein bisschen müde«, sagt Gali. »Ich dachte, wir treffen uns morgen.«

»Komm jetzt her, es lohnt sich«, füge ich hinzu. Meine Stimme quietscht vor Verrat. *Was für eine Mutter gibst du ab?*

»Hier ist jemand, den ich dir vorstellen möchte«, füge ich hinzu. Micha springt mit einem Satz hoch. Er hat tatsächlich muskulöse Schenkel.

»Wen denn?«, fragt Gali.

»Wenn du herkommst, wirst du's erfahren«, sage ich. Nun habe ich das Gefühl, dass mein Verrat weniger schwerwiegend ist. Ich muss mich nur mit Micha auseinandersetzen, dessen Furcht einflößende Miene mich nicht einschüchtern kann, nachdem ich zur Verteidigung meines kleinen Mäuschens ins Feld gezogen bin. *Ach, jetzt ist sie wieder dein kleines Mäuschen?*

»Wieso musstest du ihr sagen, dass ich hier bin?« Die bedrohliche Miene schlägt in eine gekränkte um, die aufgesetzt wirkt.

»Dir zuliebe«, sage ich zuckersüß. »Sonst hat sie das Gefühl, in der Falle zu sitzen, und gibt keinen Mucks von sich.«

»Ich wollte sowieso zu ihr«, sagt er. »Nimm's mir nicht übel, aber diese Beschützernummer passt so gar nicht zu dir.«

Wir schweigen uns an, während die Totenbeschwörerin den Blick auf uns ruhen lässt. Würde ich zu ihr schauen, sähe ich garantiert ihre Genugtuung. Doch ich blicke nicht auf.

Immer noch Stille. Schweigen sei bei Vernehmungen eine machtvolle Waffe, hatte er mir mal erzählt. Wenige Menschen seien imstande, es längere Zeit zu ertragen, daher würden sie anfangen zu singen und sich an den Galgen liefern.

Mir kommt Na'ama in den Sinn, die nie viel schwatzte, sie würde sich nicht an den Galgen liefern, sie würde sich an die Gebetsriemen liefern.

Doch die absonderliche Heiterkeit in Galis Stimme macht mir Angst, zum wiederholten Male stelle ich mir die Frage, was sie aus jener Zeit in Erinnerung behalten hat. *Fakt ist, dass sie dich in Erinnerung behalten hat.* Ob sie etwas von den Momenten des Grauens behalten hat? Von dem Moment, da die Mutter sich gegen sie wandte?

Na'ama greift zu einem großen weißen Kopfkissen, das Schlafzimmerlicht färbt den Schauplatz blutrot ...

Wie wurde Gali anschließend behandelt? Kam sie überhaupt in Behandlung? Oder regelte man »die Unannehmlichkeit« lieber in der Familie? (Exakt diese Worte, das könnte ich schwören, murmelte damals eine Verwandte auf der Beerdigung hinter vorgehaltener Hand. »Unannehmlichkeit« nannte sie es! Ob es die Tante war, die für Gali herbeigeholt worden war, hatte ich mich damals gefragt. Ich ging der Sache nicht auf den Grund, denn im selben Moment erspähte uns Avihu und schoss auf uns zu: »Verschwindet und zwar zügig.«)

Gott allein weiß, wie Gali aufgewachsen war und sich zu dieser beeindruckenden jungen Dame entwickelt hatte, der nur ein gestörter und apathischer Vater wie Avihu geblieben war. Ich habe ihn bildlich vor mir, seine große gebeugte Statur, eingefallener Mund, erloschener Blick und die ständige Nikotinwolke. *Doch so war er nicht immer gewesen, dafür hatte es einen Anlass gegeben.*

»Sag mal, besteht die Möglichkeit, dass jemand ins Schlafzimmer ging, sah, dass Na'ama ihre Kinder erstickt hatte, und derjenige sie aufhängte? Zur Strafe?«, frage ich.

»Du meinst ihren Mann?« Micha antwortet prompt, als hätte er mit dieser Frage gerechnet. »Avihu Malchin ist frei von Verdacht, und glaub mir, sein Alibi wurde gründlich überprüft. Es ist wasserdicht. Der Ehemann wird immer zuerst verdächtigt.«

Klare Sache, je näher er dir steht, umso mehr ist er bereit, dir zu schaden.

*

Es klopft an der Tür. Viel zu früh. Ich bin noch in das Schweigen verstrickt, da dröhnt die Klingel. Im Gegensatz zum kultivierten grossmanschen Windspiel schmettert meine Klingel wie das Signalhorn einer Lokomotive. *Die ins Nirgendwo fährt.*

Behutsam mache ich auf, um ihr noch etwas zuzuflüstern, doch sie geht an mir vorbei und betritt die Wohnung, oder, richtig gesagt, ein Paar lange dünne Beine betreten die Wohnung. *He, Mädchen, warum hast du so schöne Beine?*

Sie trägt ein eng anliegendes, dunkles Kleid, dessen grober, dicker Stoff bei diesen Temperaturen unangemessen ist. Es verstärkt meinen Eindruck, dass sie dieses Kleid normalerweise nicht trägt, es gilt mir.

Hinter mir ein Husten, Micha steht auf und streckt sich. »Sehr angenehm«, sagt er. »Wir sind uns noch nicht begegnet.«

Er gafft und glotzt und glupscht. Gleitet die ganze Strecke an ihr hinunter: Hals, Brüste, Bauch, Beine. Ich würde gern glauben, es sei der übliche schmutzige Blick eines alten Sünders auf ein junges Mädchen, aber da wird mir klar – und es versetzt mir einen Stich –, dass sie nicht weit auseinander sind. Ich überschlage kurz ihr Alter. In manchen Ländern könnten die beiden glatt meine Kinder sein. *Ja, sicher. So wie er sie anstarrt, würde kein Bruder seine Schwester anstarren.*

»Gali, du weißt, dass du dich in Bnei Brak befindest«, höre ich mich in tadelndem Ton. Ich kann es kaum glauben, aber da ist es schon raus. »Was soll das mit dem Kleid?« *Halt den Mund, du bist echt gestört!*

Beide schauen mich an, und ich zwinge mich zum Lachen, das knarrt wie bei einer alten Hexe. »Das war nur Spaß, versteht ihr etwa keinen Spaß?«

Nein, tun sie nicht. Ich versuche Michas Blick einzufangen, aber er weicht mir aus, und noch schlimmer: Gali bekommt es mit. Sie streckt das Rückgrat, richtet sich auf. *Die Brüste tun es ebenfalls.*

»Total süße Wohnung«, sagt sie. Sie sieht sich um, ihr Blick ist prüfender und taxierender als angemessen. Nein, diese Gali hat mit dem kleinen Mäuschen mit den geröteten Augen, das sich vor Isabelles Käfig an mich drückte, nicht die geringste Ähnlichkeit.

Wieso muss sie unglücklich sein, damit du sie lieben kannst?

Bevor sie im Sessel Platz nimmt, zögert sie kurz. Wohl wegen der Flecke. Die Anweisungen in den Videoclips waren so klar, und trotzdem habe ich sie nicht rausgekriegt, na ja, so ist das eben, wenn man von einer Familie mit drei Krabbelkindern eine Couch bekommt. *Sei dankbar!*

Sie wirft einen Blick auf die Schale mit dem Gebäck, und ich sage sehr laut: »Greif zu.« Dabei sehen wir beide, dass die Schale fast leer ist. Doch ich kann nicht in die Küche gehen und die beiden allein lassen. *Sheila, hör auf, führ dich nicht wie die Stiefmütter in den Märchen auf, denen die Taufrische der Jugend ein Dorn im Auge ist.*

»Ich hole gleich mehr«, sage ich. Es kostet mich Kraft, und ich schaffe mich in die Küche. Meine Füße wiegen zentnerschwer, während nebenan dieses Rehkitz mit den dünnen Beinen weilt, unbändige Lust überkommt mich, dagegenzutreten.

Die neue Kekspackung zerreißt in meinen Händen. Erneut dieses lähmende Gefühl, wenn bei einem Mann meiner

Wahl die Wahl auf eine andere fällt. Das ist mir bereits widerfahren und zwar mehr als einmal.

Ich habe immer noch den gallebitteren Geschmack im Mund, als ich aus der Küche gehe und die mit Marmelade gefüllten Kekse auf den Tisch stelle. Einer ist zerbrochen, und die Erdbeerfüllung läuft heraus. Ausgerechnet diesen Keks schnappt sich Gali.

»Sieht aus wie'n Keks bei einer Abtreibung.« Sie lacht sich eins, ist ein einziger roter Lockenschopf mit roten Lippen, sie greift nach ihrem Handy. »Das ist eine Story für Instagram«, sagt sie.

Beide widmen sich nun Galis Handy, und zwischen ihnen entsteht eine ganz eigene Intimität, die sich unmöglich übersehen lässt. Gali wirkt entspannt und natürlich. Dabei fällt mir ein, dass auch zwischen Micha und mir prompt Intimität entstand und prompt danach betrachtete er mich mitten in der Nacht mit diesem grässlich hohlen Blick, damals, als er sich einbildete, ich würde fest schlafen.

Nun heftet Gali den Blick auf den tätowierten Arm. Ob Micha ihr von den Gebetsriemen und ihrer Mutter erzählen wird? Er tut es nicht. Er strafft nur die Muskeln und lässt die Buchstaben tanzen, während sie das Spiel mit aufgerissenen Augen verfolgt und draufloskichert. *Kichert!*

Gali das weinende Waisenkind ist mir tausendmal lieber als dieses kichernde Weibchen.

Da höre ich ihn sagen: »Jemand hatte mich überredet.« – Ah, er meint sein Tattoo. »Eine Frau, die großen

Einfluss auf mich hatte«, fügt er hinzu. Und kichert ebenfalls.

Zwei kleine Mädchen haben saure Trauben gegessen.

Bei diesem Besuch läuft definitiv etwas schief. Ich verschränke die Arme über dem Bauch, spüre beim Anblick der schmalen Taille, dass mein Leib anschwillt wie Hefeteig. *Man flüstert, in Hollywood würden sich gewisse Schauspielerinnen durch Rippenentfernung eine Wespentaille schneidern lassen.* Ich gehe der Sache nach, ob es überhaupt einen Grund für diese eiskalte Welle an unguten Gefühlen gibt. Vielleicht ist es ja seine Ermittlungstaktik? Bei Micha gibt es schließlich nur den guten Ermittler und den besseren Ermittler, *der mit dir auch eine Affäre beginnt, so als Bonus.*

Endlich rührt sich Gali und holt die Kamera aus der Tasche, sie versucht sie auf den Ständer zu stellen, was nicht klappt. Er hilft ihr, natürlich, beider Bewegungen scheinen aufeinander abgestimmt, als wären sie ein Geschöpf mit vier (braun gebrannten und jungen) Armen. Die verstohlenen Blicke, die Micha ihr zuwirft, entgehen mir nicht, sie scheint ihm tatsächlich zu gefallen.

Als der gallebittere Geschmack erneut aufkommt, höre ich, wie eine Nachricht eintrifft. Kling!

»Tut mir leid. Ich weiß partout nicht, was mit mir los war. Hoffe, Du verzeihst mir. Neria.«

Ha! Der verlorene Sohn. Meine Stimmung verbessert sich umgehend. Natürlich. Mein Auslösemechanismus ist simpler gestrickt, als ich dachte, ich will mich einfach nur begehrt fühlen. Mehrmals lese ich die Nachricht, will deuten, was dahintersteckt *und was nicht dahintersteckt.*

»Wie geht's deinem Vater?« Diese Frage hat Gali verdient, beschließe ich.

»Er ist okay«, antwortet sie zerstreut. Dann fügt sie hinzu, während sie in Michas Richtung schaut: »Sheila und er kommen nicht so gut klar.«

»Ehrlich gesagt würde ich gern mit dir ein wenig darüber reden«, sagt er.

Sie verkrampft sich – Micha registriert es ebenfalls, tut aber so, als habe er es nicht bemerkt. Er ist mit einem Reißverschluss der Kameratasche beschäftigt.

»Wann würde es dir passen, dass nur wir zwei uns treffen?« Er blickt zu ihr auf.

Sein Ton verrät deutlich, dass er mit ihr flirtet, aber es ist nicht echt. Mag sein, dass sie ihm tatsächlich gefällt, aber Micha ist nicht dumm.

Ich blicke zu Gali. Ihre Miene verdüstert sich, auch sie hat eine Tonlage ausgemacht, die ihr nicht hundertprozentig zusagt. Was könnte ich sagen, um die Anspannung zu vertreiben? Bevor ich einen Gedanken fassen kann, tritt das Wunder ein! Die Kamera funktioniert nicht. Gali versucht es immer wieder, prüft die Batterie, betätigt verschiedene Tasten und dreht an der Blende, aber es tut sich nichts.

Das Ding ist mausetot.

»Lass mich mal probieren«, sagt Micha. Doch sie lässt ihn nicht.

»Ich komme ein andermal wieder.« Sie klappt die Kamera zusammen und macht sich auf den Weg zur Wohnungstür.

Ich will ihr nachrufen: Warte einen Moment, du dummes

Ding. Lass es nicht so aussehen, als hättest du vor ihm Angst, aber ich halte den Mund. Bei dieser Entscheidung hilft mir der lange Blick Michas auf ihre langen Beine und den kleinen straffen Po im eng anliegenden Kleid. Auch tausend Pilates-Stunden (die ich mir nicht antue) werden mir nicht dieses Aussehen verleihen, nur die einfache Übung, die man Jugend nennt, verhilft einem dazu.

»Na du bist ja ein echter Profi.« Kaum ist die Tür zu, platzt es aus mir heraus.

»Wie nett, dass du dich um meine Professionalität sorgst«, gibt er zurück.

Ich erwidere nichts, stehe auf und beginne damit, die widerlichen Schüsseln abzuräumen. *Alles abzuräumen, was widerlich ist.* Doch er packt mich am Arm und zieht mich neben sich auf die Couch. Seine Berührung ist heftig und intim in einem. Ich sinke ins Kissen.

»Sag mal, wie hat Dina auf Na'amas Selbstmord reagiert?«

Offenbar geht er nicht mehr von einem Mord an Na'ama aus – ich bin überrascht. Ihm gegenüber nicht zu viel offenzulegen, habe ich bereits gelernt, daher bewahre ich eine ruhige Miene. *Ein Teil davon sind meine Falten.*

Selbstverständlich blieb damals keiner ruhig. Keine von uns konnte die Ruhe bewahren, nicht bei einem Selbstmord am Tag nach jenem Treffen. *Das Messer! Nehmt ihr das Messer weg!* Ob Na'ama ihrem Mann von unserem Abend erzählt hatte? Nachdem er uns auf der Beerdigung hatte loswerden wollen, war ich mir dahingehend sicher gewesen, inzwischen war ich's nicht mehr.

»Dina ist der Schlüssel«, sagt er. Den Ton, den er anschlägt, kann ich nicht einordnen. »Das erste Mordopfer ist immer der Schlüssel, vor allem, wenn von jemandem wie ihr die Rede ist.«

»Jetzt bist du dir also sicher, dass sie die Erste war?« Ich will mich vergewissern.

»Ein Typ wie Dina wird immer die Erste sein wollen.«

Nun kann ich den Ton einordnen, und er gefällt mir nicht. Ich starre auf die leeren Schüsseln. Selbst die Krümel wirken widerlich.

»Soweit ich mitbekommen habe, war sie in jeder Hinsicht dominant, auch wenn es um ›die anderen‹ ging, darum, keine Kinder zu wollen.«

»In der Sache gingen wir konform. So fanden wir es damals für uns passend.«

»Jetzt auch?« Seine Stimme ist die Ruhe selbst.

»Das ist etwas, das man sacken lassen muss«, antworte ich. Es erstaunt auch mich. »Es nimmt in dir allmählich Form an, und dann begreifst du, dass dein Leben in diese Richtung verläuft, auch wenn sich Fragen ergeben oder du das Konzept infrage stellst.«

Ich verstumme. Unabsichtlich habe ich vor ihm etwas offengelegt, aber es ist die Wahrheit. Mit oder ohne Dina, die Entscheidung für ein Leben ohne Kinder nimmt sehr langsam Form an, verfestigt sich, unter Umständen zu langsam und mit anderen Entscheidungen im Leben einhergehend. Was uns in der Jugend recht ist und denen, die wir damals waren, stellt sich im Erwachsenenleben anders dar.

Was wir damals im Studium wollten, war schließlich nur eins: Nicht die Entwicklung zu nehmen, die alle nahmen, nicht mit einem Ritter und dem Prinzen im Schlepptau der ausgetretenen Spur zu folgen, dem Sonnenuntergang entgegenzugehen und in den Dornröschenschlaf zu fallen. »Die anderen« lehnten sich gegen dieses altbekannte Vorstellungsbild auf. Heute ist mir klar, dass es eine kindliche Auflehnung war. Heute empfinde ich das Wort »alle«, das uns in der Vergangenheit solche Angst einjagte, als gar nicht so schlimm. Es passt nur nicht zu mir, heute hat es weniger mit Auflehnung zu tun, vielmehr mit Wissen.

Ich sehe zu Micha, der sich bemüht, gleichgültig zu wirken. Wenn er wüsste, wohin seine Frage mich geführt hat …

Vielleicht weiß er's sogar.

Mein Blick gleitet über die Sessel, die fremde Kinder bekleckert haben. Ungeachtet, wie oft ich diese Flecken geschrubbt habe – sie sind nicht wegzukriegen, als wollten sie ihren kleinen Triumph ausleben. *Doch über wen?*

»Du klingst weniger resolut als sonst«, sagt Micha. Ich registriere den Schatten eines Lächelns. »Was würde Dina sagen?«

Schon wieder Dina?

»Dina ist tot, merk dir das«, sage ich. Ich gehe ins Bad, nur um dort den ersten Blutfleck zu entdecken, er ist dunkel und geronnen. Wie anfangs alle Flecken. Ich starre ihn an, dann strecke ich die Hand aus und befühle den Slip, warte darauf, dass Erleichterung eintritt und mich überflutet. Sie stellt sich ein, doch sie lässt sich Zeit, das hätte ich nicht gedacht.

Ich bleibe auf der Klobrille sitzen, zähle immer wieder die Porzellanfliesen vor mir, wie eine CD, die hängen bleibt, bis Micha von draußen ruft, ob alles in Ordnung sei und ich bejahe, na sicher, alles bestens, alles bestens, alles bestens, alles bestens, alles bestens, alles bestens, alles bestens, alles bestens, alles bestens.

Alles bestens.

Einundzwanzig

Dina liegt ausgestreckt auf dem Rasen, ihr Haar verdeckt das Gesicht. Wer sie von der Seite betrachtet, dem mag sie ruhig und friedlich vorkommen, aber mir entgeht nicht, wie angespannt sie ist. *Sie will dich ertappen.*

Diese Erinnerung ist lebendig und zeigt sich in hellem Licht. Es ist eigenartig. Aus meiner gesamten Studienzeit an der Bar-Ilan ist vergessen, was ich in den Seminarräumen lernte. Was ich außerhalb davon lernte, pulsiert bis heute in mir.

In dieser Szene aus meiner Erinnerung liegen auch Ronith und Na'ama auf dem Rasen, um sie herum aufgeschlagene Ordner. Die Luft summt und verströmt den süßen Duft vom Ende des Frühlings. Ich sitze als Einzige und betrachte die Reglosigkeit. Vielleicht wusste ich es schon damals: Auf diese Weise wollte ich uns in Erinnerung behalten – eine Clique fauler Studentinnen an einem Frühlingstag auf dem Rasen. Wenn ich mich nicht täusche, tanzte um uns sogar ein Schmetterling. Er landete auf Dinas Nasenspitze, aber auf mein Gedächtnis ist kein Verlass.

»Ein Kind, so sagt man, stellt sicher, dass von einem etwas bleibt.« Dinas Stimme täuscht Schläfrigkeit nur vor. »Dass ein Andenken von einem bleibt.«

»Da ist was dran«, erwidere ich. Hinter mir kichert Ronith (Kann es sein, dass der Schmetterling auf ihrer Nasenspitze landete?).

»Wie heißt deine Mutter?« Die Frage überrascht mich.

»Sarah.«

»Und ihre Mutter?«

»Bella.«

»Und ihre Mutter?« Inzwischen klingt Dina nicht mehr schläfrig, ich mache aus, was sich auf leisen Sohlen in ihre Stimme schleicht.

»Sheila!«, rufe ich triumphierend. »Dass ich das weiß, hättest du nicht gedacht. Stimmt's?«

»Stimmt«, gibt sie zu. »Aber du hast es nur behalten, weil du narzisstisch veranlagt bist. Hättet ihr nicht den gleichen Namen – du würdest nicht wissen, wie deine Urgroßmutter hieß.«

Hinter mir kichert wieder Ronith, diesmal aber nicht wegen des Schmetterlings, davon bin ich überzeugt. Dina erhebt sich und stellt sich direkt hinter Ronith.

»Ich gehe jede Wette ein, dass keine von euch weiß, wie eure Urgroßmutter hieß«, sagt sie zu Ronith und Na'ama. »Ich habe hier auf dem Campus eine kleine Umfrage gemacht, und kaum eine wusste es, es interessierte sie auch nicht. Hauptsächlich ging es allen darum, dass von ihnen etwas bleibt …«

Dina kringelt sich. Ronith und ich lassen uns davon anstecken. Ich werde dieses Lachen dort auf dem Rasen nie vergessen, auch nicht den Schmetterling, ja, dort war ein Schmetterling, nun bin ich mir sicher, und wir drei lachten und kriegten uns nicht mehr ein.

Wie schade, dass zu dieser Zeit Na'ama schon nicht mehr mit uns lachte.

Die Perlenaugen der Wachspuppen glänzen. »Du bist wieder da«, bedeuten sie mir. »Diesmal für immer.« Als Efraim anrief und mich bat, wieder auf Arbeit zu kommen, hatte ich keine Ahnung, welche Freude es mir bereiten würde, sie wiederzusehen. Sie hatten mir mehr gefehlt als die Leute vom Team.

Sie stellen sich vor mir auf, meine uralten Freunde, strahlen vor Sauberkeit (Vielleicht sollte ich die Putztruppe vom Wachsfigurenkabinett für einen Expresseinsatz in meiner Wohnung buchen?). Ich gehe von Puppe zu Puppe, bis ich zur Puppe von Michal gelange.

Ihre Krone sitzt noch schiefer als sonst. Ich richte sie und untersuche das schöne traurige Gesicht. Allmählich erschließt sich mir der Grund für diese Traurigkeit, und er hat nichts damit zu tun, dass sie keine Kinder hatte. Der traurige Blick hängt direkt mit diesem Kerl zusammen, den sie geheiratet hatte, denn so ist das eben, wenn eine Prinzessin einen Viehhirten heiratet, von da an geht alles bergab. Insbesondere wenn ihre Träume, die sie tief im Innersten hegt und die ihr nicht einmal bewusst sind, nicht zu seinen passen. Harmonieren die Träume, kann darauf alles Weitere gründen.

Beinahe gegen meinen Willen kommt mir Micha in den Sinn. *Eure Geschichte war schon zu Ende, bevor sie anfing. Was gibt's da nachzudenken?* Ich denke auch an Maor und wie es sein kann, dass beide sechsundzwanzig sind, immer sechsundzwanzig sein werden und im gleichen Alter erstarrt sind, nur ich bin älter geworden.

Ich schaue in Michals traurige Augen und begreife, dass ich mich vorsehen muss, damit ich nicht als erstarrte Wachspuppe, durchsetzt von Giftstoffen, ende. *Selbst die ganz jungen Männer, die völlig verzweifelt sind, werden dich nicht mehr begehren.*

In meinem Inneren platzt etwas. Rasch greife ich in meiner Handtasche nach einem Stift und zeichne auf Michals linken Arm einen Gebetsriemen. Es ist ein dünner Stift, und ich graviere den Riemen tief in ihre wächserne Haut. Einer der Sicherheitsleute ist drauf und dran, am Ende der Halle nach dem Rechten zu sehen, und ich mache mich vom Acker, ohne zu sehen, ob Michal nun weniger traurig guckt.

Efraim empfängt mich am Eingang zum Seminarraum, er lächelt bis zu den Ohren.

Als Eli anrief und meinte, Efraim sei »wild darauf«, dass ich wieder zur Arbeit komme, wollte ich es ihm nicht glauben, doch der Beweis steht vor mir. Der tänzelnde Efraim wirkt gerührt wie ein Bräutigam unterm Traubaldachin.

»Da ist ja die verlorene Tochter!«, verkündet er. Hinter seinem Rücken rollt Shirley mit den Augen. Ab und zu bin ich neidisch auf Efraims mangelndes Taktgefühl, auf seine Plumpheit, so lässt sich das Leben wesentlich leichter ertragen.

Shirley sieht verändert aus, scheint eine unscharfe zerdrückte Version ihrer selbst. Ob es Fortschritte gibt, was die Samenbank anbelangt? Allerdings wittere ich keine Hormone oder Spuren neuen Lebens. *Ah, das kannst du riechen?*

Bevor ich zu ihr gehen kann, nimmt Efraim mich zur Seite.

»Rate mal«, sagt er. Selbst sein Bart zittert vor Aufregung.

»Was denn?«

»Die Konferenz ›Lichter der Bibel‹! Sie wollen dich!«

Für einen winzigen Augenblick erfasst auch mich Aufregung. Es ist unsere wichtigste Konferenz. Für die Referenten auf diesem Gebiet gilt sie als der Heilige Gral. Drei Tage mit Vorträgen, Aufführungen und »Attraktionen« verschiedener Art. Immer hatte ich die Konferenz mit Geringschätzung gestraft, sie sei »bis ins Mark kommerziell«. Doch ich war nur sauer, weil ich nie eine Einladung erhalten hatte und nie eine erhalten würde. Nun war es so weit.

»Worüber soll ich referieren?«, frage ich nach. Während ich die Frage stelle, kenne ich die Antwort schon.

»Die freiwillig kinderlosen Frauen der Bibel, natürlich.« Efraim behält den netten Ton bei, doch hinter seinen Brillengläsern rüsten die Augen sich für Krieg.

»Bis wann wollen sie diesen Vortrag?«

»Das ist nicht nur so ein Vortrag, es wird mit Musik sein, mit Aya Korem!«

»Wann?«, wiederhole ich meine Frage.

»Nächste Woche.«

»So schnell organisieren sie diese Konferenz, in die so viel Geld investiert wird?« Ich stelle mich naiv, und Efraim ist wachsam, um nicht darauf einzugehen. »Oder bin ich Ersatz für einen Referenten, der von vornherein feststand?«

Diese Frage stelle ich mit kräftiger Stimme, sodass mehrere Köpfe sich zu uns umdrehen. *Sie wissen es.*

»Nun, natürlich bist du Ersatz«, erwidert Efraim. »Und das ist eine goldene Gelegenheit für dich!«

»Fürs Museum«, ergänze ich. »Ich bin Ersatz für wen?«

Nun, für wen schon.

»Für Dina Kaminer«, sagt er schlicht. Er lächelt mich an, als wäre dies der beste Teil der Einladung. Erneut kommt ihm diese tollpatschige Abgestumpftheit zu Hilfe. Er blinzelt nicht einmal, als er hinzufügt: »Ich habe schon in deinem Namen zugesagt.«

»Was hast du?«

»Sheila, das ist ein Muss. Das katapultiert dich nach oben!«

Ich will ihm vermitteln, dass es mir unangenehm wäre. *Und Dina!* Es ist taktlos. Was wird man über mich sagen. *Und Dina!* Wie kann ich auch nur daran denken. *Dina!* Als er näher kommt und mich am Arm packt, spüre ich, wie seine Nägel sich tief in mein Fleisch krallen.

»Das ist eine hervorragende Gelegenheit für dich«, flüstert er und kommt mit seinem Gesicht noch näher. »Ich lasse nicht zu, dass du die in den Wind schlägst. Ist das klar?«

Wie ist es dazu gekommen, dass du eine erbärmliche Null bist?

»Ich weiß, dass du sehr lange auf diese Gelegenheit gewartet hast, und nun ist sie da, schlag sie nicht in den Wind!« Der Subtext lautet: Schlag nicht auch noch die in den Wind, du erbärmliche Null.

Letztendlich entlässt er mich aus seinem Klammergriff, noch am Abend werden die Abdrücke seiner Fingernägel zu sehen sein.

Die Unruhe vor der Tür zeugt davon, dass meine Gruppe eingetroffen ist.

Efraim lächelt mich an: »Siehst du? Du hast eine besondere Gruppe bekommen, damit du bei so viel Glanz und Gloria nicht abhebst.«

Ich will ihm sagen, wohin er sich sein Glanz und Gloria stecken kann, da wird draußen ein Stuhl umgeworfen, und jemand schreit vor Panik. Ich atme tief durch und will hinausgehen, weiß, dass ich gleich energisch werden muss.

»Eine besondere Gruppe« ist nämlich unsere beschönigende Bezeichnung für Gruppen, die auf verschiedenen Ebenen eine Herausforderung darstellen, angefangen damit, dass sie nicht zuhören, bis hin zu schwerwiegenden Entwicklungsstörungen der Teilnehmer.

Im Allgemeinen macht es mir sogar Freude, sie durchs Museum zu führen. Sie wollen sich nicht hervortun, nicht klüger sein als du, stellen keine Forderungen, und die Führung beruht auf einigen Kurzfilmen und einem Blitzbesuch im Wachsfigurenkabinett. Nur die Sicherheit muss einen zusätzlichen Mann stellen, da die meisten Kinder unsere Anweisungen, nichts zu berühren, ignorieren und die Puppen anfassen, streicheln und kneifen. Mir kommt es so vor, als wären die Puppen jedes Mal angespannt, wenn eine solche »besondere« Gruppe kommt, nur Leah nicht, die sich den Kindern mit ihrem geduldigen Blick zuwendet.

Ich setze mein hochprofessionelles Lächeln auf und begebe mich in die Eingangshalle. Und wen erblicke ich da neben einer lärmenden Gruppe von Kindern? Die Königin der Schminke Taliunger höchstpersönlich! Heute mit einer extradicken Schicht Make-up. Sie blinzelt und ist nicht weniger perplex als ich. *Das denkst du.*

»Tali! Was für eine Überraschung.« Ich ziehe die Worte in die Länge.

»Da hast du recht.« Sie fängt sich rasch. »Das ist also dein Königreich?« Sie schwingt die Hand mit den glitzernden Fingernägeln in huldvoller majestätischer Geste, als empfinge sie mich in ihrem privaten Salon. *Doch diesmal bin ich die Majestät.*

Ich rufe die Assistentin, und wir platzieren die Kinder vor der Leinwand, ein Teil setzt sich sofort, andere weigern sich und beginnen laut zu murren und zu protestieren. Wie Taliunger wohl mit ihnen umgeht? Als würde sie meine Gedanken lesen, sagt sie: »Ich bin heute nur für jemanden eingesprungen, ich bin die Schulpsychologin, kein Guide.«

Aus mir platzt heraus: »Nächste Woche trete ich mit Aya Korem auf. Soll ich dir und Neria Tickets reservieren?«

Ihr kleiner Körper spannt sich wie eine Feder. Ob es an der Aufführung liegt oder daran, wie ich den Namen Neria hervorgebracht habe, in einem ganz besonderen Ton.

Zügig gehe ich zwischen den Kindern umher, stelle sicher, dass sie für den einführenden Kurzfilm alle bequem sitzen. Mein Blick bleibt an einem Mädchen hängen, das unbedingt stehen will. Sie ist klein, niedlich und trägt Zöpfe. Die sehr dicken Brillengläser verleihen ihr ein eulenhaftes Aussehen. Behutsam führe ich sie zu einem Platz, und sie zeigt mir einen Finger mit einem frischen Kratzer. »Das war Meir.« Sie spricht undeutlich und wiederholt den Satz mehrmals, bis ich ihn verstehe.

»Wie unfair von Meir!«, sage ich. Sie lächelt mich an und präsentiert mir – es kommt von Herzen – ihr rosafarbenes Zahnfleisch. Wie alt mag sie sein? Sieben? Acht? Sie hat etwas Unfertiges, aber das eulenhaft Niedliche zwickt in meinem Herzen.

Inzwischen ist es im Saal dunkel, und der Film beginnt. Den »besonderen« Gruppen präsentieren wir stets den gleichen: »Die Ahnen.« Ein vereinfachter Animationsfilm mit Musik, den ich ehrlich gesagt nicht ausstehen kann, aber er ist effektiv und hält die Kinder bei Laune.

Tali und ich lehnen uns in dem dunklen Saal an die Wand. Auf den Betrachter von außen wirken wir wie zwei befreundete Guides, *doch keiner guckt euch an*. Ohne zu blinzeln, schauen wir nach vorn. Atmen die gleiche saure Luft, während die Erzmutter Sarah damit beginnt, Hagar zu misshandeln. Der Illustrator hatte sich dafür entschieden, Sarah als bedrohliche Alte mit krummer Nase zu zeichnen. *Als kinderlose Hexe*. Erst wenn sie Jizchak auf die Welt bringt, werden die Falten auf wundersame Weise geglättet, und sie wird wieder normal und eine angenehme und liebende Frau.

Tali Unger rückt näher.

»Ich wäre dir sehr dankbar, wenn du von Neria ablassen würdest«, sagt sie.

»Was?« Ich brauche Zeit, um zu begreifen, was sie da gerade von sich gegeben hat. Ihre Worte hören sich an, als spräche sie eine Fremdsprache.

»Du hast richtig gehört. Und lass dich auch nicht wieder bei uns zu Hause blicken.« Die Betonung liegt auf *uns*.

Mir schwillt der Kamm, als ich mich an Nerias Nachricht entsinne. Ich hatte mir meine Antwort reiflich überlegt, und nach mehreren ausgefeilten Formulierungsversuchen, die ich löschte, wiederherstellte und erneut löschte, schickte ich ihm die Zeile: »Alles okay, Neria.«

Eine schlichte elegante Antwort, wie es angebracht war. Solange du stoisch bleibst, scharwenzelt man um dich herum, hatte die Erfahrung mich gelehrt. Ich hatte hier also nicht unbedingt Großzügigkeit demonstriert. *Nein, es ist überhaupt nicht okay, Neria.*

»Du solltest dich auf deine brillante Arbeit konzentrieren«, flüstert Taliunger mir zu. Sie ist mir so nah, dass ihr Make-up an meinem Ohr reibt. »Das ist doch sowieso alles, was du hast.«

Ihre Direktheit ist frappierend. So hatte ich sie nicht in Erinnerung. Dina war von uns allen die Direkte, Taliunger war die Listige, die sich wie eine Nacktschnecke einschleicht. Das Mutterdasein zwingt einen offenbar dazu, den Dingen in die Augen zu sehen und keine Zeit mit Umwegen zu vergeuden.

Ehrlich gesagt war das eine Sache, die mir immer Angst gemacht hatte: die Veränderungen, die deine Kinder dir aufzwingen, Veränderungen, die das Innere und Tiefliegende betreffen, weitgehende Veränderungen im Verhalten und in der Reaktionsweise auf die Umwelt.

Denn da kann man nichts machen. Auch wenn es einiges zu verbessern gäbe, heißt das nicht unbedingt, dass du dich verändern willst.

Wir lehnen beide immer noch an der Wand. Blicken nach vorn. Abraham schickt Hagar gerade in die Wüste. *Siehst du? Er ist dazu bereit, auch seinen zweiten Sohn zu opfern.*

»Und nur um das klarzustellen: Meine Arbeit ist genauso brillant wie deine«, flüstere ich ihr zu. »Die Einladung für die Konferenz steht.«

»Zu der Uhrzeit bringe ich die Kinder ins Bett«, erwidert sie.

Ein Teil von mir ist von der Antwort fast enttäuscht. *Mehr hast du nicht im Arsenal, um es mir heimzuzahlen? Du gibst mir die banalste Antwort, die im Handbuch steht?*

Ich blicke zu der verloschenen und verblichenen Sarah. Obwohl ich den Film schon Dutzende Male gesehen habe, krampft mein Herz sich zusammen, denn alles, was sie an der Seite ihres Mannes getan und verwirklicht hatte, war ihr nicht genug gewesen. Zum ersten Mal stelle ich infrage, ob das, was ich tue, mir genug ist.

Der Zettel mit der Telefonnummer von Aya Korem pulsiert in meiner Hand. *Ta-tam! Ta-tam! Ta-tam!*

Gott sei Dank ist der Film zu Ende. Keine Minute hätte ich länger in unmittelbarer Nähe von Taliunger ertragen. Dieses Gefühl scheint auf Gegenseitigkeit zu beruhen, denn als das Licht angeht, verzieht sich jede von uns in den entlegensten Winkel des Saals.

Nun marschieren wir mit den Kindern in einer (zu krummen) Reihe ins Wachsfigurenkabinett, und ich gebe dem zusätzlichen Mitarbeiter von der Sicherheit das Zeichen, sich uns anzuschließen. Ich funktioniere wie ein Automat, rassele die Sicherheitsvorkehrungen herunter, liefere

Erklärungen zu den Puppen. Was ich sage, ist korrekt, aber die Worte schmelzen in meinem Mund.

Der Mann von der Sicherheit schreit wie ein Wildgewordener: »Was hast du da gemacht?«

Ich eile ans Ende des Saals zu Michals Puppe, die mit erstarrtem Blick dasitzt. Mein »Gebetsriemen« lodert an ihrem Arm, und neben ihr steht die niedliche kleine Eule mit den Zöpfen. Sie hält einen Stift in der Hand und zittert am ganzen Leib.

»Ich habe doch nur eine Blume neben den Kratzer gemalt«, stottert sie. Flehend streckt sie mir die Hand entgegen. Neben dem Kratzer hat sie tatsächlich eine klitzekleine Blume gezeichnet. Zu ihrem Leidwesen hat sie einen ähnlich dünnen Stift wie ich (für den Gebetsriemen) benutzt.

*

»Tamara!« Trotz ihrer kleinen Statur gelingt es Taliunger, in die Höhe zu schießen und das Mädchen zu isolieren. »Was hast du da angestellt? Du böses Kind! Böses, böses Kind!«

Und du bist eine böse Schulpsychologin, eine böse, böse Schulpsychologin, denke ich mir und will mich gerade einmischen, da kommt die Assistentin hinzu, die unvermittelt energisch wird, und der Chef von der Sicherheit, ein älterer Mann mit rot angelaufenem Gesicht. Sie umringen Tamara, die zittert, sich in sich verkriecht und mit feuchten Augen sagt: »Nein … das war ich nicht … das war ich nicht …«

»Hör auf zu lügen, Tamara!«

Taliunger gießt mehr Zorn aus, als bei diesem kleinen

Vorfall nötig wäre. *Woher kommt dieser ganze Zorn? Wie alt ist er?* Zu meinem Bedauern ist sie nicht die Einzige. Alle bauen sich mit ernsthaften drohenden Mienen um Tamara auf, und das Mädchen schwindet, wird zu einer kleinen bebenden Kugel mit Zöpfen. Im Herzen bin ich bei ihr, bringe jedoch kein Wort heraus.

Nun sag schon was!

Bin nicht dazu imstande.

Los, mach schon!

Ich bring's nicht fertig.

Sag was!

Michal lässt ihren kalten Blick auf mir ruhen. *Na los! Rühr dich! Steh deinem kleinen Kind bei!*

Aber genau das ist die Sache. Trifft die Sache im Kern. Tamara ist n i c h t mein Kind. Ginge es um meine Tochter, daran habe ich keinen Zweifel, brächte ich die Kraft für das Geständnis auf, und zwar unverzüglich, ohne mit der Wimper zu zucken. Diesen Schritt würden die eigenen Kinder bei einem bewirken, sie würden bewirken, dich, deine Gewohnheiten, deine Ängste, das Bündel aus Momenten der Schande und des Nichteingreifens zu vergessen, die dich zu der Person gemacht haben, die du bist. Deine Kinder werden deinen Egoismus einer Prüfung unterziehen.

Dem würdest du nicht standhalten.

*

Wehmütige Stimmung schlägt mir von den Wänden entgegen.

Den gesamten Abend über sitze ich nur da und starre

vor mich hin, fühle mich wie eine ausgepresste Zitrone. Der Zettel mit der Telefonnummer von Aya Korem liegt zusammengefaltet in meiner Hand, doch ich bin außerstande, mich zu rühren oder zu sprechen. Tamaras kleines gekränktes Eulengesicht lässt mich nicht los. *Wer kommt zu mir? Wer will eine Umarmung?*

Ich sitze immer noch reglos da, als ich höre, wie eine Nachricht eingeht. Eine unbekannte Nummer hat mir ein Foto geschickt. Ich vergrößere es. Ich sehe ein blau angelaufenes entstelltes Gesicht. Kurz darauf wird mir klar: Ich habe es mit einer ertrunkenen Hexe zu tun, an den Beinen sind Gewichte befestigt, Hände und Füße sind über Kreuz gefesselt. Nur das Haar ist ungebunden, umspielt sie im Wasser. Die toten Augen starren mich an. Ich sehe mich.

Zweiundzwanzig

Nein, das bin nicht ich, das ist absolut unmöglich.

Natürlich nicht, denn du hast es ja nie zu einer echten Hexe gebracht.

Ich betrachte das Foto näher, es ist ein Gemälde. Wer immer der Absender sein mag – Mühe hatte er sich gegeben. Eine gewisse Ähnlichkeit mit mir ist erkennbar, hauptsächlich in der Kieferpartie und dem dünnen Haar, das ihren Körper umgibt. Vielleicht auch die Form des Mundes. Doch das Gesicht und die Haut sind eingesunken und hässlich. *Es ist das Gesicht einer Hexe, die bei der Wasserprobe gescheitert ist.*

Ich knöpfe es mir im Detail vor und beurteile es aus der Distanz. Dazu in der Lage zu sein, erstaunt mich. Offenbar habe ich es mit einer »Hexenbad«-Szene aus dem Mittelalter zu tun. Zwar kann ich sie zeitlich nicht genau einordnen, aber sie kommt mir bekannt vor. *Streng deine grauen Zellen an!* Vergeblich.

Das »Hexenbad« war so einfach wie grausam: Wurdest du der Hexerei beschuldigt, fesselte man deine Hände und Füße über Kreuz, geleitete dich in der Menge ans Flussufer und warf dich gefesselt ins Wasser.

Gelang es dir auf irgendeine Weise, nicht unterzugehen, nun ja, dann warst du eine Hexe, die zum Scheiterhaufen verurteilt wurde. Und wenn du ertrankst? Nun ja, das war natürlich jammerschade. Immerhin bewies es deine Unschuld.

Wie steht's mit dir, Sheila, schuldig oder nicht?

*

Ich bleibe die ganze Nacht wach, das Handy in meiner Hand gleicht einer glühenden Kohle. Ich untersuche das Foto von allen Seiten. Der Mörder sucht offenbar den direkten Kontakt zu mir. Es fühlt sich an wie ein flüsterndes Zwiegespräch mit einem Geist aus früheren Zeiten. Das Foto will mir drohen und mich gleichzeitig verhöhnen. Es will mir etwas *weit Zurückliegendes* ins Gedächtnis rufen … doch was?

Ich gehe sämtliche Vorfälle seit dem Mord an Dina durch, dem Zeitpunkt, als die Dinge in einen tückischen Strudel gerieten.

War es tatsächlich der Punkt, an dem alles seinen Anfang nahm? *Denk gut darüber nach! War es der Punkt, an dem alles seinen Anfang nahm?* Ist es denkbar, dass das Ganze schon früher begonnen hatte? Vielleicht als sich vier junge Frauen irgendwann auf dem Rasen tummelten?

Hercule Poirot sagt: Immer sucht man den Anfangspunkt, es gibt einen Moment, in dem alles begann, und in dem Augenblick, da man ihn erkennt, liegt die Hälfte des Weges bereits hinter einem. – Das ist ja alles schön und gut, Hercule, doch was ist dieser Moment?

Tief im Inneren weißt du's.

Die Ertrunkene schickt mir aus dem Wasser ihr unsterbliches, geisterhaftes Lächeln, und an der Schwelle meines Bewusstseins vernehme ich einen Widerhall, eine lästige provokante Erinnerung, die ans Licht will. Sie hat mit Dina zu tun, es geht um Worte, die bei jenem letzten Besuch fielen oder unausgesprochen blieben. Auf eine neue Gelegenheit warten.

Kehrt an den Punkt zurück, an dem alles begann, zu dem Augenblick, wo das Ganze Gestalt annahm, Poirots Worte dröhnen die ganze Nacht in meinen Ohren. Er selbst hatte keine Kinder, genau wie Miss Marple, das Leben beider war gut ausgefüllt, und keine Kinder zu haben, tat ihm keinen Abbruch. Oder wurden sie gerade deshalb Detektive? *Hinterlass keine Spuren. Untersuch die Spuren, die ein anderer hinterlassen hat.*

Ich sitze im Wohnzimmer, schaue auf das Foto, die Ertrunkene blickt mich schweigend an, aus Minuten werden Stunden.

Tick-tock, tick-tock, tick-tock.

*

Michas Reaktion erstaunt mich und keineswegs im positiven Sinn.

Nun geh mal in dich, wann hat er dich im positiven Sinn erstaunt? Seit unserem letzten Treffen sind einige Tage vergangen, ohne dass wir in irgendeiner Form Kontakt hatten. Als ich ihm das Foto zeige, wirft er mir den zurückhaltend-höhnischen Blick eines Mannes zu, der auf diesen Moment gewartet hat. *Wusste ich's doch: Irgendeine Ausrede für ein Treffen würde sie finden. Was Besseres ist ihr wohl nicht eingefallen?*

Ein weiterer Blick, in dem Hohn liegt, eine apathische Frage nach der anderen, und allmählich dämmert es mir: Er glaubt mir nicht.

»Du tust so, als hätte ich mir das Foto selber geschickt.« Wozu hinterm Berg halten?

»Das hab ich nicht gesagt.«

Das ist auch nicht nötig, dein Ton spricht für sich.

»Warum klärst du nicht umgehend, wer mir das Foto geschickt hat?«

»So einfach ist das nicht. Dazu muss eine richterliche Anordnung an die Telefongesellschaft ergehen, dann müssen Leute darauf angesetzt werden, aber in der Sicherheitsabteilung gibt es gerade mal zwei, und bis die sich damit befassen …«

»Wenn du ihnen verklickerst, wie wichtig es ist, befassen die sich recht schnell damit.«

Er würdigt mich kaum eines Blicks, sitzt mir gegenüber und spielt mit seinem Handy, während ich rede, er rührt sich kaum, nur sein Daumen gleitet über das Display, er ist die Gleichgültigkeit in Person. Ich versuche zu verstehen, woran es liegt, schließlich waren wir miteinander recht intim, fast wären wir … Verschiedene Szenen blitzen in meinen Gedanken auf: Ich auf der Klobrille, rote Tropfen, für anderthalb Stunden wäre ich beinahe … wären wir beinahe … Mag sein, dass er im Unterbewusstsein diese Bedrohung gespürt hatte und seine Sinne dafür geschärft waren. *Die Flucht hat er ergriffen, der Mann, die Flucht.*

Ich setze meine Beobachtungen fort, derweil er auf der

Couch sitzt, als wäre er auf dem Sprung. Sein Blick ist nach wie vor aufs Handy gerichtet, er macht keinen Hehl aus seiner Langeweile und dem Drang, gehen zu wollen.

Durch einen Schleier lächelt die Ertrunkene mich voller Anteilnahme an. Geht es mit rechten Dingen zu, dass ich mich nicht vor ihr fürchte? Mich auch nicht einen Moment vor ihr gefürchtet habe? Dabei ist das Foto ausdrücklich als Bedrohung gedacht. Oder etwa nicht?

Von wegen Bedrohung, Sister. Ich bin in dieser Auseinandersetzung deine Gefährtin. Verpass diesem Typen auf der Couch einen kräftigen Tritt.

Ich gehe in die Küche und komme mit einem Fleischmesser wieder. Benutzt habe ich es noch nie, es ist blitzeblank. Für den Bruchteil einer Sekunde weiten sich seine Augen vor Panik – diese Beobachtung genügt mir. Er vertraut mir nicht, er hat mir nie vertraut.

»Bring mir bei, wie ich mich verteidigen soll, wenn der Mörder hier auftaucht.« Für echte Bedrängnis in der Stimme muss ich noch üben.

»Sheila, du glaubst doch nicht wirklich, dass einer hierherkommt.« Wieder dieser gelangweilte Ton.

»Du verdammter Scheißkerl.« Ich schreie nicht, aber ich werde sehr laut. »Was gibt dir das Recht, derart gleichgültig zu sein?«

Was gibt dir das Recht, mir gegenüber gleichgültig zu sein?

Er steht auf, ist mit einem Satz bei mir und nimmt mir das Messer aus der Hand. Es ist für ihn ein Kinderspiel, er pflückt es einfach aus meinen Fingern. Die körperliche Anziehung, die er auf mich ausübt, tut das ihre, darüber hinaus hat er jedoch nichts zu bieten. *Mehr ist da nie gewesen.*

»Mit Messern solltest du besser nicht herumspielen, denn sollte tatsächlich einer vorbeikommen, richtet er es gegen dich.«

»Wenn du es mir beibringst, sieht er alt aus.«

»Da gibt's nicht viel zu zeigen«, erwidert er.

»Weißt du nicht mehr, wie John Travolta in *Im Körper des Feindes* seiner Tochter beibringt, wie sie das Messer in der Wunde herumdrehen soll, damit sie sich nicht schließt?« Beinahe gegen meinen Willen entsinne ich mich an unser erstes Gespräch, wo wir uns beim Klugscheißern nichts nahmen, und für einen Moment bilde ich mir ein, dass seine Augen funkeln. – Fehlanzeige. Er sieht auf seine Uhr, ihm »fällt ein«, dass er gehen und ich mir keine Sorgen machen muss. Selbstverständlich hält er mich über die Entwicklung auf dem Laufenden, *sollte* es eine geben.

Puff! Micha ist weg.

Erst nachdem die Tür hinter ihm laut ins Schloss gefallen ist, entsinne ich mich, dass in dem Film John Travolta nicht ihr wirklicher Vater war, er gab sich als ihr Vater aus.

So ist das eben. Die nützlichsten Informationen erhältst du nie von denen, die dir am nächsten stehen.

Galis Gesicht ist meinem so nah, dass ich den hellen Flaum über der Oberlippe sehen kann. Ob sie ihn aufhellt, oder ist das Schnurrbärtchen wie bei allen Rothaarigen von Natur aus hell? Ich gehe auf Abstand.

»Dann brauche ich dich im Close-up«, sagt sie, während sie am Stativ herumdreht. Sie kommt vom Hundertsten ins Tausendste, als sie schildert, was ihre arme Kamera in der Reparatur durchgemacht hat. Bis sie überhaupt eine ordentliche Werkstatt gefunden hatte, und der Techniker erinnerte sie an einen ehemaligen Nachbarn und so weiter und so fort, bis mir klar wird, dass die Kamera gar nicht defekt gewesen war, nicht mal ein bisschen.

»Du wirkst ein wenig depressiv«, sagt sie zärtlich. Ich habe die Nase voll davon, bestimmte Gesichtsausdrücke anzunehmen, und beschließe, ihr den Grund zu verraten.

»Kannst du mir das Foto mal zeigen?« Das Versessene in ihrer Stimme erschreckt mich. Mit einem Schlag ist die Zärtlichkeit daraus gewichen, aber für einen Rückzieher ist es schon zu spät. »Ich liebe Hexen«, fügt sie hinzu.

Ja, in diesem Alter lieben sie Hexen noch.

Ich beobachte sie dabei, wie sie mit den Augen das Foto verschlingt. Und währenddessen überkommt mich erneut das Gefühl, diese Hexe zu kennen, sie in der Vergangenheit schon einmal gesehen zu haben. *Nun mach schon, erinnere dich!*

»Findet Micha nicht für dich heraus, wer es geschickt hat?« Mit welcher Natürlichkeit ihr *Micha* über die Lippen kommt, entgeht mir nicht, aber inzwischen ist es mir egal, das heißt, fast egal.

»Eher nicht.«

»Na ja, er ist ziemlich scheiße«, sagt sie. »Ich hoffe sehr, dass dir das klar ist.«

Ich sehe sie an. Sie hat es ruhig gesagt, aber der Unterton ist mir nicht entgangen. Dann hebt sie den Blick, und unsere Augen begegnen sich, eine leuchtende Pupille trifft auf die andere, und in dieser Millisekunde begreife ich, dass es mir bewusst ist. Micha ist ein Arschloch.

»Kann ich einen Kaffee haben?« Während sie die Frage stellt, ist sie bereits auf dem Weg in die Küche. Für einen Moment bin ich sprachlos, dann realisiere ich, dass ihre Forschheit eine lockere Atmosphäre schafft. Mich schert es nicht, ob der Fußboden schmutzig ist, ob die Arbeitsflächen mit dem ganzen Krempel darauf klebrig sind, ob das dreckige Geschirr im Becken vor sich hingammelt. *Die zwei letzten Püppchen waren froh … fühlten sich in ihrer Haut pudelwohl.*

Ich höre, wie sie den hohen Küchenschrank öffnet, und weiß, welche Tassen sie herausnehmen wird. Die schönen festlichen, die ich nie benutze. Die weißen mit dem filigranen Goldrand, die ich nie in die Mikrowelle stellen kann, da sie zerspringen würden. *Sollen sie doch zu Bruch gehen! Soll alles zu Bruch gehen!*

Sie bringt mir die volle heiße Tasse, und ich spüre, wie die Wärme auf meine Hände übergeht. Dabei fällt mir eine Studie ein, über die ich gelesen hatte. Männer, die eine Tasse heißen Kaffee von einer attraktiven Frau gereicht bekamen, empfanden diese Frau als wesentlich anziehender als die Männer, denen sie eine Tasse kalten Kaffee brachte.

Keine Überraschung. Oder? Wärme, etwas Heißes zu trinken oder zu essen, Liebe und Zuwendung, ein Zuhause, alle sprechen immer die gleiche Sprache. *Sollen sie doch zu Bruch gehen! Soll alles zu Bruch gehen!*

*

Galis Gesicht über der Goldrandtasse wirkt sanft. Die Röte verleiht ihr die Verletzlichkeit eines kleinen Mädchens.

Die Bedächtigkeit, mit der sie ihren Kaffee umrührt,

hält mich allerdings davon ab, einen Schluck zu nehmen. Die kleine Hand rührt ohne Unterlass, und meine Finger schwitzen an der Tasse, deren Goldrand unheilvoll glänzt.

»Wie kommt es, dass du einfach so auftauchst?« Meine Zähne stoßen gegen den Tassenrand. Werden sie den Goldrand abnagen?

»Was meinst du?« Das Erstaunen in ihrer Stimme ist echt, gleichwohl scheint sie recht gut zu wissen, was ich meine.

»In den Krimis ist es so: Wenn einer in dem Moment auftaucht, in dem die Mordserie einsetzt, ist er meist der Mörder.«

Ich kann es nicht glauben, dass ich diese Worte über die Lippen bringe. Wie konnte das geschehen? Ich wage sie ja kaum zu denken. *Was ist in dich gefahren? Das ist doch dein kleines Mäuschen!*

Das große Mäuschen ist allerdings nicht darüber erschrocken. »Genau deswegen bin ich hier. Wegen der Morde«, sagt sie. »Als Dina tot war, habe ich begriffen, dass ich diesen Film drehen muss, denn wer weiß, was kommen wird.«

Ihre Stimme wird schwächer und stirbt ab. *Wir wissen inzwischen sehr gut, was kam. Und noch kommen wird.*

»Was ist dir von meiner Mutter am meisten in Erinnerung geblieben?« Galis Stimme schlägt ins Kindliche um. Jedes Mal, wenn einer »meine Mutter« sagt, klingt er wie ein Kind. *So ist das eben, Mutters Töchterlein bleibt Mutters Töchterlein.*

Ich senke den Blick, was kann ich ihr Großartiges sagen?

Meine Augen bleiben wieder am Foto der toten Hexe hängen, und da fällt es mir ein.

Der Hexenkurs von Frida Godskind! Diesen Kurs hatten wir zusammen im ersten Semester belegt, die Dozentin war eine gut gelaunte mollige Belgierin gewesen, deren Mann sich zwei Monate nach Kursbeginn von ihr scheiden ließ. Woche für Woche verlor sie an Gewicht, bis sie selbst Ähnlichkeit mit einer Hexe hatte.

Sie zeigte uns Dias von Hexen, die misshandelt, weggeschleift, verbrannt und gefesselt ins Wasser geworfen worden waren, und die Illustrationen waren dieser sehr ähnlich, hatten das gleiche traumhafte entweichende Wesen.

Da hast du's, Sheila, die Vergangenheit holt dich wieder ein, wird dich immer einholen und jagen, auch wenn du dir einbilden magst, du hättest alles hinter dir gelassen. Hast du das kapiert, kleine Hexe?

Ich schaue Gali an. Sollte eine Person mir das Foto geschickt haben, die mit mir den Kurs von Frida Godskind besucht hatte, kann sie es nicht gewesen sein. *Denk gut nach! Erinnere dich!*

Ich bin derart in meinen inneren Aufruhr versunken, dass Gali ihre Frage wiederholen muss. Bedauerlicherweise spreche ich das Erste aus, was mir in den Sinn kommt.

»Ich entsinne mich vor allem daran, wie es Na'ama in der letzten Nacht ging.«

Du bescheuertes Blödchen! Wieso reißt du deine große Klappe auf?

Gali schreckt zurück und streift die Kamera, die krachend auf den Boden schlägt. Zuerst ein seltsam verhaltenes Klirren und danach Dutzende von winzigen inneren Zertrümmerungen. Klirr! Klirr! Ta-tam! Ta-tam! Ta-tam!

Nun ja, diesmal ist die Kamera kaputt. Gali erweckt den Anschein eines kleinen Mädchens, dem ein volles Bonbonglas aus der Hand gerutscht ist. Sie steht da, die Beine versagen ihr den Dienst, und sie blinzelt ins Licht.

»Was war da los, Sheila?«, fragt sie mit kindlicher Stimme. »Was ist in der Nacht vorgefallen? Ich will das wissen.«

Ich will es ihr erzählen, *habe Verlangen danach!,* aber ich weiß, sobald ich es tue, wird sie sich gegen mich wenden und mich für die Ewigkeit hassen, das ist unausweichlich. Bei allem Respekt und den besonderen Beziehungen und dem modernen Bla-bla, das wir uns in den Kopf gesetzt haben, sind Freunde keine Familie, sind die Freunde der Mutter keine Familie, nur deine Familie ist Familie, und das bleibt sie für immer. Hast du dich aus irgendeinem Grund dafür entschieden, dass du eine solche nicht haben wirst, besteht die Chance, dass du eines Tages allein sein wirst. *Hast du das kapiert, kleine Hexe?*

Gali mustert mein Gesicht, und ihre Züge werden mit einem Mal starr.

»Du wirst es mir also nicht erzählen.«

»Noch nicht.«

»Wann denn? Wenn es zu spät sein wird?« Ihre Worte verharren schwebend in der Luft.

Begreifst du? Schon zu spät.

»Eine Freundin von mir hat einen Freund beim Inlandsgeheimdienst, er kann dir bei dem Foto bestimmt helfen«, sagt sie. Der Starrsinn, in dem sie es sagt, ist erstaunlich. »Ich werde dir helfen, aber merk dir, dass du mir nicht helfen willst.«

Sie wendet sich von mir ab und sammelt die Scherben der Kamera auf. Sie tut es langsam, Scherbe für Scherbe, wie ein Mädchen, das versucht, eine zerbrochene Puppe zusammenzusetzen. Sie geht, ohne sich umzudrehen oder zu verabschieden.

Ich bin darin vertieft, bei Google das Foto zu finden. *Wer hätte gedacht, dass es so viele tote Hexen unter Wasser gibt?* Irgendwann merke ich, dass das Telefon klingelt, und nehme ungehalten ab.

Es dauert ein Weilchen, bis der Groschen fällt: Ein Déjà-vu? Die rauchige Stimme, die meinen Namen wissen will und mich ersucht, bei der Polizei vorbeizukommen, gleicht der sachlichen rauchigen Stimme meiner fiktiven Polizistin aus der Zeit vor Micha.

»Wann soll ich zu Ihnen kommen?«

»Morgen früh.«

»Warum hat Micha nichts davon gesagt? Ich habe ihn heute schon gesehen.«

Ob er es mit keiner Silbe erwähnt hat, weil er nicht mehr auf meiner Seite ist? Wer weiß, ob er es jemals war.

»Wer?« Die heisere Stimme klingt leicht angespannt.

»Micha, Micha Jarden.« Kurz darauf fällt mir sein Nachname wieder ein, das klebrige Schweigen am anderen Ende ist alles andere als hilfreich.

»Amiram Jarden?«, fragt sie endlich.

»Nein. Micha, Ihr Ermittler«, entgegne ich. Sehr langsam zum Mitschreiben.

»Ich habe keine Ahnung, wen Sie meinen.«

Ihre Worte dringen durch dichte Nebelschwaden herüber,

es ist kein lyrischer Nebel, sondern tatsächlich weißer Dunst, der meinen Schädel eintrübt und mir die Luft nimmt.

Ich lasse mich in den fleckigen Sessel fallen und vernehme die rauchige Stimme: »Ich habe keine Ahnung, wen Sie meinen. Wir haben hier keinen Ermittler, der Micha Jarden heißt. Keinen.«

Sie wiederholt den Satz, diesmal schwingt Bedauern mit, als wolle sie sich für das entschuldigen, was sie mir mit dieser Antwort antut.

Dreiundzwanzig

Mein Spiegelbild in der Eingangshalle vom Polizeirevier wirkt aufgewühlt und kreidebleich. *Du bist echt dümmer, als die Polizei erlaubt!*

Die Polizistin, die den Auftrag hat, mich zu eskortieren, sieht mich misstrauisch an, aber ich rühre mich von dem Spiegel nicht weg. Ich sehe aus wie eine Hexe ohne Zauber. *Kleine Hexe! Reingefallen bist du!*

»Wollen wir?«, fragt die Polizistin. Ihr kleiner Mund kaut Kaugummi. »Oben warten sie auf uns.«

Ich bin außerstande, mich zu rühren. Dem Spiegel gegenüber stehen zwei riesige Vitrinen, sie sind mit vergoldeten Pokalen vollgestopft. Wofür sie die wohl bekommen haben? Für die ganzen Leichen, die sich angesammelt haben? Dafür, dass sie sich als andere ausgegeben haben?

Seit dem Telefonat arbeite ich mich durch eine große Wolke. In mir treiben Tausende ertrunkener Hexen, Tausende Fragen gellen in meinem Kopf. Wer ist er? Wer ist dieser Mann? Wer ist dieser Mensch? *Wer ist dieser kleine Junge? Wer?*

Ein Stoßseufzer von Dina dringt an mein Ohr: »Ich hab

dir doch gesagt, wie bescheuert du bist.« Sie genießt es, labt sich daran. Dem wohnt etwas inne, das ich gleich hätte erkennen müssen.

Ich habe Michas Gesicht vor Augen. Seine Mimik, die sich in erstaunlich kurzer Zeit verändern konnte. Das Vertrauen einflößende Gesicht des Jungen mit dem Grübchen, das Gesicht des Mannes, der für einen Kuss näher kam, das gleichgültige Gesicht während der letzten Begegnung und vor allem das Gesicht, das mich in der Nacht betrachtete. Ein steinernes Gesicht mit ausdruckslosen Augen.

Aber er wusste Bescheid! Wusste alles, kannte sämtliche Einzelheiten der Ermittlungen. *Denk bloß nicht daran!* Er wusste von den nächsten Maßnahmen, die ergriffen würden, wusste von Debbi und Saul, wusste, was keiner wissen konnte, es sei denn, er war Ermittler und unter Umständen … *Denk bloß nicht daran!*

In einem Moment des Wahns frage ich mich, ob das Ganze nicht pure Fantasie ist, ob Micha ein Produkt meiner Fantasie ist, der nur in meinen vier Wänden existiert. *Und in deinem Schlafzimmer.* So fühlt man sich offenbar, wenn einem der Boden unter den Füßen weggezogen wird. Unter meinen Füßen strömt ein Fluss, und meine Taschen sind voller Steine.

Du bist bei der Prüfung durchgerasselt. Next! Die nächste Hexe! Und besser wär's, sie wär nicht so leichtgläubig wie du!

Ich laufe über den schmalen Korridor, die kauende Polizistin hinter mir hat einen flotten tänzelnden Gang und zwitschert am Telefon. Es ist nicht die Polizistin mit der rauchigen Stimme, die mich angerufen hatte. *Doch wer ist er? Wer ist er? Wer? Nimm dich in Acht vor diesem Mann, den Männern, die wie kleine Jungen rüberkommen, sie sind es, die letzten Endes gegen ihre Mütter aufbegehren und sie umbringen.*

Erneut werde ich an diesen Blick erinnert, es ist ein abwartender prüfender Blick, der fehl am Platz war. Doch ist es der Blick eines Mörders? *Jetzt aber! Trau diesem kleinen Jungen mal nicht zu viel zu.* Beinahe muss ich schmunzeln, Micha soll der Mörder sein? Diese Möglichkeit war mir nie in den Sinn gekommen, auch nicht in jener schwarzen langen Nacht, die sich zu allen Seiten ausdehnte, als wolle sie nie enden. *Nicht er!* Denn lasst uns ehrlich sein, er hat nicht mal ansatzweise das Zeug dazu. Hatte es nie. Er ist zu dröge, um der Mörder zu sein.

Der Korridor wird breiter, ich vernehme den Widerhall meiner Schritte und wundere mich nicht zum ersten Mal, weshalb ich keine Angst verspüre. Wie kann es sein, dass ich die ganze Zeit über nur begrenzt Furcht empfunden hatte?

Weil du klug bist, darum. Weil du's schon immer warst.

Diesmal meldet sich Dinas Stimme in ermutigendem, beinahe verführerischem Ton. Ich weiß, dass sie recht hat. Es scheint mir an der Zeit, mich wieder klug zu verhalten.

Im Gegensatz zur vorangegangenen Begegnung macht Debbi diesmal einen netteren Eindruck, und sie kommt mir nicht so klein vor. Sie sitzt in einem Kabuff mit kahlen Wänden hinter einem riesigen Computer. In einem Vernehmungsraum hängt nie etwas an der Wand, das den Vorgeladenen ablenken könnte, habe ich mal gelesen. *Die Leere ist die Lösung.*

»Wie wär's mit einem Kaffee?«, schlägt Debbi vor. Beinahe

liebevoll sieht sie mich an. Was mag der Grund dafür sein? Keiner der Gründe, die mir einfallen, ist ermutigend.

»Ja, Kaffee«, sage ich. Hoffe, dass ich schlucken kann. Seit gestern habe ich nicht einen Schluck getrunken. *Dein Rachen ist verstopft.*

»Wer ist dieser Micha, nach dem Sie gefragt haben?«, erkundigt sich Debbi. – Ich erstarre.

»Ach nur so. Jemand. Ein Freund bei der Polizei«, sage ich. Selbst ich höre, dass meine Stimme erstickt klingt, und ich muss an Neria Grossman denken. *Ich habe einen Freund bei der Polizei.*

Debbi sieht mich prüfend an. »Mein Gott, Sie sehen ja furchtbar aus.« Irgendwie schafft sie es, den Worten einen sorgenvollen Klang zu verleihen. »Sind Sie wirklich in der Verfassung, uns zu helfen?«

»Heißt das, dass Sie mich nicht länger verdächtigen?« *Sheila, muss das jetzt sein?*

»Verdächtigen?« Debbie wirft mir einen Blick zu, den ich nicht zu deuten weiß. »Sie wurden in keiner Phase ernsthaft verdächtigt. Uns lag der Entlassungsbrief von der Notaufnahme vor.«

Jetzt weiß ich diesen Blick zu enträtseln. Sie sagt mir die Wahrheit. Michas Lügen und Einschüchterungsversuche haben mich vergessen lassen, wie die Wahrheit aussieht. *Du dummes Ding!*

»Wir wollen Sie an etwas Interessantem teilhaben lassen, das wir im Computer von Dina Kaminer gefunden haben«, sagt Debbi, und ich gebe mir erdenkliche Mühe beim Zuhören. Beim aufmerksamen Zuhören.

»Vielleicht können Sie weitere Einzelheiten beisteuern.«

Wollen sie mir eine weitere ertrunkene Hexe von Frida Godskind zeigen? Debbi dreht den Bildschirm zu mir, ich sehe kein Bild, nur Wörter.

»Das haben wir in ihren E-Mail-Entwürfen gefunden«, erklärt sie. »Das hat Dina kurz nach Ihrem Treffen geschrieben. Offenbar hatte sie vor, Ihnen diesen Brief zu schicken, doch sie kam nicht mehr dazu.«

Nein, sie kam nicht mehr dazu. Dabei fällt mir ein, wozu sie im Laufe des Treffens so alles gekommen war, doch neben dem Zorn und der Verbitterung, die für gewöhnlich in mir aufkommen, schafft sich ein neues Gefühl Raum. *Konzentrier dich! Konzentrier dich!*

Debbis Blick wird weich, während sie sagt: »Bevor Sie es lesen, habe ich das Bedürfnis, Ihnen zu sagen, dass Dina Kaminer schwanger war.«

Dina war schwanger. Dina war schwanger. Dina war schwanger. Nein, die Worte wollen keine Beziehung miteinander eingehen.

Ich starre Debbi an, die mich nicht aus den Augen lässt. Dina war schwanger. Dina war schwanger. Die junge Dina liegt ausgestreckt auf dem Rasen, sie summt die bekannte Melodie: »Und keiner mag Kinder und keiner braucht Kinder, und keine von uns wird welche in die Welt setzen, nie, nie, n i e m a l s.«

Aber sie hat sich dagegen entschieden, von allen ausgerechnet sie. Oder war es gar nicht so überraschend? Ist es vielleicht beängstigender als alles andere, dass du dich insgeheim danach sehnst? Ausgerechnet Dina mit ihrer gewaltigen animalischen Antriebskraft, die sie zum Handeln gedrängt hatte. Ist es möglich, dass es dieselbe Kraft war, die letzten Endes die Sehnsucht nach einem eigenen Kind auslöste?

Schließlich läuft es immer auf ein Kind hinaus, ihr werdet alle ein Kind wollen, wartet mal ab und seht selbst.

Sogar zur Prophetin Mirjam gab es religiöse Auslegungen, die behaupteten, sie sei eigentlich verheiratet gewesen und habe drei Kinder geboren. Ich hatte mich stets gefragt, ob der Bibel-Kommentator die Tatsache nicht ertrug, dass eine Prophetin, die solche Macht innehatte, keine Kinder gebar, oder bemitleidete er sie und beschloss daher, sie mit der Fähigkeit zu beschenken, dass sie Kinder gebären konnte?

Ich bin darauf gefasst, dass das Kabuff zu kreisen beginnt, doch die kahlen Wände sind wie erstarrt, bleiben stabil und fest. *Dina war schwanger.* Das Ganze nimmt allmählich feste Formen wie ein Eisblock an, und mit einem Mal wird mir klar, was mir die ganze Zeit über zugesetzt hat, was mich immer vor dem Einschlafen provozierte und mir keine Ruhe ließ.

Hatte ich es doch geahnt. Und zwar in dem Moment, als sie mir die Tür geöffnet hatte. Die delikate hormonelle Fülle im Gesicht, die glänzende Haut, der besondere Geruch einer Schwangeren, den ich schon immer wahrgenommen hatte, selbst die Art ihres Gangs und wie sie dasaß. Das war die Dina, die ein Kind in sich trug. Beinahe war es mir klar.

Nun ist es dir klar.

Ich bin außerstande, den Brief zu lesen, die Buchstaben tanzen vor meinen Augen. *Dina war schwanger.* Nur Debbi, die mich erwartungsvoll ansieht, bewirkt, dass ich angestrengt blinzelnd die wenigen Worte lese.

»Liebe Sheila, Du bist sehr wütend davongegangen, und das tut mir außerordentlich leid. Das wollte ich nicht. Im Gegenteil. Ich hatte Dich aus einem erfreulichen Grund zu mir eingeladen und wollte reinen Tisch machen, jahrelange Boshaftigkeiten richtigstellen und die Atmosphäre zwischen uns bereinigen.

Verstehst Du, Sheila? Ich bin in einer Phase der Erneuerung und großen Veränderungen. Ich …

*

Ich wende die Augen vom Bildschirm ab und stoße auf Debbis bohrenden Blick. Aus irgendeinem Grund wirkt sie jetzt weniger nett.

»Wir haben die Zeiten verglichen. An der Stelle hat sie das Schreiben unterbrochen und ihrem Mörder die Tür geöffnet.«

Ich spüre einen stechenden Schmerz. Stelle mir Dina vor, wie sie am Bildschirm sitzt, diese versöhnlichen Worte an mich schreibt. Ich weiß sehr wohl, wie ungeheuer schwer ihr Entschuldigungen fielen, sie hatte sich grundsätzlich geweigert, Fehler einzugestehen, gleich welchen Preis sie dafür zahlen musste. »Nur Loser oder dumme Frauen entschuldigen sich«, hatte sie immer resolut getönt. Und nun las ich diese Entschuldigung, las von *dieser Schwangerschaft.* Dina ist der Beweis, dass Menschen sich offenbar in der Tat ändern können.

Wer weiß, vielleicht kriegst du's eines Tages auch auf die Reihe.

»Wir vermuten, dass Dina im Zuge der Schwangerschaft auch mit anderen Personen aus ihrer Vergangenheit Kontakt aufnahm. Es ist möglich, dass eine von ihnen sie ermordet hat.« Von irgendwoher kommt ein großer Kaffeepott, der in Debbis Hand wandert, und sie nimmt daraus einen vernehmlichen Schluck. »Daher möchten wir mit Ihnen die Liste der Leute durchgehen, die Sie beide kannten.«

Sie nimmt einen weiteren Schluck und sieht mich an, als teilten wir ein Geheimnis. Mir liegt auf der Zunge: »Ach, auf einmal sind wir die besten Freundinnen?« Doch dafür fehlt mir die Zeit. Einen gibt es auf der Liste, den wir beide kannten, *o ja, den wir sehr gut kannten!* Und diejenige werde ich gleich treffen, sobald sie mich hier rauslassen.

Vierundzwanzig

An der Tür ist ein hässliches Keramikschild: Jarden.

Für einen Moment spüre ich einen Anflug von Erleichterung. Zumindest kenne ich ihn unter seinem echten Namen, zumindest in der Hinsicht hat er nicht gelogen. *Zumindest ist er kein Produkt deiner Fantasie.*

Ta-tam! Ta-tam! Ich hämmere gegen die Tür. *Ta-tam! Ta-tam!* Mir tun die Fingerknöchel weh, aber ich gebe nicht auf, ich weiß, dass er zu Hause ist.

»Mach die Tür auf, mach die Tür auf, du verdammter Scheißkerl!«, brülle ich. »Los, mach auf, du verdammter Scheißkerl!«

Als mein Gebrüll zu laut wird (hätte ich gewusst, wie befreiend es sich anfühlt, aus voller Kehle zu brüllen, hätte ich damit früher angefangen), wird schlagartig die Tür aufgerissen, und er zieht mich hinein.

Grelles Neonlicht fräst sich in meine Augen. Wir sehen uns schweigend an. Er trägt das erbärmliche ausgeleierte Unterhemd eines Tattergreises und wirkt verwahrlost, hat dunklere Bartstoppeln und hellere Augen als sonst, die mich nur oberflächlich streifen. *Mit dem Blick einer toten Schlange.*

»Ich weiß, dass du es weißt«, sagt er seelenruhig, fast flüsternd. Seine Stimme klingt monoton. Dieser unaufgeregte Ton macht mich rasend. Was für eine bodenlose Frechheit! Er hat kein Recht dazu, so zu klingen.

»Du hast keine Ahnung, was ich weiß!«

»Ich weiß, dass du weißt, dass ich in diesen Fällen kein offizieller Ermittler bin«, sagt er immer noch in der gleichen Tonlage.

»Nach dir kräht bei diesen Ermittlungen kein Hahn! Wer hat je von dir gehört?«

In Zeitlupe geht er zu mir auf Distanz und lässt sich in einem Sessel nieder, versinkt beinahe darin. Erst jetzt komme ich dazu, mich in der Wohnung umzusehen. Nagelneu ist sie. Alles wirkt blitzeblank, klinisch steril, abgesehen von einer sehr großen Uhr, die an einer strahlend weißen Wand hängt, die Zeiger schreiten energisch voran. *Tick-tock, tick-tock.*

Micha harrt in seinem Sessel aus, wirkt wie eine aus dem Museum entwendete Wachspuppe. Lethargisch starrt er vor sich hin, ignoriert meine Gegenwart, als hätte er schlagartig damit aufgehört, sein Bestes zu geben. Hatte das Versteckspiel samt Lügenmärchen ihm Kräfte verliehen, die ihm nun genommen waren? *Er sieht aus, als trauerte er um etwas. Um jemanden.*

»Ich arbeite als Freiwilliger in einer speziellen Abteilung. Der Verdächtige hat keine Kenntnis von unseren Ermittlungen«, sagt er, als wäre es mit dieser Erklärung getan.

»Als Freiwilliger? Wie hattest du Zugang zu den ganzen Informationen?« Ich will ihn umbringen, einfach so, will mit bloßen Händen diese teilnahmslose Hülle zerreißen, diese pieksaubere unpersönliche Wohnung besudeln, die den Eindruck erweckt, als wäre sie unbewohnt, auch wenn mein sechster Sinn mir sagt, dass es seine Wohnung ist und er zu der Sorte gehört, die keine Spuren hinterlässt. Er ist nicht wie ich, die in den Wäldern für die Kinder, die ihr niemals folgen werden, eine Brotkrumenspur streut …

»Sheila, beruhige dich«, sagt er. Hat es je auch nur einen Menschen auf dieser Welt gegeben, den diese Ansage beruhigt hat?

»Beruhigen?« Fast kreische ich. *Kreische, kreische.*

»Amiram Jarden ist mein Onkel.« Als er meinen versiegelten Gesichtsausdruck sieht, setzt er hinzu: »Der Direktionsleiter.«

»Dann hat der ehrwürdige Direktionsleiter dir erlaubt, mich zu betrügen?«

Das rasche Blinzeln liefert mir die Antwort.

»Hu, er weiß nichts davon?« Ich will schon feiern. »Er hat keine Ahnung, was für eine Null, was für ein Lügner sein freiwilliger Neffe ist?«

Halt gefälligst den Mund, so erreichst du gar nichts. Mach saubere Arbeit, und finde heraus, was du wissen willst.

Doch zu brüllen tut so was von gut, ist befreiend. Ich werde mir darüber klar, wie sehr ich mich in seiner Gegenwart immer gezügelt, mich bemüht hatte, all das zu sein, was ich nicht bin, all das zu verkörpern, was er offenbar mag, sodass ich speziell für ihn eine Sheila erschaffen hatte, die einem Geist glich. Ebenso hatte er eine fiktive Figur für mich erschaffen. Unterm Strich sind wir eigentlich das ideale Match. *Vielleicht als Quartett.*

Mein Blick geht zur Wanduhr. Erst jetzt sehe ich, dass

die großen Zeiger spitze Messer sind. Der Sekundenzeiger gleich einem filigranen, sich rasch drehenden Skalpell. *Tick-tock, tick-tock.*

»Er wusste, dass ich auf meine Art in die Ermittlungen involviert bin.« Micha wählt die Worte mit Bedacht. »Und hat es stillschweigend abgesegnet.«

Wieder starren wir einander an. Obwohl er in dem weißen weichen Sessel versunken ist, gelingt es ihm irgendwie, aufrecht zu wirken. Ich stelle mir den Jungen vor, der in dem orthopädischen Korsett gefangen ist, das ihn dazu zwingt, kerzengerade zu sitzen. *Inzwischen geht es ohne Zwang, der Körper hat die Lektion gelernt, der Körper vergisst nicht.*

»Aus welchem Grund hat der Direktionsleiter dir erlaubt, dich auf derart widerliche Weise in die Ermittlungen einzumischen?«

Der Sekundenzeiger zieht seine schnellen Kreise, das kleine Skalpell scheint zwischen den beiden Messern gefangen. *Tick-tock, tick-tock, tick-tock.*

»Mir scheint, das weißt du recht gut.« Er ist die Ruhe selbst.

Tick-tock, tick-tock, tick-tock.

Stimmt. Gute Hexen verlernen ihre Fähigkeiten nicht. Manchmal beschließen sie einfach, sich in Unwissenheit zu wiegen, denn in bestimmten Fällen erweist es sich im Leben als recht bequem, die Dinge zu leugnen.

»Wie lange waren Dina und du zusammen?«, frage ich. Ich spüre, wie meine Lungen sich mit Wasser füllen. »Wie lange?«

Während ich auf die Antwort warte, fällt mir ein, wie

Dina sich in sämtlichen Interviews gebrüstet hatte: »Kein Mann überlebt bei mir lange.« Sollte ausgerechnet er längere Zeit bei ihr überlebt haben – wird es ordentlich wehtun.

»Nur einige Monate.« Dennoch tut es weh, da immense freigelegte Sehnsucht und ein Klang mitschwingen, der mir schon bei seinem ersten Besuch auffiel, als er mich wissen ließ: »Meine Freundin war in deinem Alter.« *Schon damals, schon damals!* vernahm ich in der Ferne einen Widerhall, der diese Worte begleitete. Aber ich wollte nicht hinhören, oder viel schlimmer, es spornte mich dazu an, ihm näherzukommen. Es hatte auch diese kleinen Augenblicke gegeben, als ich seine Hochachtung ihr gegenüber spüren konnte. Meines Erachtens war sie übertrieben. Die Eifersucht hatte an mir genagt, und ich redete mir ein, es sei meine gewöhnliche Eifersucht und mein Neid auf Dina. Insgeheim wusste ich, dass es sich um etwas Tieferliegendes und Düsteres handelte. *Die anderen werden einander immer erkennen.* So spornte auch dieses Gefühl mich dazu an, ihm nah sein zu wollen.

Hatte ich dir nicht schon gesagt, was für ein dummes kleines Mädchen du bist? Wieder wispert Dina mir ins Ohr, doch ich höre nicht hin, ich weiß, dass sie falschliegt. Dumm bin ich nie gewesen, ich hatte mich einfach dafür entschieden, nicht klug zu sein. Im Gegensatz zu bestimmten unumkehrbaren Entscheidungen kann ich diese Entscheidung binnen eines Moments ändern.

»Warst du der Vater ihres Kindes?«

Tick-tock, tick-tock.

In seine Augen tritt Schmerz.

Auf ein Baby keinen Bock. Auf ein Baby keinen Bock.

»Das ist unmöglich«, sagt er. »Sie hat sich vor über einem Jahr von mir getrennt.« Glasklare Sache, dass s i e Schluss gemacht hatte. Von Dina trennte sich kein Mann. Mit Dina schlief keiner und machte sich dann aus dem Staub. *Dina ist tot, mach dich locker.*

»Wer ist der Vater des Kindes?«, hake ich nach.

»Das weiß ich nicht.«

»Und wer hat sie umgebracht?«

Tick-tock, tick-tock, tick-tock.

»Auch das weiß ich nicht.«

Aber ich weiß es. Und ich weiß auch, dass du es nicht bist, du kamst nie infrage, denn du hast nicht das Zeug dazu, verstehst du? Du wärst vielleicht gern ein Mann, aber du bist es nicht. Du bist in die Welt der Frauen, die älter sind als du, hineingestolpert. Es kränkt mich, dass Dina irgendwann irgendein Interesse an dir hatte. *Und du selbst welches an ihm hattest.* Selbst dieses Gespräch, das hoch aufschlussreich sein müsste, ist öde. Denn du selbst bist öde, sitzt hier herum im Opa-Unterhemd, hältst dich für sonst wie wichtig, aber hinter dieser Fassade ist die große Leere der Selbstüberschätzung.

»Dann hast du also keine Ahnung, wer der Vater sein könnte?«

»Ich denke, sie hat sich an eine Samenbank gewandt. Glaub mir, manchmal ist das besser so.«

Der Ansatz eines bitteren Lächelns zeichnet sich ab, er streicht über sein Tattoo. »Wusstest du, dass Dina die Idee für dieses Tattoo hatte? Sie wusste von der Geschichte mit meinem Vater.«

Ich lasse ihn nicht aus den Augen, während er die Geschichte von einem schweren Leben und einem Vater aufrollt, der ihn vernachlässigt hatte. Warum erzählt er mir das? Ausgerechnet jetzt beschließt er, alles offenzulegen? Zu einem Zeitpunkt, da es zu Ende ist? Er sitzt vor mir und ist nicht zu bremsen, redet sich den Zorn von der Seele und klagt über den Vater. Er redet mit einem glühenden Enthusiasmus, wie er für die ersten Tage einer Beziehung typisch ist, er in der Rolle des Jüngeren und du spielst »die verständnisvolle Ältere«. Zwischen uns wird sich dieses Rollenspiel Gott sei Dank nie ereignen. Er redet sich in Rage, und unweigerlich muss ich daran denken, wie *immer* alles zurückkehrt an den Anfang, an den Ort des Verbrechens, an den Ursprung der Gene, zu dem, was von Generation zu Generation weitergegeben wird, was degeneriert ist, was niemals repariert werden wird. *Nie und nimmer!*

»Du weißt, dass es ungenau wiedergegeben ist.« Ich falle ihm ins Wort. »Der Satz ist als Frage formuliert: ›Die Väter haben saure Trauben gegessen, sind der Kinder Zähne stumpf geworden?‹ Die Kinder müssen nicht für die Sünden der Väter büßen.« *Und nicht für die Sünden der Mütter.*

»Ich weiß, Dina hat es mir erklärt.« Erneut diese Sehnsucht in der Stimme. »Sie war der klügste Mensch, den ich kannte.«

Werde ich die Komplimente, die man ihr macht, jemals mit Gleichgültigkeit strafen können? Offenbar ist es eine Sache der Zeit. *Tick-tock, manchmal kann sie zu deinen Gunsten schlagen.*

»Verstehst du? Mein Vater ist ein absoluter Niemand,

und dieses Tattoo sorgt dafür, dass ich diese Tatsache nicht vergesse.« Mit sinnlicher Langsamkeit streicht er über das Tattoo. Diese Geste sorgt bei mir für Gänsehaut.

»Zum Glück war mein Onkel da, um mich zu retten«, fügt er hinzu.

»Der Vorgesetzte?«

»Ja, ihm verdanke ich alles.«

»Und was wird der Vorgesetzte sagen, wenn er hört, was du mir angetan hast?«

»Was habe ich dir denn angetan?« Er stellt sich keineswegs naiv, er wundert sich tatsächlich. Aus seiner Sicht ist alles okay, er ist mit größter Logik vorgegangen. Wo ist mein Problem? Mir ist danach, ihm eine Ohrfeige zu verpassen, die ihn aus seinem Sessel schleudert und wieder in sein orthopädisches Korsett zwängt.

»Du hast mich verarscht, mich betrogen!« *Du hast mit mir geschlafen, hast mich verlassen!*

»Nun komm schon, Sheila, du bist ein intelligenter Mensch.« Mir liegt auf der Zunge, ihn zu fragen, ob ich mit Dinas Intelligenz mithalten kann.

»Dina hat ziemlich viel von dir geredet. Zunächst dachte ich, du hättest die Tat möglicherweise verübt. Aber als du mir die Tür aufgemacht hast, war mir klar, dass du es nicht gewesen sein kannst.« Sein Ton verdeutlicht, inwieweit ich in seinen Augen gesunken bin, als ihm klar wurde, dass ich zu einem Mord nicht fähig bin. Er genauso wenig. Seht ihn an, wie er hier herumsitzt, sein blödsinniges Tattoo streichelt, mich ansieht und in Selbstzufriedenheit badet. Gott allein weiß, worauf die sich gründet.

»Wohin guckst du?«, fragt er auf einmal.

»Ich sehe ein groß gewordenes Kind, das grundlos selbstzufrieden ist.«

Irre, wie befreiend das wirkt. Er scheint perplex, für einen Moment getroffen. Dann wechselt seine Mimik, und er beugt sich zu mir, grinst und sagt beinahe freundschaftlich: »Nur für den Lebenslauf und damit du nicht mit leeren Händen ausgehst. Du sollst wissen, dass auch Ronith Akiva sich einer intensiven Fruchtbarkeitsbehandlung unterzogen hat.«

Er sieht die Regung in meinem Gesicht und legt nach: »Letztendlich wollen wohl alle Mütter werden, das heißt, alle normalen Frauen wollen es. Was sagt das wohl über dich aus?«

Fünfundzwanzig

Meine Beine zittern, aber ich laufe weiter. *Ronith auch, nicht nur Dina, Ronith auch.*

Natürlich wollte Micha mich ins Mark treffen, das ist ihm auch gelungen. *Ronith auch!* Es wird ein Weilchen dauern, bis ich die Kränkung in ganzem Ausmaß spüren werde, momentan treiben Gedanken anderer Art ihr Unwesen in mir, es sind alte Einsichten.

Innerlich versetzt mir etwas einen kräftigen Tritt, bahnt sich jaulend und brüllend seinen Weg nach draußen, Ronith hat sich ebenfalls in Behandlung begeben. *Intensive Behandlungen.* Ronith auch!

Mir kommt der Abend mit Eli auf der Party in den Sinn, das wahnhafte Weinen, an dem die Hormone schuld waren, die launische Verweigerung von Körperkontakt. Nun klärte sich alles, auch die geröteten Augen und ihr geisterhaftes Flüstern, als ich ging: »Mein letzter Geburtstag.« Offenbar spielte sie darauf an, dass es ihr letzter Geburtstag im Bund der »anderen« sei. Bei ihrem nächsten Geburtstag wäre sie eine wie alle.

Alles steht kopf. Ich lege einen Schritt zu. *Beeil dich, los, nun mach schon!*

Jeder weitere Schritt lässt in mir die Einsicht reifen: Dina und Ronith wurden nicht ermordet, weil sie keine Lust aufs Mutterdasein hatten, ganz im Gegenteil, sie wurden ermordet, denn sie *wollten* Mütter sein, sie sehnten sich danach. Allerdings war eine Person zur Stelle, die entschied, dass es dazu nicht käme, dass diese Frauen an ihren alten Entschluss aus der Vergangenheit gebunden wären. Als sie es sich anders überlegt hatten, sorgte die Person dafür, dass sie dafür bezahlten.

Als »die Person« mir die Tür öffnet, höre ich im Badezimmer das Wasser rauschen. Es hört sich bedrohlich und unheilvoll an.

Trifft sie für meinen Besuch die Vorbereitungen? Das Hexenbad? Ich ahne Schlimmes.

»Du bist früh dran«, sagt sie. Mit dem sorgfältig gekämmten rötlichen Haar und dem glatten Gesicht mutet sie an wie ein kleines Mädchen. *Lass dich nicht hinters Licht führen, sie ist längst nicht mehr dein kleines Mäuschen.*

Sie bedeutet mir, ihr ins Zimmer zu folgen. Isabelles Käfig ist leer. Die Luft ist durchsetzt vom salzigen metallischen Geruch des Blutes und penetriert meine Nase. *Blut um Blut.*

»Schließlich und endlich habe ich herausgefunden, wer dir das Hexenfoto geschickt hat«, sagt sie.

»Wer?«, erkundige ich mich brav. Schlüpfe unbewusst in die Rolle einer Mutter, die mit ihrer kleinen Tochter ein Spiel zelebriert. Nur den beiden ist es vertraut, und die

Mutter versucht, innerhalb eines Regelwerks, das außer ihnen keiner kennt, ihr alles recht zu machen.

»Rate mal.« Sie lächelt.

»Keine Ahnung.«

»Neria Grossman.« Sie verfolgt mein Mienenspiel und fügt hinzu: »Das glaubst du mir nicht. Stimmt's?«

Sie präsentiert mir ihr Handy mit der Nachricht, die sie erhalten hat: »Diese Nummer läuft auf den Namen Neria Grossman. Vergiss nicht, dass ich dir einen Gefallen getan habe, und erzähl keinem, woher du's hast!«

Sie lächelt mich überschwänglich an, das kleine Gesicht signalisiert befremdlichen Stolz.

»Du hättest diese Nachricht auch fälschen können.«

»Wieso sollte ich ausgerechnet Neria, diesem Idioten, die Schuld zuschieben?« Sie kichert.

»Um mich zu erschüttern?«

»Wenn ich darauf aus wäre, würde ich auf Micha setzen«, kontert sie. »Ach, übrigens, damit es dir klar ist: Er hatte nicht für einen Moment an mir Interesse.« Nun klingt sie wie eine junge Frau, die die Ältere, die Verblichene trösten will. Mag sein, dass sie recht hat. Vielleicht hatte sich Micha tatsächlich nicht wegen des schwarzen engen Kleides für sie interessiert, sondern hatte sie vom ersten Moment an in Verdacht und war deshalb so erpicht darauf gewesen, sie zu mir nach Hause zu locken. *Was befasst du dich jetzt überhaupt mit diesem Idioten? Der existiert doch gar nicht! Er ist nicht der, der er vorgibt zu sein, und am Ende ist auch Neria Grossman nicht der, für den du ihn hältst? Du hast die Objekte deiner Liebe nie besonders sorgfältig ausgewählt. Ist es nicht so?*

»Wo ist Isabelle?«

»Gestorben.«

Wer Mutter geworden ist oder Mutter werden will – ist des Todes.

Sie tritt an den leeren Käfig und nimmt ihn in Augenschein. Der schmächtige gekrümmte Rücken und die hängenden Schultern erwecken mein Mitgefühl.

»Willst du den Käfig haben?«, fragt sie. »Einen Hamster großzuziehen, könnte zu dir passen.«

Sie probiert sich aus im Grausam-Sein, aber der Satz bringt mich zum Lachen. Ich kann ihr Gesicht nicht sehen, vermutlich schmunzelt sie. So eine spezielle Verbindung zueinander ist eine geheimnisvolle Angelegenheit. *Sie kann sich ebenso als gefährliche Angelegenheit entpuppen.*

»Gali, ich weiß es.«

Sie dreht sich nicht zu mir um. »Willst du nun den Käfig oder nicht?«

»Ich *weiß* es.«

Sie dreht sich immer noch nicht um. Sie drückt das Gesicht an den leeren Käfig.

»Ja und? Bist du hergekommen, um mich zu bestrafen?«

Nie im Leben werde ich dich bestrafen, mein kleines Mäuschen, das weißt du. Wer kommt denn da zu mir? Ich habe gewartet und gewartet, und nun bist du da.

»Nein«, sage ich. »Ich bin gekommen, um dir zu helfen.«

Endlich dreht sie sich zu mir, wieder mit diesem naiven Kindergesicht. Hatte Dina, die sie zu sich einlud und damit ihr Schicksal besiegelte, sie auch so kindlich wahrgenommen? *Ein kleines Kind verändert den Lauf deines Schicksals.*

Ich stelle mir Dina vor, in der das Kind heranwächst

und die in ihrem Büro sitzt und eine Liste mit all den Leuten erstellt, mit denen sie »reinen Tisch machen will«. Stets ging sie systematisch und präzise vor. Ich stand natürlich auf der Liste, nur kam sie nicht dazu, mich um Verzeihung zu bitten, weil unser Gespräch eskalierte.

Offenbar war das jedoch harmlos gegen die Entwicklung, die das Gespräch mit Gali genommen hatte.

»Sie hat dich angerufen, stimmt's?«, frage ich. »Sie wollte dich um Verzeihung bitten.«

Gali zuckt nicht mit der Wimper. Hatte sie diesen Auftritt auch gegenüber Dina hingelegt? Hatte sie ihr diese kindliche Miene präsentiert, hinter der ein berechnender Kopf steckt? Kinder bleiben nicht für die Ewigkeit Kinder. Dina sah in ihr die Tochter von Na'ama, konnte sich aber nicht vorstellen, dass kleine Mädchen mitunter heranwachsen und verheerende Zerstörung anrichten. Vielleicht war es ihr letzter Gedanke, bevor sie aufhörte zu denken.

»Wofür hätte sie schon um Verzeihung bitten sollen?« Wieder diese kindliche Stimme, derweil ihr Blick mir sagt, dass sie sehr genau weiß, wofür Dina um Verzeihung hätte bitten sollen, und dass Gali ihr Urteil bereits durchdacht hatte, über Dina richtete und das Urteil vollstreckte. Vielleicht ist es an der Zeit, Angst zu kriegen.

Jene letzte Nacht … die letzte Nacht, in der wir alle noch am Leben sind … Ta-tam! Ta-tam! Da sind sie, herzlich willkommen, wir begrüßen »die anderen«!

Es ist kein Jahrgangstreffen, dennoch fühle ich mich so. Das Studium liegt hinter uns, mit Dina und Ronith halte ich Verbindung, aber der Kontakt hat nachgelassen. WhatsApp wird erst noch erfunden, sodass wir bemüht sind, uns gelegentlich zu treffen.

Na'ama ist eine andere Geschichte. Wie versteinert sitzt sie im Wohnzimmer von Dinas neuem Zuhause, hält eine Tasse Punsch in der Hand und hat bereits diesen leeren Blick.

Dieser Blick jagt Ronith und Dina Angst ein, sie haben sie längere Zeit nicht gesehen. Für mich kommt diese zweieinhalbjährige Depression nicht überraschend, sie stimmt mich lediglich traurig.

»Geht sie zum Psychologen?«, flüstert Dina mir zu. »Ist sie in Behandlung?«

Ich setze ihr auseinander, dass Na'ama sich dezidiert weigert, und behalte die Information für mich, dass es vor allem Avihu ist, der resolut dagegen ist. *»Mit meiner Frau ist alles in Ordnung.«*

»Das ist nur eine leichte Depression, die wieder vorübergeht.« Ich spreche die Worte aus und komme mir völlig bescheuert vor, denn Na'ama sieht aus wie ein Zombie. Ich möchte Dina erklären, dass im Alltag Na'amas Zustand ein besserer ist. Es stimmt, dass sie noch nicht wieder die Alte ist, doch so ist das offenbar, wenn du Mutter von energiegeladenen quirligen Zwillingen bist, vor allem von der süßen Gali, die eine Miniaturausgabe von Na'ama scheint.

Das Treffen erweist sich als keine besonders gute Idee. Als Na'ama die Wohnung betrat, wich der letzte Rest Lebenskraft aus ihr. Dina ersparte ihr nicht die gewöhnlichen Sticheleien, die seit jeher zwischen uns ausgetauscht wurden. Offenbar gibt es jedoch gewisse Dinge, die man im Laufe einer Beziehung sagen kann, bei der man sich täglich sieht, und die, wenn die Beziehung nachlässt, weniger gut ankommen. Im Speziellen Bemerkungen wie: »Also wie ist das nun, Na'ama, hast du noch große Träume?«

Ta-tam! Ta-tam! Ta-tam! Aus irgendeiner Ecke wird die Trommel hervorgeholt, und Dina beginnt, energisch zu trommeln.

»Wisst ihr noch, was für Spaß wir am Strand hatten?« Diese Frage hat bereits einen provokanten Ton.

Weiß ich noch, klar, weiß ich das noch. Dina und Ronith reiben sich die Finger. *Der alte Schwur.* Na'ama zeigt keinerlei Regung. Ihre Hand hält sich am Punschglas fest, es hat den Anschein, als würde es sich mit Blut füllen, *Finger an Finger. Unsere jungen Stimmen ertönen synchron: »Keiner braucht Kinder … und keine von uns wird welche in die Welt setzen, nie, nie, n i e m a l s.«*

Na'ama mit leeren Augen. Was geht dort, hinter den leeren Augen vor? Ich weiß, dass sie die Zwillinge nicht bereut. »Sie sind meine ganze Welt«, hatte sie mir einmal gesagt, und es klang glaubwürdig.

Ich will es auch jetzt für glaubwürdig halten, nur spricht alles dagegen.

Dina wittert Blut. »Na, Na'ama, wie ist das Leben so? Was ist mit all den großen Dingen? Du wolltest doch hoch hinaus.«

Na'ama hört nicht hin. Ich bin drauf und dran, Dina zu sagen, dass sie die Klappe halten soll. Sie steht mit ihrer Mirjam-Trommel da, begreift nicht, wie lächerlich sie aussieht, und beginnt damit, zu dozieren, was sie vorhat, was sie bereits umgesetzt hat und was sie noch erreichen will und wie sie es realisieren wird. Sie hält ihren Monolog in aufrechter Pose. Dabei kommt mir der Gedanke – und das nicht zum ersten Mal –, wie wenig diese Dina von ihrer Umgebung mitbekommt. Diese Abgestumpftheit, die ihr derzeit dazu verhelfen mag, eins nach dem anderen zu erreichen, wird sie eines Tages auch zu Fall bringen.

Na'ama blickt vor sich hin. Ihre Hände schälen einen Apfel, den sie aus der Obstschale genommen hat. Sie hat ein kleines Küchenmesser und sie schält mechanisch.

Ich betrachte die Apfelschale, sie ringelt sich wie eine Schlange. Früher benutzte man die Apfelschalen, um die Zukunft zu prophezeien, las ich irgendwo. Man warf die Schale auf den Boden, und der sich abzeichnende Buchstabe entsprach dem ersten Buchstaben vom Vornamen deines Zukünftigen. *Allerdings war Na'ama bereits mit Avihu verheiratet, welche Zukunft schnitt sie sich zurecht?*

Als läse Dina meine Gedanken, grinst sie Na'ama an: »Also wie ist es nun, Mutter zu sein? Hast du deine Promotion über Pipi und Kacki in der Tasche? Geht's mit der Magisterarbeit über die Milchzähne und dem Artikel übers Po-Abwischen voran?«

Ich will etwas sagen, aber Na'ama kommt mir zuvor. Ihre Stimme bleibt äußerst ruhig, als sie entgegnet: »Eine akademische Karriere ist im Leben nicht alles, Dina. Mutter zu sein, ist viel mehr als das, es gibt dir … es erfüllt dich mit …« Der Satz stirbt ab, die Apfelschale fällt zu Boden. Wird nicht aufgehoben.

Dina lächelt. »Ich weiß nicht, womit genau es dich erfüllt, Prinzessin, außer mit Reue. Wieso gibst du's nicht zu?«

Sie wendet sich an uns: »Ist es nicht der größte Fehler, den sie in ihrem Leben begehen konnte?«

Was infolge dieser Frage geschieht, kann ich nur mit »Amok« beschreiben. Denn dieselbe Na'ama, die fast den ganzen Abend, eingehüllt in ihr zombieartiges Schweigen, dagesessen hatte, sprang mit dem funkelnden Messer in der Hand auf Dina zu, stahl sich an ihr vorbei und stach mehrmals hintereinander auf das Bild der Prophetin Mirjam ein, die uns den ganzen Abend angelächelt hatte. *Dieses Lächeln!*

Ronith und ich, die fassungslos zugegen waren, versuchten sie zu beschwichtigen, doch vergeblich. Als Na'ama sich mit dem Messer in der Hand zu Ronith umwandte, schlug Ronith ihr derb mitten auf die Brust, und ich zog mit einem Ruck Na'ama rasch von ihr weg, wobei sie stürzte. Mit schmerzverzerrtem Gesicht hielt sie sich die Hand, diese Szene hat sich mir eingebrannt.

Darauf folgte die stille Heimfahrt. Na'ama und ich waren im Auto allein, und die zwischen uns fallende Stille war klebrig und düster. Als wir ihr Wohnhaus erreichten, sagte sie: »Komm nicht mit nach oben, ich schaff das schon.« Sie schenkte mir die Andeutung eines Lächelns, das mich beruhigen sollte.

Dieses Lächelns entsann ich mich, als ich am nächsten Tag erfuhr, dass Na'ama Selbstmord begangen hatte, nachdem sie versucht hatte, ihre beiden kleinen Mädchen zu ersticken.

Nun steht vor mir ihre kleine Tochter, die älter und größer geworden ist, und aus dem Badezimmer höre ich, wie das Wasser sprudelt und rauscht, gleich wird es überlaufen. *Das ist dein Hexenbad! Deine Wasserprobe! Die musst du bestehen!*

Mein Blick Richtung Badezimmer entgeht ihr nicht. »Mach dir keinen Kopf«, sagt sie. Für einen Moment tauschen wir die Rollen, und sie schlüpft in die Rolle der älteren Beschwichtigenden. »Das überstehst du. Du bist ja nicht schwanger und hast es auch nicht vor.«

Sie sagt es mit einer Eiseskälte, während die Augen Funken sprühen, und ich zweifle zum ersten Mal daran, ob sie bei klarem Verstand ist, auch wenn ich tief im Inneren weiß, dass dieses kleine Mäuschen auf ihre irrsinnige Art klar im Kopf ist. Sollte ich hier lebend herauskommen, landet sie vielleicht hinter Gittern. Das nagt am Herzen.

»Gali, lass mich dir helfen, lass es mich verstehen …«

»Darauf bist du also aus? Auf das große Geständnis? So wie im Krimi?« Sie kommt näher – ich weiche zurück. »Glaub mir, davon hättest du nichts. Der Mörder gesteht meistens vor seinem nächsten Opfer, wenn er sicher ist, dass es für ewig schweigt. Das kommt mir immer total lächerlich vor.«

Das Sprudeln im Hintergrund schlägt um und plätschert nun lauter – die Wanne läuft über.

»Aber warum?« Mehr bringe ich nicht hervor.

»Warum?«, ruft Gali aufgebracht. »Warum? Da sitzt Dina, diese fette Kuh, in ihrem Luxusbüro herum und will mir weismachen, dass sie sich immer ›unbehaglich‹ gefühlt hat, dass sie ›reinen Tisch machen will‹. Und da beginnt ihr Gesicht zu strahlen, und sie erzählt mir, dass sie schwanger ist, dass *sie* schwanger ist! Sie hat meine Mutter fertiggemacht, meine Mutter ist wegen ihr tot, und nun wird sie selbst

Mutter? Vielleicht im Traum! Dann tischt sie mir noch auf, das sei ›die natürlichste Sache‹ und ›am Ende würden alle Mütter‹, ja, schau mal einer an, auch Ronith würde es versuchen! Die ganze alte Clique. ›Wie aufregend.‹ Und sie freut sich darüber, als würde es etwas wiedergutmachen, als sollte i c h mich freuen! Meine Mutter liegt tief in der Erde, da fällt dieser Kuh auf einmal ein zu kalben, und sie strahlt vor Freude!«

Ich habe Dinas Lächeln bildlich vor mir, dieses strahlende unnahbare Lächeln, das Lächeln, das ihr schließlich den Tod brachte, auch Gali lächelt jetzt, doch es ist ein Lächeln anderer Art.

»Was meinst du? Als meine Mutter sich mit den Gebetsriemen erhängte, auf wen hatte sie es da abgesehen?«

Ich bleibe stumm.

»Auf meinen armen Vater. Weißt du, wo er jetzt ist? An ihrem Grab. Dort ist er immerzu. Weil es seine Gebetsriemen waren. Anfangs dachte er, dass sie ihm damit etwas sagen wollte. Er brauchte eine Weile, bis er zwischen den Dingen einen Zusammenhang herstellte, obwohl sie ihm damals, in der Nacht, als sie weinend nach Hause kam, alles erzählt hat.«

Du hättest mit ihr nach oben gehen sollen.

»Er hat die Polizei darum gebeten, die Sache mit dem Selbstmord geheim zu halten. Er hat gesagt, dass er's meinetwegen tut, damit der Skandal schneller abebbt. Die Wahrheit hat er mir erst Jahre später erzählt. Er hat damals nicht durchschaut, dass sie über Michals Gebetsriemen mit e u c h kommuniziert hat, aber diese Botschaft hat ihr Ziel verfehlt. Solche Nachrichten kommen nie an! Als Dina mir total happy von ihrer Schwangerschaft erzählte, habe ich begriffen, dass es an der Zeit war: Die Botschaft meiner Mutter sollte endlich überbracht werden.«

Gali verstummt und sieht mich prüfend an, als wolle sie verfolgen, welchen Einfluss die Dinge auf mich ausüben.

Nun habe ich das berühmte »Geständnis« gehört. Während im Krimi der Zuhörer meist tiefe Befriedigung verspürt, geht es mir an die Nieren.

»Der Rest war einfach, ich habe sie angerufen, weil ich sie noch mal treffen wollte. Ich habe ihr erzählt, dass ich einen Film drehen will, eine Hommage an meine Mutter. Von da an lief alles glatt.« Ihre Augen glitzern. Was sich dahinter verbirgt, ist grauenhaft.

»Erzähl's mir nicht«, sage ich.

»Kein Problem, obwohl ich schätze, dass du deine Freude daran hättest.« Wieder lächelt sie, will die Fäden zwischen uns fester spinnen. »Es war mir von der ersten Sekunde an klar. Meine Mutter hatte die Gebetsriemen von Michal benutzt? Na dann bekommt Dina die Trommel von Mirjam, und Ronith bekommt das Kind von Lilith, und beide werden die Scheißmütter, die sie so gern sein wollten, genau das hatten sie verdient.«

Mir wird eiskalt. Ich schaue auf den Boden, habe bereits nasse Füße. »Gali, was hast du vor?«

»Hör auf, dir vor Angst in die Hosen zu machen. Ich kapier's einfach nicht, wie ausgerechnet eine, die so ein Schisser ist wie du, den Mut aufbringt, nicht Mutter zu werden.« Gleich ist sie bei mir. *Das ist kein Mut, Gali, das ist Angst. Es ist eine Angst, die all die anderen Ängste unter sich begräbt. Es ist nicht die Angst vor dem Tod, sondern vor dem Leben.*

Ich drehe mich hastig zur Tür. Abgeschlossen. Wann hatte sie dafür Zeit? Hysterisch rüttele ich an der Klinke. *Mach, dass du rauskommst. Jetzt!* Angstvoll drehe ich mich um – sie grinst. »Die klemmt nur.«

Mit voller Wucht drücke ich auf die Klinke, die Tür geht auf. *Raus! Nichts wie raus hier! Ta-tam! Ta-tam!*

Mit einem Mal stocke ich, drehe mich um.

Ich wate in kaltem Wasser, renne ins Bad und drehe den Hahn zu, endlich kehrt Ruhe ein.

Um mich ein See. Klar und einladend wirkt das Wasser in der Wanne, ich betrachte es lange. Ob so die Hexen in der Sekunde vorm Eintauchen empfanden? Innerer Frieden und das Verlangen, die Einladung zu erwidern? Dem ganzen Getöse der Welt zu entkommen. *Das Wasser ruft dich.*

Ich spüre Gali hinter mir. Sie agiert leise und flink. Nun kann ich mir ihre Bewegungen während der Bluttat ausmalen, die kleine tüchtige Hand, die mit dem Messer hantiert. *Das kleine Mädchen, das keins ist. Das nie eins war.* Ach, Na'ama, wie gut, dass du nicht hier bist und es siehst.

Wir stehen uns gegenüber. Unsere Füße gründen im Wasser. Ich sehe sie an und weiß, was ich zu tun habe. *Diesmal wirst du dieses Mädchen retten.*

»Gali, du brauchst Hilfe.«

»Hilfe?« Sie lacht. »Und wer wird mir helfen? Du?«

»Das will ich.«

»Immerzu willst du helfen. Vergisst glatt, dass du nicht meine Mutter bist!«

Nein, das bin ich nicht. Doch ich bin von dir enttäuscht und habe vor dir Angst, als wäre ich deine Mutter.

Aus der Hosentasche lasse ich insgeheim das Messer gleiten. Gleich welche zuckersüßen beruhigenden Dinge dieses kleine Mäuschen aufsagen wird – ich gehe kein Risiko ein. Ich ende nicht mit einer Babypuppe in den Händen.

»Um Himmels willen, Sheila!« Sie lacht auf. »Du willst mich umbringen. Ausgerechnet du?«

»Das habe ich nicht vor, ich will dir nur helfen.«

»Schon wieder helfen?« Sie kommt ein Stück näher, ihre Augen fangen Feuer. *Ta-tam! Ta-tam! Ta-tam!* »Vielleicht helfe ich *dir*? Vielleicht erweise ich dir einen großen Gefallen? Damit du nicht als senile Alte endest, die weder Kinder noch sonst jemanden hat? Damit du nicht alleine stirbst? Ha? Was sagst du dazu? Lass *mich* dir helfen!«

Inzwischen ist sie hautnah, und nie werde ich erfahren, ob sie mich attackieren wollte oder im Wasser ausrutschte. Ein Hieb geht auf mich nieder, und ich werde nach unten gezogen. Im Ringkampf um das Messer sage ich mir: Nein, Sheila, mit dir nicht! Du führst ein ruhiges abgeschottetes Leben, und das hast du dir selbst so eingerichtet. Schließlich warst du es, die der Welt den Rücken gekehrt hat und dem Leben mit all seinen Gefahren die Tür vor der Nase zugeknallt hat. Also wie kommt es, in Gottes Namen, dass du hier in diesem Bad auf allen vieren kriechst und dir mit deinem kleinen Mäuschen einen Kampf ums Messer lieferst?

Das Blut. Alles füllt sich mit Blut. Aber ich spüre keinen Schmerz. Liegt es am Adrenalin? Gali taumelt und fällt zu Boden. Ich sehe sie, und ich sehe das strömende Blut. *So viel Blut.* Blut und Wasser ergeben ein Blutbad, färben die Fliesen rot ein. Ich will mich zu ihr beugen, gleite aber mit den Händen aus. Aus der weit aufklaffenden schwarzen Schnittwunde an ihrem Hals quillt das Blut. Den Finger will ich darauf pressen, den Blutstrom anhalten, doch die Hände versagen mir den Dienst. Immer neue Versuche, aber alles ist glitschig und klebrig. Und rot, maßlos rot.

Nein, »Mama« kam ihr nicht über die Lippen, bevor sie die Augen schloss.

Sechsundzwanzig

Ich putze die Wohnung.

Der Haarausfall hat erheblich nachgelassen, und der fesche Silikonbesen kommt nicht zum Einsatz. Er steht auf dem kleinen Balkon zwischen einem Sammelsurium an alten Dingen. Dort ist auch das Bild von der Totenbeschwörerin gelandet. Es wegzuwerfen, bin ich noch nicht imstande. Der Tag dafür wird kommen.

Gali blieb am Leben. Natürlich.

In der Geschichte, die ich erzähle, kann Gali nicht sterben. Das hätte ich niemals zugelassen. Außerdem gab der Rettungsdienst mir am Telefon eindeutige Instruktionen. Und sie trafen blitzschnell ein.

Ich habe das ausströmende Blut, das dunkle pulsierende Leben, das dem Körper entwich, noch gut vor Augen. Die furchtbare Angst, die mich überkam. Unweigerlich muss ich an Dina und Ronith denken.

Ja, letztendlich erzählte Gali mir, wie sie die beiden in den Tod geführt hatte. Sie hatte recht, ich wollte die Einzelheiten tatsächlich erfahren. »Du glaubst ja nicht, was du heute alles im Internet finden kannst«, sagte sie kleinlaut und sachlich. »Dort gibt's Anleitungen für absolut alles.«

Als Gali die beiden um ein Treffen gebeten hatte, stimmten sie sofort zu. Wieso nicht? Für sie bliebe Gali immer Na'amas Tochter. Ihre Schuldgefühle schalteten ihr Bewusstsein aus, sie schöpften keinen Verdacht.

Bei dem Treffen, so schilderte sie mir in gleichbleibender Tonlage, tat sie ihnen Schlaftabletten in den Tee, die sie zuvor aufgelöst hatte. Als sie schläfrig wurden, band Gali sie an den Stuhl und schnitt ihnen die Adern am Oberschenkel auf. Sie erzählte, wie sie dort saß und dem Blut beim Ausströmen zusah, deutete an, dass sie es in einem Gefäß auffing. Was sie mit dem ganzen Blut machte, enthielt sie mir vor, ich habe meine Vermutungen.

Ronith schöpfte Verdacht. Die Liliths schöpfen immer Verdacht. Als sie bereits zu schläfrig war, um sich zu wehren, sah sie Gali in die Augen und begriff, was ihr bevorstand. Noch wichtiger: Sie begriff, was der Grund dafür war.

Gali erzählte, dieser Blick habe ihr genügt. »Hätte Dina mich so angesehen, mit echter Reue und Traurigkeit, hätte ich Ronith vielleicht verschont«, meinte sie. Dina hatte sich mit Entschuldigungen schon immer schwergetan. Selbst wenn sie es wollte.

Manchmal frage ich mich, was für ein Kind Dina wohl gehabt hätte? Wem wäre es ähnlich? Was für ein Mensch wäre es? Aber ich weise die Gedanken energisch von mir.

Gali hatte übrigens nicht gelogen. Das Foto von der ertrunkenen Hexe stammte von Neria Grossmans Handy. Abgeschickt hatte es Taliunger, sie saß mit uns in Frida Godskinds Hexenkurs.

Zugeben wird Tali es natürlich nie, und momentan habe ich auch nicht vor, ein solches Geständnis aus ihr herauszupressen. Aber es gehört zu der Sorte an Information, die ich gern im Herzen bewahre.

Shirley ist schwanger, mit Ruhe und Anmut wandelt sie durchs Museum.

Als sie mich fragte, ob ich ihren Bauch berühren wolle, zögerte ich kurz, dann streckte ich die Hand aus. Der Bauch fühlte sich schwammig und pochend an. Meine Schilderung brachte Gali zum Lachen.

Eli grollt mir, denn ich hatte ihn in der letzten Phase nicht daran teilhaben lassen, auf wen mein Verdacht fiel. Er wird sich wieder einkriegen. Immerhin kennen wir einander bestens, sodass er genau weiß, warum ich keine Zeit mehr für ihn hatte. Er ist von allen der Einzige, der meine täglichen Besuche bei Gali nachvollziehen kann. Ja, ich gehe täglich zu ihr.

Die Wärterinnen haben sich an mich gewöhnt. Selbst Avihu hat es und behauptet, ich hätte auf Gali positiven Einfluss. Was er wohl denken würde, wenn ich ihm erzählte, dass es umgekehrt ist.

»Sie kann deine Besuche kaum erwarten«, sagt er.

Er hat keine Ahnung, wie sehr *ich* sie erwarte.

Denn so ist es, wenn ein kleines Kind in der Dunkelheit nach dir ruft und ein Mädchen hinter einer hohen Mauer auf dich wartet.

Scheinbar gibt es vielerlei Arten von Beziehungen. Vielerlei Arten von Liebe.